Northanger
Abbey

北怒庄园

[英] 简·奥斯汀 ◎ 著
汪 燕 ◎ 译

华东师范大学出版社
·上海·

图书在版编目（CIP）数据

北怒庄园／（英）简·奥斯汀著；汪燕译. —上海：华东师范大学出版社，2022
 ISBN 978 - 7 - 5760 - 2399 - 2

Ⅰ.①北… Ⅱ.①简…②汪… Ⅲ.①长篇小说－英国－近代 Ⅳ.①I561.44

中国版本图书馆CIP数据核字（2022）第019735号

北怒庄园

著　者　［英］简·奥斯汀
译　者　汪　燕
策划编辑　彭　伦
责任编辑　陈　斌　许　静
审读编辑　朱晓韵
责任校对　王丽平
装帧设计　卢晓红

出版发行　华东师范大学出版社
社　　址　上海市中山北路3663号　邮编 200062
网　　址　www.ecnupress.com.cn
电　　话　021 - 60821666　行政传真 021 - 62572105
客服电话　021 - 62865537　门市（邮购）电话 021 - 62869887
地　　址　上海市中山北路3663号华东师范大学校内先锋路口
网　　店　http://hdsdcbs.tmall.com

印 刷 者　上海颛辉印刷厂有限公司
开　　本　889×1194　32开
印　　张　8
字　　数　176千字
版　　次　2022年4月第1版
印　　次　2022年4月第1次
书　　号　ISBN 978 - 7 - 5760 - 2399 - 2
定　　价　48.00元

出 版 人　王　焰

（如发现本版图书有印订质量问题，请寄回本社客服中心调换或电话021 - 62865537联系）

简·奥斯汀(Jane Austen, 1775—1817)

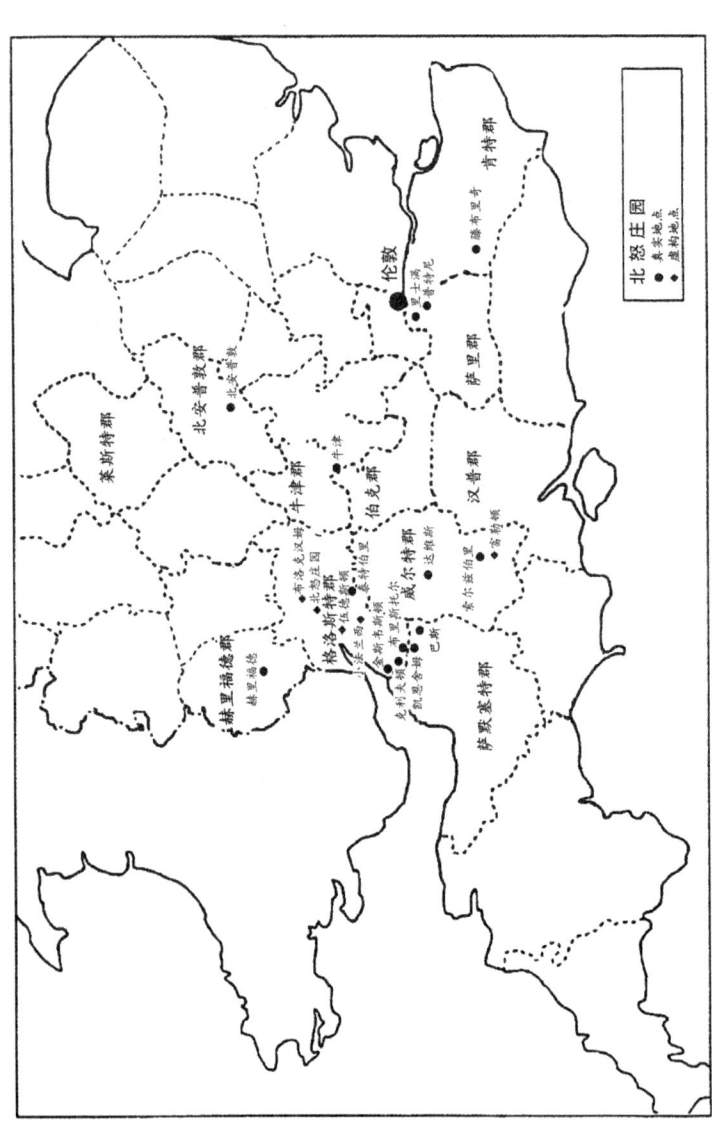

目　录

译者序 / 1

第一卷 / 1

第一章 / 3
第二章 / 9
第三章 / 16
第四章 / 22
第五章 / 26
第六章 / 30
第七章 / 36
第八章 / 45
第九章 / 53
第十章 / 62
第十一章 / 73
第十二章 / 83
第十三章 / 89
第十四章 / 98
第十五章 / 109

第二卷 / 119

第一章 / 121

第二章 / 129

第三章 / 133

第四章 / 139

第五章 / 144

第六章 / 153

第七章 / 161

第八章 / 171

第九章 / 179

第十章 / 187

第十一章 / 196

第十二章 / 203

第十三章 / 207

第十四章 / 216

第十五章 / 225

第十六章 / 233

译者序

英国小说家简·奥斯汀（1775—1817）堪称世界文坛上最具影响力的女作家。著名英国奥斯汀评论家玛丽莲·巴特勒（1937—2014）在《简·奥斯汀与思想之战》（1975）的前言首页中，引用了美国著名作家与文学评论家埃德蒙·威尔逊（1895—1972）在 1950 年评论奥斯汀的一段话：

> 在过去的 $1\frac{1}{4}$ 个世纪里，英国文学经历了多次欣赏品味的变革，整个过程中也许只有两位作家从未受到时尚变化的影响：莎士比亚与简·奥斯汀。

虽然巴特勒认为此番评价"意义重大"但有些"不准确"，她依然认为"简·奥斯汀的确已经加入让现代文学评论家们一致崇拜的已故作家行列，包括蒲柏、约翰逊、华兹华斯和乔治·艾略特。"

奥斯汀出生于中产阶级家庭，父亲乔治·奥斯汀是当地教区长，母亲卡桑德拉·莉·奥斯汀来自一个富裕的乡绅家庭，受过良好的教育。奥斯汀的家中共有八个孩子，六男二女，她本人排行第七。姐姐卡桑德拉比她大两岁，排行第五，是她的密友与知己。姐妹二人虽各自有过几段情感经历，却都终身未婚，彼此一生相伴，在分开的日子里几乎两三天就会写一封信。几位兄弟中，奥斯汀与四哥亨利最为亲密。在他们的父亲去世后，亨利不仅给予她经济资助，也成为她事实上的经纪人，为奥斯汀小说的出版付出了很多努力。奥斯汀将《北怒庄园》的男主角起名为亨利，小说中讨人喜爱的亨利与她的哥哥也有不少相似之处。

奥斯汀深受父亲的影响，虽然几乎没有接受正规的学校教育，却在家中饱读诗书，培养了浓厚的写作兴趣。她十来岁就开始写作，喜欢记录家庭趣事，晚餐后读给家人听，逗得大家哈哈大笑。1796年奥斯汀开始了小说创作，1797年完成她的首部小说《第一印象》，却被出版商拒绝。她接着写作《埃莉诺与玛丽安》，在1798年又开始了另一部小说《苏珊》。

《苏珊》于1799年完成，1802年修改后继续以《苏珊》为名，1803年出版商理查德·克罗斯比接受投稿并向奥斯汀支付了10英镑稿费。克罗斯比第二年为《苏珊》做了广告，之后便毫无音讯。1809年，忍无可忍的奥斯汀以 Mrs. Ashton Dennis（缩写 M. A. D：疯狂；愤怒）为笔名给出版社写信，要求立即出版这部小说，否则她将另行安排出版事宜。克罗斯比冷淡地拒绝了她的要求，并近乎羞辱地建议她以10英镑买回版权。奥斯汀没有这样做，很可能因为她当时的经济状况非常拮据（当时她一年大约只有50英镑可支配收入）。

1811年，伦敦的托马斯·埃格顿出版社出版了由《埃莉诺与玛丽安》改写的《理智与情感》，共印刷750册，作者署名"一位女士"，当时奥斯汀已经35岁。她在1811年4月25日给姐姐卡桑德拉的信中写道："我从来没有忙得想不到 S&S。我就像一个忘不了待哺婴孩的母亲那样忘不了它。"小说刚出版就大受欢迎，为奥斯汀带来 140 英镑的稿费，这是在抵扣了奥斯汀冒险为小说投资的 180 英镑印刷费用与出版社佣金后的收入。第二年埃格顿决定出版由《第一印象》修改的《傲慢与偏见》。奥斯汀在 1812 年 11 月 30 日给朋友玛莎·劳埃德的信中写道："埃格顿支付了 110 英镑，我宁愿得到 150 英镑……我希望小说的销售能为亨利省去很多麻烦，因此这当然对我来说也是个好消息。"她在 1813 年 1 月 29 日给姐姐的信中写道："我想告诉你我已经从伦敦收到了我最亲爱的孩子。"《傲慢与偏见》以"《理智与情感》的作者"署名，比《理智与情感》更加成功，共三次印刷。奥斯汀在 1813 年 6 月 6 日给五哥弗朗西斯·奥斯汀的信中这样表达了两部小说的稿酬给自己带来的喜悦："你会很高兴地得知《理智与情感》每一本都卖掉了，给我带来了 140 英镑——另加版权，如果版权还有价值的话——所以现在我已经通过写作得到了 250 英镑——这只会让我想要得到更多。"

由于出售版权的协议，《傲慢与偏见》没有给奥斯汀带来更多收入，而埃格顿仅从第一和第二版便赚得 450 英镑。从此，奥斯汀再也没有出售过版权。埃格顿于 1814 年出版了奥斯汀的第三部小说《曼斯菲尔德庄园》，署名"《傲慢与偏见》的作者"。短短六个月，大约 1250 册小说销售一空，为奥斯汀获得了高达 310 英镑的收入。此后，奥斯汀转向知名度更高的约翰·默里出版社，也是拜伦（1788—1824）和沃尔特·斯科特（1771—1832）的出版商。约翰·默里提出以 450 英镑购买《爱玛》《理智与情感》和《曼斯菲尔德庄园》的版权，被奥斯汀拒绝。事实上，这个价格几乎等同于三部小说之后所得的全部稿费。默里出版社于1815年12月出版了奥斯汀的第四部小说《爱玛》，又于次年出版了《曼斯菲尔德庄园》第二版。然而第二版《曼斯菲尔德庄园》销量极差，让奥斯汀损失惨重，因此虽然《爱玛》被许多评论家视为奥斯汀最杰出的作品，并达到2 000册的最高销量，然而这两本书总共只给她带来了39英镑稿费。在1817年2月14日写给侄女卡洛琳·奥斯汀的信中，奥斯汀说收到了《理智与情感》第二版的近二十英镑稿费。在她一生中，简·奥斯汀获得的稿费总额不到七百英镑。至1832年，即奥斯汀去世十五年后，她六部小说的稿酬共计1 625英镑。这与当时最受欢迎的女性作家相比有着不小的差距，比如文末注释中提到的玛丽亚·埃奇沃斯（1768—1849）的稿费超过了11 000英镑，而弗朗西斯·伯尼（1752—1840）的稿费也超过了4 000英镑。

　　《爱玛》的主人公爱玛·伍德豪斯是个天真任性的大小姐，自己不想结婚但爱乱点鸳鸯谱，却在失败中发现她的真爱其实一直守护在自己身边。奥斯汀曾说她可能是唯一喜欢爱玛的人，然而爱玛却与《傲慢与偏见》中的伊丽莎白·贝内特共同成为了奥斯汀小说中最成功、最受欢迎的女主角。在《爱玛》出版前，奥斯汀虽然努力隐藏自己的真实身份，但依旧逐渐为人所知。当时的摄政王乔治四世很喜欢奥斯汀的作品，于是让他的图书管理员转告奥斯汀，说她可以随意将未来的任何作品献给摄政王。奥斯汀虽说对乔治没什么好印象，还是听从家人的劝告在扉页写上了"献给摄政王"和其他客套话，这部小说依然署名"《傲慢与偏见》的作者"。

因为前四部小说的成功出版，奥斯汀的哥哥亨利在1816年以10英镑的原价帮她从克罗斯比出版社买回《苏珊》。当然，克罗斯比并不知道这部小说的作者是简·奥斯汀。据奥斯汀的侄子詹姆士·爱德华·奥斯汀·利所述，亨利·奥斯汀刚购回版权，就立刻告知出版商此书的作者也创作了《理智与情感》和《傲慢与偏见》。奥斯汀对《苏珊》进行修改，更名为《凯瑟琳》，评论家普遍认为从时间和奥斯汀当时的身体状况来看，她无法对小说内容做太大改变，因此这部小说的风格与其他几部作品有明显区别，更加青春活泼、犀利直白、轻松幽默。

在奥斯汀修改这部小说时，长达十二年的拿破仑战争（1803—1815）刚刚结束，奥斯汀也进入了生命的最后一年。她为读者写下这样一段话：

> 值得注意的是，十三年的时间已经让小说中的某些内容显得过时。请大家记住离小说完成已经过去了十三年，距离小说开始写作更加久远。在这段时间里，地名、礼仪、书籍、观点都发生了巨大变化。

十三年中，时尚与发式都有了很大改变；让亨利和艾伦太太津津乐道的印度细纱布早已不受青睐；而凯瑟琳、埃莉诺与亨利散步时谈论的"伦敦的大事"，也无法让十三年后的读者产生书中的联想。直到1817年3月13日，奥斯汀依然不确定《凯瑟琳》的命运。她在给侄女范尼·奈特的信中写道："凯瑟琳小姐暂时被放在书架上,我不知道她能否被出版。"四个月后奥斯汀病逝,享年41岁。同年12月,小说以《北怒庄园》为名,与奥斯汀的最后一部小说《劝导》由约翰·默里出版社发行,这两部小说首次署上了简·奥斯汀的真实姓名。许多评论家认为《北怒庄园》的书名是由当时安排小说出版事宜的亨利做出的决定,也许正因为如此,这部小说的名称在奥斯汀的所有作品中最具男性气质。

虽然《北怒庄园》的出版之路最为坎坷漫长,几乎跨越了奥斯汀小说的整个创作阶段,然而这部小说不论在西方还是在中国的受欢迎程度都远不如奥斯汀的其他五部代表作。在西方,奥斯汀作品集常常将《北怒庄园》与其他短作品合并成册,而不像其他五部小说那样独立成书,如"牛津世界经典丛书"的奥斯汀作品集就包括《北怒庄园与其他作品》(2008);对奥斯汀作品的评论中,《北怒庄园》所占篇幅通常比其他作品小得多,在玛丽莲·巴特勒的《简·奥斯汀与思想之战》(1975)与克劳迪娅·L·约翰逊的《简·奥斯汀:女性、政治与小说》(1988)两部著名评论中均是如此。《北怒庄园》在中国的接受度也不乐观。赵志义在《简·奥斯丁(汀)在中国的接受与研究》(2017)中指出,在所有关于奥斯汀的研究中,对《诺桑觉寺》(《北怒庄园》)的研究成果只占1.81%,处于最末端,而对奥斯汀本人和《傲慢与偏见》的研究则分别占39.56%和36.54%。

相信认真阅读过《北怒庄园》的读者大多会被其轻松、犀利、幽默的内容与风格吸引,然而这部小说为何被出版商蛮横地束之高阁,最终出版后依然不受关注?以下是笔者的几点看法:

第一,作品名称。*Northanger Abbey* 是带有浓郁哥特风格的书名,"north","anger"和"abbey"都让人感觉恐怖压抑,很难联想到奥斯汀小说的浪漫爱情主题,更不可能像《傲慢与偏见》和《理智与情感》的书名那样即刻激起读者的阅读欲望。在中国,这部小说有《诺桑觉寺》和《诺桑觉修道院》两个译名,同样听上去很不轻松,自然难以成为读者的阅读选择。笔者将书名直译为《北怒庄园》,也可能带来类似的感受。

第二,作品的独立性。从严格意义上来说,《北怒庄园》并不是一本真正独立的小说,而是以许多早先的哥特小说和言情小说为创作基础,特别是拉德克里夫夫人的《尤多尔弗》。因此,缺乏背景知识的读者很难真正理解文中的许多内容,更难体会其中的内涵与幽默,从而大大影响了阅读的乐趣、理解与感受,这一点对中国读者影响更大。

第三,至于克罗斯比出版社为何在接受并宣传了《北怒庄园》后又不予解释地将其打入冷宫,也许是因为年轻气盛且首次出书的奥斯汀对小说言辞激烈的捍卫,对当时的一些期刊与文学形式不加掩饰的批评,以及通过对将军的描述向父权提出的质疑与挑战。这些因素可能让出版社有些担心或不满,最终决定搁置这部作品。

小说标题中的"北"与"怒"呼应了哥特小说的恐怖感。英格兰的地理位置偏北,气候寒冷;凯瑟琳在庄园中经历了自然之怒(暴风雨天气)与将军的愤怒,因此标题与内容本身也有着不可分割的联系。《新牛津英汉双语大词典》(2007)中对"Abbey"的释义为:"the building or buildings occupied by a community of monks or nuns,修道院"。小说在第二卷第二章的末尾对北怒庄园做了如下介绍：

> 北怒庄园是宗教改革时期的一座富足的女修道院，在改革消亡时期落入蒂尔尼家族的一位祖先手里。这座古老建筑的大部分依然作为如今的住宅，虽然其他部分已经废弃。庄园坐落于山谷低处，北面和东面被耸立的橡树林遮蔽。

因此，笔者认为以"寺"指代这座建筑并不恰当。另外，虽然此处曾经作为修道院，却从 16 世纪的宗教改革消亡时期就变成了蒂尔尼家族的财产与住宅，原先的宗教功能早已不复存在。由英国 ITV 电视台从 2010 年推出的时代剧《唐顿庄园》(*Downton Abbey*) 就展现了曾经的宗教场所成为了怎样的上层社会住宅与产业，即庄园。

北怒庄园曾经是一座女修道院，属于罗马天主教（Roman Catholic Church）。亨利八世（1491—1547）在位时为了休妻另娶新皇后，与当时的罗马教皇反目。他令英国教会脱离罗马教会，成立英国国教（the Church of England），从此由英国国王或王后担任英国国教的最高统治者。亨利八世解散了所有修道院，将其巨额土地财产收归王室；之后为了政治支持与财政需求，又将修道院连同里面的僧人尼姑赠送或转卖给他的支持者与新贵族等。北怒庄园应该是在那样的背景之下落入了蒂尔尼家族的一位祖先手里。总之，北怒庄园体现了天主教与政治变革的时代背景，也体现了一定的女性意识。虽然将军已经成为庄园的主人，然而这里几个世纪前曾是女性的居住地。小说最后，将军接受女儿埃莉诺的建议做出让步，原谅了亨利，让他娶回家境平常的凯瑟琳。

《尤多尔弗》是《北怒庄园》最重要的创作背景。奥斯汀不仅在小说中借凯瑟琳、亨利与埃莉诺之口盛赞拉德克里夫夫人，还大量借用《尤多尔弗》中的人物与情节，如蒙透尼、多萝西、艾米丽以及亨利在马车上为凯瑟琳绘声绘色地描述的"古堡惊魂历险记"。

时过境迁，曾经作为奥斯汀偶像的拉德克里夫夫人，如今她的文学地位已被奥斯汀远远抛在了身后，只有极少数现代读者还有兴趣阅读那本厚厚的《尤多尔弗》。"牛津世界经典丛书"中的《尤多尔弗》（2008）全书共七百多页，其中正文672页。编者在前言中委屈地表达了《尤多尔弗》与《北怒庄园》的亲密关系：

> 一些读者的确只是将拉德克里夫的小说当成了道听途说：就是那本令人愉快的"恐怖"故事——充满了城堡、地窖与被谋杀的妻子——让简·奥斯汀的小说《北怒庄园》（1817）里年轻单纯的凯瑟琳·莫兰心醉神迷……然而《尤多尔弗》本身仅仅是个前提——是老套的互文，众所周知的故事，而奥斯汀在此基础上创作了一出由误解而生的精彩喜剧。（《尤多尔弗》：VII）

"牛津世界经典丛书"中的《北怒庄园》这样表述了与《尤多尔弗》的互文关系：

> 受到她读过的拉德克里夫夫人的《尤多尔弗堡之谜》与

《意大利人》的启发，又被亨利·蒂尔尼的话语刺激——他鼓励她对名称惊悚的自家庄园进行哥特式幻想——凯瑟琳期待着北怒庄园"和她读到的一模一样"。(《北怒庄园》：X)

凯瑟琳在到达北怒庄园的当晚便遇上狂风暴雨。虽然她整个房间的氛围一点也不阴森，而且蒂尔尼小姐和她的房间只隔了两道门，一直壮着胆子的她却被一个高高的老式黑色立柜吓得在一番冒险探秘后躲在被子里瑟瑟发抖，大半夜都没睡着。她怀疑将军谋杀了妻子或将妻子囚禁在了密室里，在独自偷偷跑去查看已故的蒂尔尼夫人房间时被提前回家的亨利撞见。得到一通严厉的训斥后，含泪跑回自己房间的凯瑟琳羞愧得无地自容，哭得无比伤心。然而，在认真思考后她还是相信，将军的性格并不十分和蔼可亲。最终，凯瑟琳被将军毫无理由地赶出家门。她听完赶来求婚的亨利给她的解释后，觉得听到的内容足以让她认为，在怀疑将军谋杀或囚禁妻子这件事上，她没有侮辱将军的人格，也没有夸大他的残暴。经历了这段一惊一乍、亦幻亦真的哥特之旅后，单纯可爱的美少女凯瑟琳终于在作者的安排下，与所有读者加快步伐共同奔向皆大欢喜，和心爱的亨利·蒂尔尼结成美满婚姻，真是幸福无比。

"恐怖"是当时哥特小说的必要效果，也是女主角凯瑟琳除了对男主角亨利的爱情以外最渴求的感受。由于对哥特小说的痴迷，凯瑟琳在进入庄园前，便渴望尝尝惊恐的滋味。她执意将自己想象为《尤多尔弗》中的艾米丽，把将军想象成恶棍蒙透尼，因此蒂尔尼夫人的死不仅有可能只是个假象，而且自然而然是将军所为。不过虽然最终传奇的梦幻破灭了，凯瑟琳的恐惧却并非只是梦幻。托尼·坦纳（1932—2020）在《简·奥斯汀》（1986）中这样表达了《北怒庄园》中的恐怖之源。

> 因为这是真实的存在：彻底的自负、冷酷、残忍、人心的麻木，以及愤怒的父权人物的可怕力量。再强调一遍：北怒庄园中的愤怒才是真正隐藏着的恐怖。（P. 47）

作为奥斯汀最年轻的小说，《北怒庄园》体现了奥斯汀小说的共同主题：爱情、财产、婚姻。小说的女主角凯瑟琳家境平平，毫无女主角气质，十五岁才几乎算得上漂亮，到了十七岁还从未引起过真正的激情，也没有被人仰慕过。她与蒂尔尼将军的二儿子亨利在巴斯相遇，经历了有快乐也有痛苦的相处与分离，最终有情人终成眷属。亨利的妹妹埃莉诺善良美丽，很早就有了两情相悦的心上人。他因为身世卑微而一直无法向她求婚，却在意外地继承了爵位和财产后，解决了所有的难题。年轻貌美却身无分文的伊萨贝拉·索普一心想通过婚姻过上有钱人的生活，最后落得了一场空……在当时的社会制度下，由于对女性财产权和长子继承权的法律规定，每一对恋人都无法逃避财产状况带来的影响，然而奥斯汀却是以其贯穿全文的幽默讽刺风格，通过对小说中一个个爱情悲喜剧的生动描述，让读者们领悟到真爱才是幸福婚姻最重要的基础。

奥斯汀的讽刺话语风格也体现在小说的视角上。在《北怒庄园》的许多场景中，凯瑟琳的做传人多次打破沉默为将军、埃莉诺和凯瑟琳传递他们的话语。然而这位做传人很难称得上敏锐公正，因为她几乎总是通过凯瑟琳的眼睛看待小说中的人与事。然而十七岁的凯瑟琳连哥特小说与现实生活都傻傻分不清，那么她眼中的世界究竟有几分虚幻，几分真实？假如读者换个角度看待凯瑟琳眼中的世界，或许又能得出不同的结论：比如将军是不是冷酷的丈夫和可恶的父亲？伊萨贝拉为何如此虚伪做作，朝三暮四？她与母亲索普太太对莫兰父亲的猜测有几分道理？凯瑟琳的父母对待詹姆士与凯瑟琳婚姻的不同方式，又能反映出他们怎样的性格与婚姻观？……总之，讽刺大师奥斯汀始终在无声地向读者传递着这样的信息：请不要仅凭字面意思理解我的小说！

　　本人于2017年9月至2018年9月期间获国家留学基金委奖学金，在加拿大滑铁卢大学英语系作为访问学者，师从弗雷泽·伊斯顿教授（Fraser Easton）进行简·奥斯汀研究。在《北怒庄园》的翻译过程中，伊斯顿教授给了我很多帮助，总是悉心解答我的每一个问题。访学期间，我遇见时任滑铁卢大学孔子学院中方院长周敏教授，在她的指引下走上了奥斯汀翻译之路。感谢周敏教授、出版人彭伦老师，以及华东师范大学出版社许静老师的引荐与认可。感谢华东师范大学出版社对我的信任，同时感谢给我帮助、支持与鼓励的师长、家人与朋友们！

　　译文的章节与段落划分，破折号与黑体着重标记（原版为斜体）以"牛津世界经典丛书"的"Northanger Abbey and Other Works"（2008）为标准，文末注释也以此书为重要参考。希望此译本能够得到读者的喜爱与认可。

最后,愿《北怒庄园》能让亲爱的读者们享受美好的奥斯汀世界!

汪 燕

2020 年 12 月 21 日

第一卷

第一章

但凡在凯瑟琳小时候见过她的人,谁也想不到她天生会是个女主角。她的境遇,父母的身份,她自己的容貌气质统统对她不利。她的父亲是位牧师,没有受人冷落或陷入贫穷。他是个很体面的人,虽然名字叫做理查德①——他的相貌从来也没有英俊过。除了两份殷实的俸禄,他还有一笔不小的独立资产——也毫无兴趣将女儿们锁进密室里②。凯瑟琳的母亲朴实能干,性情温和,最难得的是有一副强壮的身体。她在凯瑟琳之前已经生了三个儿子,却没按众人的期待在生她时难产而死,而是活了下来——还又生了六个孩子——她看着孩子们在身边长大,自己依然健康无比③。有十个孩子的家庭当然算是旺族,有足够的脑袋胳膊腿来支撑这个"旺"字;但莫兰一家除此之外就无可称道了,因为他们都太寻常,而凯瑟琳许多年来都和别人一样平淡无奇。她身形干瘦,面色黯黄,头发黑直,五官粗糙——她不仅相貌如此——而且心智也完全不适合当女主角。她喜欢各种男孩的游戏,觉得

---

① 奥斯汀的家庭玩笑。见1796年9月15日奥斯汀书信:"理查德·哈维的婚约被推迟,直到他能有个更好的教名,当然这一点他还是很有希望的。"
② 奥斯汀在此处不仅暗指哥特小说女主角们遭受的巨大痛苦,也指更早期的一些小说中女主角们的遭遇。
③ 在哥特小说中,女主角的母亲常会因为自然或非自然的原因(如生育或家庭暴力)很早去世。女主角失去了母亲的保护,很可能落入恶毒的监护人手中。

板球不但比洋娃娃好玩，也比养仓鼠、喂金丝雀、浇灌玫瑰花等更有女主角气质的事情有趣得多。她很不喜欢花园，真要去采花，多半也只为捣乱——之所以这样猜，是因为越不让采的花她越是想去采——她的喜好大抵如此——能力也非同寻常。不管学什么，她从不可能不教就懂或一教就会，有时甚至怎么也教不明白，因为她常常心不在焉，甚至反应迟钝。她的母亲花了三个月才教她背下《乞丐请愿歌》①，连她的妹妹莎莉都比她学得快。凯瑟琳并非总是这么笨——绝非如此，她学《兔子与朋友》②这首寓言的速度能超过英格兰的任何女孩。她的母亲想让她学音乐，凯瑟琳也觉得自己一定会喜欢，因为她很爱拨弄那架弃置的纺织机，于是八岁时她便开始学习。她学了一年便无法忍受——莫兰太太本不强求女儿样样精通③，也不在意她日后缺乏能力品味，任由她停了下来，于是辞退音乐老师的日子成了凯瑟琳最快活的一天。她对绘画没有多高的品味，虽然每次从母亲那儿弄到信封或其他纸片时，她都会在上面画些房子、树木、母鸡和小鸡，但画来画去都一个样——她的父亲教她写作和算术，母亲教她法语，可她都学不好，还想方设法找机会逃课，真是个奇怪又难以捉摸的孩子！——她就这样稀里糊涂长到十岁，心肠不坏脾气也不差；难得犯点倔脾气，极少与人争吵，对弟妹们很好，很少耍霸道；她还是个吵闹的野孩子，讨厌被限制，不爱干净，最爱从

---

① 英国托马斯·莫斯神父（1808 年逝世）在 1769 年发表的诗歌，常用作孩子们的背诵材料。
② 英国诗人约翰·盖伊（1685—1732）的《寓言》（1727）中最受欢迎的作品之一。
③ 当时的中产阶级女子几乎没有工作的可能，通常期待能凭借各种才华与修养进入理想的婚姻。

屋后的绿草坡滚下去。

这就是十岁的凯瑟琳·莫兰的样子。到了十五岁时,她变得好看了些,她开始卷头发、渴望参加舞会了。她的肤色明亮起来,五官因为脸蛋的丰润变得柔和,眼睛有了神采,身材也变得俊俏。她不再是个泥孩子,变得喜欢打扮,更爱干净也更加聪明。现在她喜欢听着父母常常夸她容貌上的进步。"凯瑟琳越长越好看——她今天几乎算得上漂亮了",这是她时不时能听见的话。多么动听呀!看上去**几乎**算得上漂亮,这句话给一个十五年来始终相貌平平的女孩带来的欣喜,远远超过天生丽质的人从所有的赞美中得到的快乐。

莫兰太太是个贤惠的女人,希望自己的孩子都有出息。然而她大部分时间不在卧床就在带小娃娃,大孩子只能由着他们自己。因此毫无女主角气质的凯瑟琳竟然十四岁还喜欢玩板球、棒球、骑马、在乡下乱跑,这也不足为奇。她对看书兴趣不大——至少不喜欢说教的书——要是书中没什么有用的知识,或是只有故事没有教导,她也不反对读。然而从十五岁到十七岁时,凯瑟琳踏上了主角的成长之路。她读了所有女主角该读的书,以便在瞬息万变、跌宕起伏的人生旅途中,适时想起或启迪思想或抚慰心灵的书中名句。

她从蒲柏学会批评这样的人:

装出一副假悲伤的模样[①]

[①] 英国诗人亚历山大·蒲柏(1688—1744)《怀念一位不幸的女人》(1717)中的诗句。

从格雷学到:
多少花儿盛开却无人看见,
将芬芳白白浪费在荒漠。①

从汤姆逊学到:
——启迪年轻人的思想
是一桩赏心乐事。②

除此以外,莎士比亚也让她学到了很多,有:
——轻如空气的小事,
对于嫉妒的人,
也会变成神明般的强大证据。

还有:
被我们踩踏的可怜甲虫,
感受到肉体承受的疼痛,
如同垂死的巨人般强烈。

以及恋爱中的少女看上去总是:
——像墓碑上刻着的"忍耐",

---

① 英国诗人格雷(1716—1771)《墓园挽歌》(1751)中的诗句。格雷的原文为"甜蜜"(sweetness)而非"芬芳"(fragrance)。
② 苏格兰诗人汤姆生(1700—1748)在《四季》(1728)中关于春天的诗句,是原文的缩写版。

对着"悲伤"微笑。①

到目前为止她的进步显著——在其他方面也长进不小：比如她虽然不会写十四行诗，但下定决心要多读一点；再比如她虽然不能在晚会上凭借一首钢琴曲艺惊四座，却能不知疲倦地欣赏别人的演奏。她最大的不足是在画笔上——她不懂绘画——甚至不敢尝试给心爱的人画一幅侧影②，也好泄露个小心机。在这个方面她可远远达不到女主角的高度。眼下她还没意识到自己的不足，因为她没有情人可画。她已经十七岁③了，还没遇见过哪位和蔼的年轻人来唤醒她的情感④；除了一点不温不火、稍纵即逝的感觉外，她从未引起过真正的激情，也没被人仰慕过。这真是太奇怪了！不过奇怪的事情只要找到原因总能得到解释。因为这附近没有勋爵，根本没有——甚至连个男爵也没有。所有的熟人中谁也没收养或帮助过门口的弃婴——没有一位身份不明的年轻人⑤。她的父亲没有养子，教区里的乡绅没有子嗣。

然而，当一个年轻女孩注定要成为女主角时，即使方圆四十户人家全都和她作对也拦她不住：必须也一定会发生某件事，把

---

① 分别选自英国剧作家莎士比亚（1564—1616）的《奥赛罗》《一报还一报》和《第十二夜》。
② 有评论家认为奥斯汀在此处暗指夏洛特·史密斯的《埃米琳：古堡孤女》（1788），书中的女主角有意让男主角发现了她为他画的侧影像。
③ 十七岁似乎是奥斯汀喜欢为较为天真的女主角设定的最小年龄，如《理智与情感》（1811）中的玛丽安·达什伍德。更加成熟独立的女主角一般会年长两三岁或更多。
④ 奥斯汀在此处模仿了哥特或言情小说中的措辞，书中年轻的小伙子通常很"和蔼"（amiable），让女主角心动。"情感"（sensibility）是十八世纪的时髦用词，指不世故、不算计，因非常敏感的天性而产生的强烈爱情。
⑤ 弃婴和身份不明的年轻人暗指贵族私生子。

男主角送到她的面前。

莫兰一家住在威尔特郡的富勒顿村,这一带的大部分产业都归艾伦先生所有。艾伦先生遵照医嘱准备去巴斯①疗养痛风——他的妻子性情和悦又喜欢莫兰小姐,或许她知道要是一个年轻女孩在村里遇不到奇缘,不妨去外面找找,便邀她同行。莫兰夫妇欣然同意,凯瑟琳满心欢喜。

---

① 巴斯(Bath)是十八世纪英国最时髦的疗养社交胜地,以富含矿物质的温泉水而著名,十九世纪开始影响力有所下降。奥斯汀去过巴斯多次,1801—1805年和家人一起住在巴斯,所以对巴斯的描述非常真实。

第二章

　　除了上述对凯瑟琳·莫兰个性与资质的介绍，在为期六周充满困难与惊险的巴斯之旅即将启程之际，有必要再提供一些关于凯瑟琳的明确信息，以免读者到后来弄不清她的性格本该怎样。她生性善良，乐观开朗，既不自负，也不矫揉造作——她的举止刚刚摆脱了小女孩的笨拙与害羞。她天性愉悦，状态好时看上去挺漂亮——她的心智就是尚未开窍的十七岁女孩应有的样子。

　　出发的日子临近，当母亲的莫兰夫人自然满心焦虑。出发的前两天，她的脑海中会出现这次重大离别可能给亲爱的凯瑟琳带来的一千种危险，所以最后的一两天满心悲伤，以泪洗面。在女儿的闺房和她告别时，母亲通常会用睿智的双唇向女儿提出最重要、最有用的建议；她必须警告女儿千万别被什么贵族男爵骗到偏远的农舍，才能舒缓沉重的心情。谁会不这么想呢？然而莫兰夫人对贵族男爵几乎一无所知，全然不担心他们可能带来的危险，也想不到他们会用什么诡计伤害自己的女儿。她只对凯瑟琳叮嘱了这两句话："凯瑟琳呀，记得晚上从舞厅出来时把脖子裹暖和了；我希望你用钱能记个账——这个小本子是特地带给你用的。"

　　莎莉，或是莎拉（普通乡绅家的女儿们，有几个到了十六岁还不试着改改名字的？）此情此景下必然成了姐姐的挚友与知己。

然而奇怪的是，她既没坚持让凯瑟琳每趟邮班给她寄封信，也没要求她把在巴斯遇到的每个新朋友和每一次趣谈都详细汇报给她。莫兰一家沉着镇定地完成了这趟重要旅行的全部准备，看起来很符合寻常生活中的平淡感觉，完全没有女主角第一次离家应该激起的万般柔情与依依不舍。她的父亲本该允许她随时可以去银行取钱，或直接向她的手中塞一张百元汇票，却只给了她十个畿尼①，并保证道钱不够了再给。

就在这般惨淡光景中，凯瑟琳告别家人，踏上了旅程。旅途宁静怡人，平安顺利，既没出现强盗，也没遇上暴风雨，更没有碰见带来男主角的哪次幸运翻车②。最让他们担心的一次是艾伦太太以为把木屐落在了旅店，后来发现只是虚惊一场。

他们到达了巴斯。凯瑟琳的心里急切又欢喜——当车子驶入优雅气派的小城，再驶入通往他们旅店的街道时，她的眼睛左顾右盼，四处张望。她来这儿是为了感受快乐，现在已经很快乐了。

不久，他们就在普尔蒂尼街③的一幢舒适的房子里安顿下来。

现在必须介绍艾伦太太了，以便读者能够判断她是怎样造成了后面的不幸，或是她可能通过怎样的行为把可怜的凯瑟琳推到了小说最后一章中的悲惨境地——是因为她的轻率，粗俗，或嫉

---

① 1畿尼＝1.05英镑＝21先令。
② 在英国哥特小说代表人物安·拉德克里夫夫人（1764—1823）的代表作《尤多尔弗》（1794）中，女主角艾米丽（Emily）就是因为翻车而遇见了男主角瓦兰库尔特。《尤多尔弗》的全名为《尤多尔弗堡之谜》。
③ 巴斯的时尚住宅区。

妒——还是通过拦截她的信件,破坏她的名誉,或是将她撵出门去?①

艾伦太太是这样一种女性,倘若见到她们,你会惊讶竟然有男人会对她们爱到想和她们结婚的地步。论美貌、天资、才华、风度,她样样皆无。上流社会的淑女气派、安安静静的好脾气、窄窄的脑回路,便是艾伦先生这般聪明睿智的男人选她当太太的全部理由。一方面,她非常适合介绍一位年轻女士进入社交圈,因为她自己也和所有年轻女孩一样哪儿都爱去,什么都爱看。穿衣打扮是她的酷爱。她有个无伤大雅的喜好,总把自己打扮得漂漂亮亮。她花了三四天时间了解最流行的款式,还给女伴凯瑟琳配了一身时髦的装束,这才带着我们的女主角正式进入社交圈。凯瑟琳自己也买了些东西,一切准备就绪,凯瑟琳被领进上舞厅②的重要夜晚即将来临。她由最好的发型师打理了头发,小心翼翼地穿上新衣,艾伦太太和女仆都说她看起来棒极了。有了这样的鼓励,凯瑟琳至少能期待在穿过人群时不被嘲笑。若是有人仰慕那当然好,但她对此可不抱希望。

艾伦太太打扮了太久,所以她们很晚才进入舞厅。眼下正是旺季,舞厅里拥挤不堪,两位女士只好奋力穿过人群往前挤。至于艾伦先生,他转身去了棋牌室,留下她们在人潮中自寻其乐。艾伦太太出于对她新衣服的安全而非对女伴舒适度的考虑,以尽

---

① 哥特小说中女主角的遭遇可能因为《尤多尔弗》中蒙透尼这样的男性恶棍,也可能来自于邪恶的姑母等人。
② 原文为"Upper Rooms",有时也称新舞厅"New Rooms",由小约翰·伍德(John Wood the younger)(1728—1782)于1771年在巴斯圆形广场(Circus)附近的高地建造。当时那儿每周都要举行舞会。

可能快的速度敏捷地从门边的男士们中间穿过；凯瑟琳紧紧贴在艾伦太太身边，拼命抓住她的胳膊才没被挣扎的人群冲散。艾伦太太惊讶地发现往里走根本无法摆脱人群，似乎越往前走越是拥挤。她本以为走进门就能很容易地找到座位，可以轻松地观赏舞会呢，然而情况并非如此。虽然她们使劲挤到了大厅的尽头，她们的境遇还是一模一样。在这儿她们完全看不到跳舞的人，只能看见几位女士头顶上高高的羽毛。她们还是继续前进——前面总会有更好的风景。凭借着一番机智与努力，她们终于到达了最高一排长凳后面的过道。这儿的人比下面少多了，于是莫兰小姐可以俯瞰人群，知道自己刚刚经过了怎样的危险才到达这里。这是一幅壮观的景象，让莫兰小姐当晚第一次意识到自己是在舞会上。她渴望跳舞，然而她在舞厅里没有一个熟人。艾伦太太尽心尽力地做着她在这种情况下能够做到的事，不时心平气和地对着凯瑟琳说上几句："我希望你能去跳舞，亲爱的——但愿你能有个舞伴。"刚开始她的年轻朋友还很感激她的好意，但这话重复了多少遍也没起到一丁点儿效果，凯瑟琳最后烦了，也懒得再谢她。

可是，她们无法长久地享受这历尽艰辛得到的好位置带来的安宁——很快所有人都要起身去喝茶，她们只得和其他人一起再挤出去。凯瑟琳有些失望了——她讨厌总是被人群挤来挤去，对那些面孔也毫无兴趣。因为没有一个熟人，她也无法和谁交流一下被困的烦恼。终于到了茶室，她越发因为没有同伴，找不到熟人，也没有一位绅士在身边献殷勤而感到尴尬无趣——她们根本见不到艾伦先生。两人张望了半天也没找到更合适的地方，只得在一张大桌子旁坐下。桌边已经坐了一大群人,她俩无事可做,只能彼此说说话。

刚一坐下,艾伦太太便庆幸自己没把长裙挤坏。"要是裙子被挤破可就太糟糕了,"她说,"不是吗?——这是多么精致的薄纱呀!——老实说,整个大厅里我还没见到让我这么喜欢的料子呢。"

"真不舒服,"凯瑟琳低声说,"一个熟人也没有!"

"是的,亲爱的,"艾伦太太平静地答道,"的确很不舒服。"

"我们怎么办呢?——你看这张桌子上的先生女士们似乎很奇怪我们干吗到这儿来——好像我们硬要夹进他们中间似的。"

"啊,真是这样——那实在太讨厌了。我希望我们在这儿有一大群熟人。"

"我希望能有**一个**就好了——总有个人可以找找。"

"一点不错,亲爱的,要是能有认识的人我们马上就过去。斯金纳一家去年来过——我希望他们现在来这儿。"

"既然这样我们是不是最好走开?——桌上都没有我们的茶具,你看。"

"的确没有——真让人恼火!不过我们最好还是坐在这儿吧,在这么一大群人中间太容易摔倒了!亲爱的,我的头发①看上去怎样?——有人推了我一把,我担心被碰坏了。"

"完全没有,很漂亮——可是,亲爱的艾伦太太,这么多人你真的谁也不认识吗?我想你**一定**能认识谁。"

---

① 原文为"head",尤指十八世纪的发型师为上流社会的女士们做的发饰。将打了粉涂了润发油的头发用垫子和填充料高高盘起,饰以薄纱和缎带,再戴到头上,因此是个头饰。

第一卷 13

"我真的不认识——我也希望有熟人啊。我真心希望能认识一大群人,那样就能给你找个舞伴了——要是能让你跳舞我会很高兴的。那儿有个怪模怪样的女人!穿着多么古怪的长裙!——那么过时!你看那后背的样子。"

过了一会儿,邻桌有人请她们喝茶,她们很感激地接受了,还和请她们喝茶的先生说了几句话。整个晚上只有这位先生和她们有些交流,直到舞会结束后艾伦先生才发现她们并走了过来。

"莫兰小姐,"他直截了当地说,"我希望你在舞会玩得愉快。"

"的确很愉快。"凯瑟琳答道,然后忍不住打了个大大的哈欠。

"我真希望她能跳舞,"他的妻子说,"我真希望我们能给她找个舞伴——我刚才还说要是斯金纳一家是今年冬天而不是去年来这儿的就好了。帕里一家说过要来,要是他们来了,她就能和乔治·帕里跳舞了。我真难过,她到现在也没个舞伴!"

"我希望后面的舞会能好一些。"这是艾伦先生的安慰。

舞会结束,人们开始散场——腾出的空间足以让剩下的人们舒畅地走动。我们的女主角整个晚上都默默无闻,现在到了被注意和欣赏的时候了。人群每隔五分钟散去一些,她的魅力便能增添几分。现在她被许多之前不在附近的年轻人看见了。不过还没有谁因为见到她而欣喜若狂,或在舞厅里急切地询问她的名字,更没有谁将她视若女神[①]。不过凯瑟琳的确很好看,要是那些人

[①] 当时的哥特或言情小说中常用夸张的赞美之词称呼女主角,如"女神""天使"(angel)。

三年前见过她,**现在**一定会觉得她美貌无比。

不过**确实**有人在注意她,还带着几分仰慕。她亲耳听见两位先生夸她漂亮。此番赞美带来了应有的效果,她立刻觉得这个夜晚比她之前的感觉愉快了很多——她那点卑微的虚荣心得到了满足——对那两位赞扬他的年轻人满心感激,恐怕比真正合格的女主角收到十五首歌颂她美貌的十四行诗还要感激不尽。她乘坐马车时对每个人都和颜悦色,因为得到的那一点点关注而非常满足。

第三章

现在每天早上都有一些常规的事情——逛商店，游览小镇里还没去过的地方，去矿泉厅前前后后转上一个小时，打量里面的每个人，却跟谁都不说话。艾伦太太依然热切地渴望着遇到一些熟人，在每天早晨的徒劳搜索后，她都会把这个心愿重复一遍。

她们来到下舞厅①，在这儿幸运女神对我们的女主角更加眷顾。典礼官给她介绍了一位很绅士的年轻人做舞伴——他姓蒂尔尼。他看上去二十四五岁，个子很高，面容愉悦，一双聪颖灵活的眼睛，即使算不上很英俊也差不多了。他谈吐文雅，让凯瑟琳感到非常幸运。跳舞时顾不上说话，但坐下来喝茶时，凯瑟琳发现蒂尔尼和自己想象的一样和蔼可亲。他说话口齿伶俐，兴致勃勃——举止带着几分淘气与诙谐，让她很感兴趣，虽然她几乎无法理解②。他们自然而然地就着身边的事物聊了一会儿，蒂尔尼忽然对她说："小姐，我很失礼，没能好好关照我的舞伴。我尚未请教你来到巴斯有多久，之前是否来过此地，有没有去过上舞厅、戏院和音乐厅，对此处的总体印象如何？我太疏忽了——但你是否有时间满足我对这些问题的好奇心？如果有，我就马上开始。"

---

① 在上舞厅的南面，地势较低。
② 亨利的相貌气质与当时哥特小说中英俊忧伤的男主角形成了较大反差。

"先生，你不必为这些小事麻烦自己。"

"小姐请放心，不麻烦的。"他摆出一副做作的笑脸，装得柔声细气，然后傻乎乎地问道，"小姐，你来巴斯很久了吗？"

"先生，大约一周吧。"凯瑟琳忍住笑回答道。

"真的？"蒂尔尼装出一副大惊小怪的样子。

"先生，你为什么要惊讶呢？"

"为什么？真的！"他用自然的语调说，"不过你的回答总得看上去激起了某种情绪吧，而假装惊讶会更容易，也不比其他任何情绪更不合理——现在让我们继续。你以前从没来过这儿吗，小姐？"

"从来没有，先生。"

"真的？那你至今光临过上舞厅吗？"

"是的，先生。我上个星期一去了那儿。"

"去过戏院吗？"

"是的，先生。我星期二去看了戏。"

"音乐厅呢？"

"去了，先生。在星期三。"

"那你总的来说喜欢巴斯吗？"

"是的——我非常喜欢这儿。"

"现在我必须傻笑一下，然后我们也许能恢复正常了。"

凯瑟琳转过头去，不知能否贸然笑出声来。

"我知道你是怎么看我了，"他严肃地说，"我不过会成为你明天日记中的一个可笑角色而已。"

"我的日记？"

"是的,你肯定会这么写:星期五,去下舞厅,穿着镶蓝花边的薄纱裙——素色黑鞋——看上去很不错。不料被一个奇怪的傻瓜年轻人纠缠,他想让我陪他跳舞,还说了一堆让我苦恼的废话。"

"我绝对不会说出这样的话。"

"要不要我告诉你该怎么说?"

"请讲。"

"我和金先生介绍的一位非常可爱的年轻人跳了舞,和他说了许多话——他看上去特别聪颖——我希望能对他多了解一些。小姐,**那才是我想要**你写的日记呢。"

"不过,也许,我不写日记呢。"

"那你也许不在这间屋子里,我也没有坐在你身边。这两点同样容易受到质疑。不写日记!如果没有的话,你家中的兄弟姐妹如何能知道你在巴斯的生活呢?除非每晚写日记,否则你怎可能如实讲述每天听到的客套话与赞美?要是不能时常翻翻日记,你该怎么记得每天的不同装束,你的皮肤状态,以及各种卷发的式样呢?——我亲爱的小姐,我并不是你想象的那样对年轻小姐们一无所知。正是写日记这个愉快的习惯,才让年轻小姐们拥有了令人称道的流畅文笔。每个人都承认女性往往更能写出令人喜爱的信件。也许是天性使然,但我相信这本质上还得归功于写日记的习惯。"

"有时我会想,"凯瑟琳有些困惑地说,"是否小姐们的信真比先生们的信好得多!也就是说——我不认为我们写的信总是更好。"

"就我有机会做出的判断而言,小姐们通常的写信风格毫无瑕疵,只有三点值得斟酌。"

"哪三点?"

"普遍主题不清,完全忽视标点,经常不懂文法。"

"哎呀!我根本不用担心该怎样否认你的恭维了。这么说来,你对我们的评价一点也不高。"

"我也不该一概而论地认为女士一定比男士信写得更好,或歌唱得更动听,或画画得更美。但凡与品味相关的才华,男性和女性都一样出色。"

他们的话被艾伦太太打断了——"我亲爱的凯瑟琳,"她说,"赶紧帮我把袖子上的别针摘下来吧,恐怕已经扎了个洞了。真是那样就太让我难过了,因为这是我最喜欢的裙子,虽然一码布只要九个先令。"

"太太,那正是我想猜的价钱。"蒂尔尼瞧着细纱布说。

"你也懂得细纱布吗,先生?"

"很在行。我总是自己买领结,谁都说我眼光好。我妹妹经常拜托我帮她挑选长裙呢。前些天我帮她买了一条,所有的小姐们都说再没有比这更划算的了。一码布我只花了五个先令,还是真正的印度细纱布呢。"

艾伦太太惊讶于他的天分。"男人很少注意这些事,"她说,"艾伦先生从来分不清我穿的是哪条裙子。你妹妹一定很喜欢你这样吧?"

"但愿如此,太太。"

"那么请问,先生,你觉得莫兰小姐的裙子怎么样?"

"很漂亮，太太，"他一边说一边严肃地审视着布料，"不过这料子恐怕不经洗，我担心会容易破。"

"你怎么会这样——"凯瑟琳笑道，她差点说出了"奇怪"这个词。

"我完全赞成你的意见，先生，"艾伦太太说，"莫兰小姐买的时候我就告诉她了。"

"不过你知道，太太，细纱布总能派上别的用场。莫兰小姐可以拿它做块手帕，一顶帽子，或一个斗篷——细纱布是从来不会被浪费的。这话我听我妹妹说过几十遍，每次她大手大脚地多买了布料，或是不小心剪坏布料时都会这么说。"

"巴斯真是个迷人的地方，先生，有那么多的好商店——我们不幸住在乡下，索尔兹伯里也有好商店，就是太远了——八英里路太远了，艾伦先生说有九英里，足足九英里，不过我肯定不会超过八英里。去一趟真够累的——我回来都累死了。可是在这儿，出了门五分钟就能买到东西。"

蒂尔尼先生礼貌地对她的话表示了兴趣，艾伦太太就细纱布的问题和他一直聊到舞会开始。凯瑟琳听着他们的对话，担心他对别人的小癖好过于在意——"你这么认真地在想什么呢？"回舞厅的路上他问，"但愿不是在想你的舞伴吧？因为从你摇头的样子看，你沉思的事情并不让你满意啊。"

凯瑟琳红着脸说："我什么也没想。"

"你的回答当然巧妙又深刻，不过我倒宁愿听你直截了当地说不想告诉我。"

"好吧，我不想说。"

"谢谢！这样的话我们很快就能熟悉了，因为以后每次遇见，我都可以拿这个话题取笑你。没有什么比开玩笑更能增进亲密感了。"

他们又一起跳了舞，舞会结束后分开。至少小姐这边很愿意继续交往。至于她喝着温热的掺水葡萄酒时和准备睡觉前有没有很想他，甚至在梦里见到他，我们不得而知。但即使梦见，我希望顶多只在浅睡或早晨打盹时。据说一位有名的作家坚持认为在先生求爱前，小姐是不能首先坠入爱河的①。因此，倘若在先生尚未梦见小姐时小姐竟然梦到了先生，那真是很不体面了。蒂尔尼先生是否适合做梦中情人或是情人这个问题艾伦先生尚未考虑，不过他并不反对蒂尔尼和他的被保护人交个朋友。当天傍晚他费了点心思打听了凯瑟琳舞伴的情况，听说他是个牧师，来自格洛斯特郡的一户体面人家。

---

① 暗指塞缪尔·理查德逊（1689—1876）在《漫谈报》第 97 期发表的文章。此处奥斯汀本人做了对《北怒庄园》的唯一注解。

第四章

第二天,凯瑟琳更加急切地赶到矿泉厅,心想早上准能在那儿见到蒂尔尼先生,并准备对他笑脸相迎——然而不需要笑脸——蒂尔尼先生根本没出现。全巴斯的每个人,除了他,都在这段热闹的时间前前后后地来到大厅让人看见,成群结队的人们每时每刻进进出出,上上下下。谁也不在乎这些人,也没谁想见他们,可唯独他不在。"巴斯真是个令人愉快的地方,"她们在厅里走累了,靠着大钟[①]坐下时艾伦太太说,"要是我们能遇见个熟人该多好啊!"

艾伦太太不知为此白白叹息了多少回,所以没理由认为这次会出现转机。但常言道"凡事不要灰心","孜孜不倦总能达到目的"[②],她每天为着同一件事孜孜不倦的期待终于就要得到应有的回报。她刚坐下十来分钟,那位和她年纪相仿、坐在她身边的女士专心致志地瞧了她很久,然后热情地对她说:"我想,夫人,我不会弄错。上次遇见你还在很久之前,你不是艾伦太太吗?"这个问题得到了欣然的答复。陌生人说她叫索普,艾伦太太马上认出这是她过去的同窗密友。结婚后她们只见过一次面,那已经

[①] 指英国著名钟表匠托马斯·汤皮恩于1709年捐赠给巴斯的汤皮恩大钟。
[②] 选自托马斯·戴奇1707年发表的《英语语言手册》,书中常用讲道理的短文教孩子们如何交流、拼写。

是多年以前了。这次重逢两人都非常高兴，或者可能如此，因为十五年来她们谁也没想过对方。感叹了分别后的时光飞逝，她们开始夸赞对方的容貌，真没想到会在巴斯相遇，见到老朋友真开心。随后她们谈起彼此的家人、姐妹和堂兄弟、表姐妹，两人又是问又是答，谁都只想说不想听，几乎都没听见对方说了些什么。不过索普太太因为儿女众多，交谈中还是比艾伦太太占了上风——说起各自不同的生活境遇和想法时，她大谈特谈儿子的才华和女儿的美貌——约翰在牛津读书，爱德华在商裁公学，威廉从事航海——三个孩子全都备受爱戴，谁也比不上他们。艾伦太太没有这样的内容可分享，无法向她朋友那不情不愿、将信将疑的耳朵里灌入类似的炫耀消息，只能干坐着假装认真地听着这位母亲的聒噪。此时她忽然发现索普太太外衣上的花边还不如自己的一半漂亮，总算得到些许安慰。

"瞧，我的宝贝女儿们来了，"索普太太指着三位模样俊俏，手挽着手走过来的姑娘们叫道，"亲爱的艾伦太太，我早就想让你见见她们了，她们也会特别高兴见到你：最高的是伊萨贝拉，我的大女儿。很漂亮是不是？另外两个也不错，不过我还是觉得伊萨贝拉最好看。"

介绍了索普小姐们之后，刚刚被遗忘在一边的莫兰小姐也被介绍了一下。索普母女们听到这个名字似乎有点吃惊，大小姐极有礼貌地和她交谈了一会儿便高声对其他几位说："莫兰小姐和她的哥哥真是太像了！"

"简直一模一样！"她的母亲叫道，"不管在哪儿我都能认出这是他的妹妹！"这话被她们所有人重复了两三遍。凯瑟琳一时很是惊讶，不过索普太太和她的女儿们刚要解释他们怎会认识詹姆士·莫兰先生时，她忽然想起她的哥哥最近和同校的一个名叫索普的年轻人关系不错，圣诞假期的最后一周还是在伦敦附近的索普家度过的。

事情解释清楚后，索普小姐们说了很多客气话，表示希望和莫兰小姐加深交往；因为彼此兄长间的友谊，她们应该已经算朋友了，等等如此。凯瑟琳高兴地听着，用她知道的最动听的话回答她们。为了表示亲热，她很快应索普大小姐的邀请挽着她的胳膊在矿泉厅转了一圈。凯瑟琳很高兴在巴斯多了些熟人，她和索普小姐聊天时几乎把蒂尔尼先生忘记了。友谊无疑是抚平失恋痛苦的最佳慰藉。①

她们的话题转到了服装、舞会、调情和打趣②上，这样的畅聊通常会让两位素昧平生的小姐刚刚开始的友谊得到升华。不过索普小姐比莫兰小姐大四岁，也至少多了四年的见识，谈论这些问题时有着绝对的优势：她能比较巴斯的舞会和坦布里奇③的舞会，说出巴斯的时尚与伦敦的时尚有何不同；她能纠正她的新朋友对许多优雅服饰的看法；可以判断先生和小姐间的微笑是否在调情；还能从一大群人中指出打趣的那位。这些本领凯瑟琳一无所知，感到钦佩不已。她油然而生的仰慕之心原本可能破坏二人间的亲密感情，幸好索普小姐生性活泼随和，一直说认识她太高兴了，这才让凯瑟琳的敬畏之情逐渐消融，只剩二人间的温柔情

---

① 哥特或言情小说的女主角们失恋后常常得到女性密友的安慰，此处为奥斯汀的有意模仿。
② 指相互之间说俏皮话或戏谑嘲弄。此概念小说其他部分也有涉及。
③ 位于英国东南部的肯特郡，也是当时时髦的温泉小镇。

谊。她们一起在矿泉厅转了五六圈还是难舍难分，便约好一起回去，由索普小姐把莫兰小姐送到艾伦先生的寓所门口。两人如释重负地得知晚上可以在剧场见面，第二天还能一起上教堂，她们亲昵地拉了很长时间的手才依依不舍地分开。凯瑟琳赶紧跑到楼上，从客厅的窗口望着索普小姐沿街而下，欣赏着她优雅的步履、袅娜的身姿和入时的装束，庆幸有机会结识这样的朋友。

索普太太是个寡妇，没多少财产。她脾气温和，心地善良，对孩子们很是溺爱。她的大女儿长得很美，两个小女儿装作和姐姐一样有姿色，学着她的神态，模仿她的穿着，看上去倒也不错。

之所以简单介绍这个家庭的情况，是为了避免索普太太本人对过去的经历和遭遇事无巨细的冗长叙述。否则这些内容得洋洋洒洒写上三四章，把法官书记①的卑劣往事和二十年前的家长里短详详细细地重复一遍。

---

① 这些人在哥特与言情小说中常常骗取好人的财产，尤其是寡妇们的财产。

第五章

那天晚上凯瑟琳在剧院忙着回应索普小姐的点头与微笑,却也没忘记在目之所及的每个包厢里急切地寻找蒂尔尼先生,只可惜白费力气。蒂尔尼先生对戏剧的兴趣并不比对矿泉厅更大。她希望第二天会运气好一点。当她请求天公作美的祈祷得到了应验,看到第二天早晨果然天气明媚,她几乎不怀疑好运的到来。因为在巴斯,晴朗的星期天家家户户都会出门玩耍,所有人都会散步,见到熟人便说:真是美好的一天!

礼拜刚结束,索普一家和艾伦一家就迫不及待地来到一起。他们在矿泉厅待了一会儿,发现里面的人无法忍受,找不到一张文雅的面孔。一到这个季节的星期天,每个人都是这个感觉。于是他们赶到新月街①去寻找更好的同伴。凯瑟琳和伊萨贝拉在这儿挽着胳膊无拘无束地闲聊,快乐地品尝着友谊的甜蜜——她们说了很多话,也非常开心,不过凯瑟琳再次见到她舞伴的心愿又落空了。在哪儿也遇不到他;所有的寻找都没有结果,不论在早晨的休息室还是晚间的集会;在上舞厅或下舞厅,化妆舞会或是便装舞会,都没有他的影子;早晨散步、骑马或赶车的人当中也没有他。矿泉厅的来宾登记簿上没有他的名字,所

---

① 又名皇家新月街,建于1767—1774年。是外形为长约600英尺的新月形建筑,也是帕拉第奥风格的住宅区。在当时是巴斯散步闲逛的时尚去处。

以怎么好奇也无济于事。他一定离开巴斯了。可他没说只待这么短的时间呀！这种神秘感很符合男主角的气质，给凯瑟琳对他容貌举止的想象平添了一份魅力，也让她更期待再见到他。她从索普一家得不到消息，因为他们遇见艾伦太太时才在巴斯待了两天。不过，凯瑟琳常常忍不住和好朋友聊起这个话题，她的朋友则尽可能鼓励她继续想着他，因此她对蒂尔尼的幻想丝毫没有减弱。伊萨贝拉确定他是个可爱的年轻人，还相信他一定也喜欢她亲爱的凯瑟琳，因此过不了多久就会回来。得知他是个牧师后伊萨贝拉更喜欢他了，"因为她必须承认对这个职业有所偏爱"。① 说这话时，她似乎叹了口气。也许凯瑟琳不该没要求她解释为何叹息——可是她没有经验，既不懂得爱情的微妙，也不明白友情的责任，所以弄不清何时能来点适当的调侃，何时该逼着对方说出些心里话。

艾伦太太现在很高兴——她对巴斯非常满意。她遇到了一些熟人，幸运的是其中有她最看重的昔日好友一家，更完美的是这些朋友穿的衣服都远不如她的华贵。她每天的口头禅不再是："我真希望能在巴斯有个熟人！"而是变成了——"我真高兴遇见了索普太太！"——她希望两家人多多交往的心愿和她年轻的被保护人与伊萨贝拉同样强烈。如果一天的大部分时间没有和索普太太待在一起，她一定感到不满意。她们说起来是在聊天，实际上几乎没有思想的交流，也难得讨论相似的话题，因为索普太太主要谈她的孩子，而艾伦太太则爱聊她的长裙。

---

① 奥斯汀的小说有很强的戏剧性，此处为"说书人"的口吻。

凯瑟琳和伊萨贝拉之间的友情开始得迅速又热烈，又在短时间里经历了亲密度增加的各个阶段，很快两人都找不到继续升华的空间了。她们彼此以教名①相称，走路时总是挽着胳膊，跳舞前帮对方别好拖裾，在舞列里非得站在一起不可。要是下雨天做不了别的事情，她们也要不顾雨水泥泞聚到一起，然后关在房间里读小说。是的，小说——因为我不想采用小说家们一直以来狭隘无礼的做法，他们明明自己也在读小说，却用轻蔑的态度诋毁读小说的行为——与水火不容的敌人一起对小说恶语中伤，甚至不肯让自己的女主角读小说。要是她不小心拿起一本小说，肯定会满心厌恶地翻着乏味的书页。哎呀！可要是一部小说的女主角都不能欣赏其他小说的女主角，她自己又如何能期待得到认同与关注呢②？我可不赞成这样。就让评论家们闲来无事骂骂这过于丰富的想象力，在每部新小说问世时用陈腐的笔调声讨这些媒体抱怨的垃圾吧。让我们不要相互背弃，我们是受到伤害的整体。虽然我们的作品能比世界上任何一种文学形式带来更广泛更由衷的快乐，然而没有任何一种创作遭受过如此强烈的诋毁。出于傲慢、无知或赶时髦的原因，我们的敌人几乎和读者一样多。对于写出《英国历史》③第九百个简写版的作者，或是把弥尔顿、蒲

---

① 不加姓氏或"小姐"的昵称。奥斯汀暗指二人关系发展过快，难免肤浅。
② 当时的小说家，如弗朗西斯·伯尼（1752—1840）、玛丽亚·埃奇沃斯（1768—1849）、玛丽·沃斯通克拉夫特（1759—1797）普遍喜欢通过否定小说来显示自己作品的严肃性。
③ 可能指奥利弗·戈德史密斯（1728—1774）于1771年发表的《英国历史》，1774年发行了简写版。也可能指大卫·休姆（1711—1776）多次再版的《英国历史》（1754—1761）。

柏和普莱尔①的作品节选出几十行，配上《旁观者》②的一篇杂文和斯特恩③作品的某一章节拼成一个集子出版的人，诸如此般的才华会得到几千位文人墨客的颂扬——然而人们几乎总愿诋毁小说家的才能，贬低小说家的劳动，蔑视那些集天才、智慧、品味于一身的作品。"我绝不是小说读者——我几乎不看小说——别以为**我**常常读小说——这对于小说来讲已经很不错了。"——就是普遍的口头禅——"你在读什么呢，小姐——？""哦，只不过是本小说！"小姐回答着。她装作满不在乎的样子把书放下，或感到一时的羞愧，"只不过是《西西里亚》《卡米拉》或《贝林达》④"，或简而言之，只是这样的一些作品。这些作品展示了最伟大的智慧，对人性最透彻的阐述，对各种性格恰如其分的描述，热情洋溢的机智与幽默，所有这一切都用最精湛的语言展现了出来。可要是那位小姐没读小说而是在读《旁观者》，她会多么骄傲地拿出书来并报出书名啊，虽然任何一个有品位的年轻人都会讨厌书中的内容与文笔，很可能根本看不进这讨厌的书籍：这些书中文章里的场景通常根本不可能存在，人物矫揉造作，讨论的话题与任何人再无关系，语言也常常十分粗俗，即使能够忍受的人也绝不会对此非常喜爱。

---

① 约翰·弥尔顿（1608—1674）是英国诗人与政治家；亚历山大·蒲柏（1688—1744）是英国诗人与文学评论家；马修·普莱尔（1664—1721）是英国诗人与随笔作家。
② 1711年3月1日至1712年12月6日出现的一种英国杂志。
③ 劳伦斯·斯特恩（1713—1868），英国小说家。
④ 前两部作者为弗朗西斯·伯尼，发表于1782和1796年；第三部作者为玛丽亚·埃奇沃斯，发表于1801年。

第六章

两位朋友的这段对话发生在矿泉厅的某个早晨,当时她们相识大约八九天。这段对话展示了她们之间非常热烈的情感,她们细腻、审慎、独特的思想,以及她们的文学品味,也说明了那份感情是多么合情合理。

她们约好了见面,因为伊萨贝拉比她的朋友早到了将近五分钟,她的第一句话自然是——"亲爱的宝贝,你怎么这么晚?我等你好半天了!"

"啊?真的吗?——真是抱歉,我还以为自己很准时。可是才一点呢。我希望你没等太久吧?"

"哎呀!等了好久,肯定有半个小时了。现在咱们到房间那头坐下来开心开心吧。我有一百件事想说给你听。首先,我担心今天早上会下雨,就在我想出门的时候,天看起来那么阴沉沉的样子,真把我急死了!你知道吗?我刚刚在米尔萨姆街①一家商店的橱窗里看到一顶帽子,你想象不出有多漂亮——和你的那顶很像,不过配了红绸带而不是绿绸带,我真想要。不过,我最亲爱的凯瑟琳,你这一早上都做了些什么?——你还在接着看《尤

---

① 巴斯最时尚繁华的区域,因街上雅致的店铺而著名。

多尔弗》①吗？"

"是的，我一醒来就开始看，已经看到黑纱幔②了。"

"真的？多开心呀！哦！我无论如何也不会告诉你黑纱幔后面是什么！难道你不急着想知道吗？"

"哦！是的，非常想。会是什么呢？——可别告诉我——我说什么也不想听。我知道一定是具骷髅，我肯定是劳伦蒂娜③的骷髅。哦！我真喜欢这本书！我真想一辈子都读它。说真的，要不是遇见你，我是绝不会从书里出来的。"

"亲爱的宝贝！我真是太感谢你了。等你读完《尤多尔弗》，我们再一起读《意大利人》④吧。我已经给你列了一打这样的书单。"

"真的？我太高兴了！——都是些什么书呢？"

"我直接念给你听听吧。在这儿，在我的口袋笔记本里。《沃尔芬巴赫城堡》《克莱蒙》《神秘的警告》《黑森林的巫师》《夜半钟声》《莱茵河的孤儿》，还有《恐怖的奥秘》⑤。这些书够我们看一阵子啦。"

"哇，太好了。可是这些书恐怖⑥吗？你确信它们都很恐怖吗？"

"是的，保证没问题，因为我有个很特别的朋友，一位安德

---

① 《尤多尔弗》是当时最受欢迎的小说之一。奥斯汀在《北怒庄园》中大量模仿和使用了这部小说以及拉德克里夫夫人其他作品中的内容。
② 可以说是《尤多尔弗》全书中的最大秘密，在第二卷第6章中，女主角艾米丽以为纱幔后面藏着饱受折磨的劳伦蒂妮夫人的尸体，想要揭开纱幔时吓晕了过去。
③ 指劳伦蒂妮，可能是奥斯汀的笔误或凯瑟琳的口误。
④ 安·拉德克里夫夫人的另一部作品，发表于1797年。
⑤ 均为当时流行的哥特小说。
⑥ 当时哥特小说的必要效果。

鲁小姐，很可爱的女孩，一个世界上最可爱的女孩，她每本书都读过。我真希望你认识她，你肯定会喜欢她。她正在给自己织一件可爱得不得了的斗篷。我觉得她美得像天使，很恼火男人竟然不爱慕她——我还因此把他们都狠狠责备了一通。"

"责备了他们！你是因为他们不爱慕她而责备他们吗？"

"对，我就是那么做的。为了真正的朋友我什么都愿意做。我不会三心二意地爱着谁，那不是我的本性。我的情感总是特别强烈。今年冬天的一次舞会上，我告诉亨特船长他要是总和我开玩笑，我就不跟他跳舞，除非他承认安德鲁小姐像天使一样美丽。男人不相信女人之间有真正的友谊，我一定要让他们知道并非如此。现在，要是我听见谁说你的坏话，我会立刻发火——不过那根本不可能，因为**你**正是男人最喜欢的那种女孩。"

"哦，天啊！"凯瑟琳红着脸叫道，"你怎么能这样说？"

"我太了解你了。你那么活泼，这正是安德鲁小姐所缺乏的，因为我必须承认她的性格实在太乏味了。哦！我一定要告诉你，昨天我们刚一分手，我就看见一个小伙子特别热切地瞧着你——我肯定他爱上你了。"凯瑟琳红着脸再次否认她的话，伊萨贝拉笑了。"这是真的，千真万确。但我明白这是怎么回事。你对谁的爱慕都无动于衷，除了某位先生，我就不说名字啦。唉，我也不怪你——（语气严肃了些）——你的感受很容易理解。要是真的心有所属，我很清楚任何人的关注都很难让我们开心。所有与心爱的人无关的事物都变得索然无味，平淡无奇！我完全理解你的感受。"

"可你不该让我相信我有多么想念蒂尔尼先生，因为我可能永远都见不到他了。"

"永远都见不到他!我最亲爱的宝贝,千万别这么说。我相信你要是这么想,肯定会非常难过。"

"不,我肯定不会。我不想假装我没有很喜欢他,但只要能读《尤多尔弗》,我就觉得好像谁也不能让我难过。哦!那可怕的黑纱幔!我亲爱的伊萨贝拉,我肯定后面是劳伦蒂娜的骷髅。"

"我觉得真奇怪,你竟然从没看过《尤多尔弗》。不过我猜是因为莫兰太太反对小说。"

"不,她没有。她自己经常读《查尔斯·格兰迪森爵士》[①],可我们弄不到新书。"

"《查尔斯·格兰迪森爵士》!那是很恐怖的书吧,不是吗?——我记得安德鲁小姐连第一卷都没读完。"

"它一点也不像《尤多尔弗》,但我觉得很有趣。"

"是吗?——你真让我惊讶,我以为那本书没法读呢。不过,我最亲爱的凯瑟琳,你想好今晚头上戴什么了吗?我决定不管怎样都要和你打扮得一模一样。男人有时对**那个**还挺注意的呢。"

"可是他们注意了也没什么大不了。"凯瑟琳很天真地说。

"大不了?哦,天啊!我的规矩是永远不在乎他们说什么。要是不给他们点厉害瞧瞧,让他们识相些,他们还不知会怎样胡来呢。"

"是吗?——嗯,我从没注意过**那一点**。他们总是对我很有礼貌。"

[①] 塞缪尔·理查德逊(1689—1761)于 1754 年发表的小说,很受奥斯汀喜爱。

"哦！他们就会装腔作势。他们是天底下最自负、最狂妄的人！——对了，虽然我想了一百次，却总是忘记问你最喜欢男人是怎样的肤色。你喜欢他们黑一点还是白一点呢？"

"我几乎不知道。我几乎从没想过这个问题。两者之间吧，我想。棕色——不算太白，也不太黑。"

"好极了，凯瑟琳。那正是他呀。我还没忘记你对蒂尔尼先生的描述——'棕色的皮肤，黝黑的眼睛，乌黑的头发'——嗯，我的品味不一样。我更喜欢浅色的眼睛，至于肤色嘛——你知道吗——我最喜欢灰黄色的。要是哪天你看见你的某个熟人符合这样的描述，可别背叛我啊。"

"背叛你？——你是什么意思？"

"哎呀，别让我难过了。我相信我已经说得太多。咱们不谈这个话题吧。"

凯瑟琳有些惊讶地顺从了。沉默了一会儿，她正想转到全世界让她最感兴趣的话题，劳伦蒂娜的骷髅上，这时她的朋友阻止了她，说道："老天爷啊！让我们离开这儿吧。你知道吗？那儿有两个讨厌的年轻人已经盯着看我半个小时了。他们真让我不自在。让我们去到达处吧。他们不大会跟我们去那儿的。"

他们走到了登记台①。当伊萨贝拉查看来宾登记时，凯瑟琳负责监视那两位可怕的年轻人的动作。

"他们没往这边来，是吗？我希望他们不要那么无礼地跟着我们。拜托你告诉我他们来了没有。我已经下定决心不抬头了。"

---

① 去下舞厅的客人都需要登记姓名和在巴斯的住址，以便典礼官能介绍他们与别人相识，因此在登记台可以看到所有客人的信息。

过了一会儿，凯瑟琳带着真心的喜悦，向她保证她不必再紧张，因为那两位先生刚刚离开了矿泉厅。

"他们走哪条路了?"伊萨贝拉急着转身问道，"其中一个小伙子长得真好看。"

"他们往教堂庭院走去了。"

"好吧，我真高兴甩掉了他们！现在，你和我一起去埃德加大楼①，看看我的新帽子怎么样？你说过你想看的。"

凯瑟琳欣然同意。"只是，"她又说，"也许我们会赶上那两个年轻人的。"

"哦！别管那个。要是我们走快点，马上就能超过他们，我太想让你看看我的新帽子了。"

"可我们只要再等几分钟，就完全没有遇见他们的危险了。"

"放心，我才不会那么抬举他们呢。我根本不在乎他们。**那样**才会让他们自以为是。"

凯瑟琳没法反驳这番理论。于是，为了显示索普小姐的独立自主和她杀杀男人威风的决心，她们立刻拔腿就走，大步流星地去追赶那两位年轻人。

---

① 米尔萨姆街的高档建筑。

第七章

她们只花了半分钟就从矿泉厅来到联盟路对面的拱廊下,却在这儿被挡住了。熟悉巴斯的人可能记得此时穿过奇普街有多么不容易。这真是一条很讨厌的街道,恰好连着去伦敦和牛津的大路和城里的大旅馆,所以每天都有成群的太太小姐们被四轮马车、骑士和货车挡在路的某一边,不管她们有多么重要的事情,比如买糕点、买女帽,甚至(像此刻这样)追赶小伙子。自从伊萨贝拉来到巴斯后,这个麻烦每天至少要被她感受和叹息三回,现在她注定得再感受和叹息一次。原来她们刚走到联盟路对面,看见那两个小伙子穿过人群,沿着那条有趣的巷子边的水沟往前走时,偏巧被此刻闯来的一辆双轮轻便马车挡住了去路。车夫一副神气活现的样子,赶着马车飞奔在颠簸的路面上,把他自己、他的同伴和那匹马儿的性命全都妥妥地置于了危险之中。

"哦,这些可恶的马车!"伊萨贝拉抬头看了看说,"我太讨厌他们了。"可是这个理由充分的厌恶感并没有持续多久,因为她又看了一眼,惊叫道:"太棒了!是莫兰先生和我的哥哥!"

"天啊!是詹姆士!"凯瑟琳同时嚷道。她们与两位男士目光相遇时,马被猛然勒停,差点摔倒在地。仆人急忙赶来,两位先生跳下车,把马车交给他照料。

这次见面完全出乎凯瑟琳的意料,她兴高采烈地迎接了她的哥哥。哥哥性情和蔼，又真心喜欢妹妹，也同样表现得非常高兴。他本来可以慢慢表达喜悦，可索普小姐一双明亮的大眼睛一直在挑逗着他的关注，他也立刻半是欢喜半是尴尬地向索普小姐回以敬意。倘若凯瑟琳更善于揣摩别人情感的发展状态，而非满心都是自己的感受，她应该看得出哥哥眼中的伊萨贝拉和她眼里的一样漂亮。

约翰·索普此时先是吩咐马车的事，接着很快加入了他们，而凯瑟琳也立刻从他那儿得到了应有的补偿。因为索普虽然只是漫不经心地轻轻碰了碰伊萨贝拉的手，他在凯瑟琳面前却笨拙地深鞠了一躬，又再次弯腰致敬。他是个身材结实、个头中等的年轻人，相貌平平常常，体型粗里粗气。他似乎唯恐自己太帅，所以穿了身马夫的衣裳；唯恐自己太绅士，所以该文雅时太过随意，该放松时又冒冒失失。他掏出手表问道："你猜我们从泰特伯里到这儿花了多久，莫兰小姐？"

"我不知道距离有多远。"他的哥哥告诉她有二十三英里。

"二十三？"索普嚷道，"二十五英里，丝毫不差。"莫兰加以分辨，搬出了旅行指南、旅店老板和里程碑这些权威证据，可他的朋友全然不把这些放在眼里，因为他有更加稳妥的测量方法。"我确信是二十五英里，"他说，"按时间就能算得出来。现在是一点半；我们从泰特伯里的旅店院子出发时镇上的钟敲了十一下；全英格兰谁敢说我的马儿套上缰绳一个钟头还跑不了十英里？那不正好是二十五英里了吗？"

"你说晚了一个小时，"莫兰说，"我们从泰特伯里出发时才十点。"

"十点？我打赌是十一点！我听着敲钟声数过来的。你的哥哥想把我搅糊涂呢，莫兰小姐。你只要看看我的马，你这辈子见过看起来比它更快的动物吗？"（仆人刚刚跳上马车，准备离开。）"这么出色的纯种马！三个半钟头才跑二十三英里？你就看看那马儿，想想这可能吗？"

"**它**的确看上去很热，说真的。"

"很热？在我们到达沃尔考特教堂①前它简直面不改色呢。不过瞧瞧它的前身，瞧瞧它的腰，你只要看看它走路的姿态，那匹马**不可能**一个钟头走不了十英里：就算捆住它的腿也能走得过去。你觉得我这辆马车怎么样，莫兰小姐？很精巧，不是吗？装备齐全，城里造的，我买了才不到一个月呢。这本来是给基督教会学院的人定制的，我的一个朋友，一个很好的人。他用了几个星期，后来估计手头紧了想卖掉。我当时刚好想买个轻便马车，虽然大致决定了要买个双马拉的，不过上学期他赶车去牛津时我碰巧在马格达伦桥上遇见他。'啊，索普！'他说，'你想不想要一辆这种轻便小车？这是顶级的货色，可惜我一点都不喜欢。''哦，该×②，'我说，'我要了。什么价钱？'你猜猜他开了什么价钱，莫兰小姐？"

"我想我一定猜不到。"

"你瞧，这可是双马双轮马车的配置：座位、行李箱、剑匣、挡泥板、车灯、银镶线，样样都有。这铁制部件跟新的一样，甚

---

① 坐落于巴斯北部，奥斯汀的父母1764年在这里结婚，1805年奥斯汀的父亲葬于此处。
② 该（死）。索普是奥斯汀小说中的极少数会赌咒发誓说脏话的人，也是此部小说反哥特风的体现。

至更好。他要五十畿尼,我立刻拍板,把钱一丢,马车就归我了。"

"我能肯定的是,"凯瑟琳说,"我对这些一无所知,没法判断价格贵了还是便宜了。"

"不高不低,我敢说还能买得再便宜点。但我讨厌还价,而且可怜的弗里曼也需要钱。"

"你真是太好了。"凯瑟琳高兴地说。

"哦,该×,在能帮朋友做点事的时候,我讨厌小里小气的。"

现在,两位先生问起二位小姐想去哪儿。得知行程后,他们决定先陪小姐们去埃德加大楼,再去看看索普太太。詹姆士和伊萨贝拉领路,伊萨贝拉心满意足地努力保证这位既是她哥哥的朋友,又是她朋友的哥哥的年轻人一路愉快。她的心思特别单纯又毫无杂念,所以他们虽然在米尔萨姆街超过了那两个讨厌的年轻人,她根本没想吸引他们的注意,只回头看了三次。

约翰·索普当然和凯瑟琳一起走,沉默了几分钟后,他又谈起他的双轮轻便马车:"可是莫兰小姐,有的人会觉得很便宜,因为我第二天就能转手多卖十个畿尼,奥里尔的杰克逊一开口就给六十畿尼,当时莫兰也在场。"

"是的,"莫兰无意中听到了他的话,"不过你忘了这还包括马呢。"

"我的马?哦,该×!我的马一百个畿尼也不卖。莫兰小姐,你喜欢敞篷马车吗?"

"是的,很喜欢。我还没什么机会乘马车呢,但我特别喜欢马车。"

"好极了,我会每天带你乘我的马车出去玩。"

"谢谢。"凯瑟琳有些忐忑地答道,不知是否该接受这番好意。

"我明天带你上兰斯当山。"

"谢谢。可你的马不要休息吗?"

"休息?它今天才跑了二十三英里。都是胡说八道,没什么比休息更能毁掉一匹马了,什么也不能更快地把马废掉。不,不,在这儿我会让我的马平均每天锻炼四个钟头。"

"真的吗?"凯瑟琳认真地说,"那就是每天四十英里。"

"四十英里?哼,我倒想五十英里。好了,明天我带你上兰斯当山,记住,我约好了。"

"那多开心啊!"伊萨贝拉嚷嚷着转过身来,"我最亲爱的凯瑟琳,我真羡慕你。不过哥哥,你的车上恐怕坐不下第三个人吧?"

"第三个人?不,不。我来巴斯可不是为了带着妹妹到处跑的,那真成大笑话了,天哪!莫兰得照顾你。"

这句话引得两人客气了一番,但凯瑟琳既没听到细节也没听见结果。她的同伴也失去了刚才兴致勃勃的说话劲头,只对路上遇见的每位女子的相貌简明扼要地或称赞或挖苦一番。凯瑟琳带着年轻女子的礼貌与顺从,尽量洗耳恭听,随声附和。她唯恐以女人之见冒犯了这样一位自信男士的观点,尤其在关于女性相貌的问题上。最后她鼓足勇气换个话题,提了个很久以来在她心里最为重要的问题,那就是:"你读过《尤多尔弗》吗,索普先生？"

"《尤多尔弗》！哦，天哪！我可没有。我从来不读小说，我有别的事情做。"

凯瑟琳惭愧得无地自容，正想道歉，不料约翰打断她说："小说尽是胡说八道。从《汤姆·琼斯》到现在，还没有一本像样的小说，除了《僧人》①。我那天看过那本书。至于其他，全都愚蠢透顶。"

"我想你一定会喜欢《尤多尔弗》，只要你愿意读。真的太有趣了。"

"我才不会呢，天啊！不，我真要读些什么，也得是拉德克里夫夫人的。她的小说倒是挺有意思，还值得读一读；**那还有点好玩和道理。**"

"《尤多尔弗》就是拉德克里夫夫人写的。"凯瑟琳犹豫着说，担心拂了他的面子。

"绝对不可能。真是她写的？啊，我想起来了，是她写的。我想成另一本无聊的书了，就是那个被他们大吹大擂的女人写的，她嫁了个移民法国的男人。"

"我猜你是指《卡米拉》？"

"对，就是那本书。简直胡言乱语！——一个老家伙玩跷跷板！一次我拿起第一卷翻了一下，马上就不想看，其实我在看之前就猜到会是怎样的东西：我一听说她嫁了个跑到外国的移民，

---

① 《汤姆·琼斯》由英国小说家亨利·菲尔丁（1707—1754）于1748年发表。《僧人》由马修·格雷戈里·刘易斯（1775—1818）发表于1796年。奥斯汀对菲尔丁持"保留"态度，而《僧人》一经发表便引起了巨大争论。

就知道这本书我无论如何也看不下去。"

"我还没读过。"

"放心，没什么好看的，就是些吓死人的胡话。除了一个玩跷跷板学拉丁的老家伙①，什么内容也没有，我发誓真的啥也看不到！"

不幸的是，这番公正的批评没对凯瑟琳产生丝毫影响。他们很快来到了索普夫人的寓所门前。索普夫人从楼上看见他们就跑到走廊来迎接，此时，《卡米拉》的这位敏锐公正的读者即刻化身为恭顺亲热的孝子。"啊，母亲！你好吗？"他热情地握着她的手问道，"你从哪儿弄来这么一顶怪模怪样的帽子？看上去像个老巫婆。这是莫兰，我来陪你几天，你得在附近给我弄一两张舒服的床。"这些话似乎满足了慈母心中最温柔的期待，她喜不自胜地接待了儿子。索普对两个妹妹也表现出兄长的关爱，问了问她们怎么样，说她俩看起来可真丑。

凯瑟琳不喜欢索普的言谈举止，但他是詹姆士的朋友和伊萨贝拉的哥哥呀。出去看新帽子时，伊萨贝拉肯定地告诉凯瑟琳，说约翰认为她是世界上最迷人的姑娘。临分手前约翰又约她晚上一起跳舞，这就更加抹去了之前的坏印象。要是她年纪大些，虚荣心再强一些，这些攻势可能不会产生什么效果。然而，对一位年轻羞怯的小姐来说，她需要异常坚定的理智才能抵挡住被夸为世界上最迷人的姑娘，和早早被约成舞伴的诱惑。莫兰兄妹在索

---

① 玩跷跷板和学习拉丁语是《卡米拉》第三章和第四章中的内容，书中休·泰罗德爵士陪伴弟弟的孩子玩耍，同时自己也在学习。奥斯汀特别欣赏伯尼对休·泰罗德爵士的人物塑造，并以此讽刺索普只翻了几页书。

普家坐了一个小时，准备步行回到艾伦先生的寓所，门关上后詹姆士问道："凯瑟琳，你觉得我的朋友索普怎么样？"假如此时没有友情或恭维的影响，她很可能会说："我一点也不喜欢他。"可现在她立刻答道："我非常喜欢他，他看上去很和蔼。"

"他是个脾气顶好的人。有点唠叨，不过我想你们女孩子就喜欢这样的人吧。你认为他的家人怎么样？"

"我非常非常喜欢他们：特别是伊萨贝拉。"

"听你这么说我真高兴。她正是我希望你结交的那种女孩。她那么通情达理，毫不做作，和蔼可亲。我一直都希望你认识她，而她似乎也很喜欢你。她对你大加赞赏。能得到索普小姐这种女孩的赞赏，即使你凯瑟琳，"他亲昵地拉着她的手说，"也会感到骄傲的。"

"的确如此，"她答道，"我特别喜爱她，很高兴知道你也喜欢她。你去她家拜访后怎么没在信里提过她呢？"

"因为我想着很快就要见到你了。我希望在巴斯的这段时间你们能经常在一起。她特别和蔼可亲，那么聪明过人！她的全家人多喜欢她呀！显然每个人都宠爱她。在这样的地方她一定很受仰慕——不是吗？"

"是的，的确如此，我想。艾伦先生认为她是巴斯最漂亮的姑娘。"

"我敢说他会这么想，我还不知道有谁能比艾伦先生更懂得审美呢。我不用问你在这儿是否开心，我亲爱的凯瑟琳。有伊萨贝拉·索普这样的朋友做伴，想不开心都不可能。艾伦一家肯定也对你很好吧？"

"是的，非常好。我从没这么开心过，现在你来了，我就更开心了。你真是太好了，特意这么远来看我。"

詹姆士接受了这番感激之词，为使良心上也当之无愧，他又情真意切地说，"真的，凯瑟琳，我实在太爱你了。"

两人一问一答地聊起他们的兄弟姐妹，这几个怎么样，那几个长大了多少，还有别的一些家常事。中间詹姆士只是稍稍打岔夸赞了索普小姐，他们就这样聊着走到了普尔蒂尼街。艾伦夫妇极为热情地招待了詹姆士，艾伦先生邀请他留下吃饭，艾伦太太让他猜猜新买的皮手筒和披肩要多少钱，好在哪儿。詹姆士因为埃德加大楼那边有约在先不能留下来吃饭，在满足了艾伦太太的要求后匆匆离开。因为两家在八角厅[①]碰面的时间已经定好，凯瑟琳终于能怀着焦躁不安又担惊受怕的心情，尽情地阅读《尤多而弗》。她张开想象的翅膀，把穿衣吃饭等尘世烦恼统统抛在脑后，顾不上安慰艾伦太太对裁缝不能按时到达的担忧，甚至没时间品味晚会已经有了舞伴的幸福。

[①] 这里当时每周一和周四开舞会，平常也是人们聚会的好地方。

第八章

虽然有《尤多尔弗》和裁缝这两件事的耽搁，普尔蒂尼街这边的人还是准时赶到了上舞厅。索普一家和詹姆士·莫兰只比他们早到了两分钟，伊萨贝拉像往常一样笑容满面地急步上前，亲热地欣赏凯瑟琳的长裙，羡慕她的卷发。她们手挽手跟在年长的监护人身后进了舞厅，想起什么就窃窃私语一番，还有不少心里话是通过捏捏手或相视一笑来传递的。

舞会在他们入座几分钟后便开始了。詹姆士和他妹妹一样早早约好了舞伴，所以缠着伊萨贝拉赶紧起身跳舞。谁知约翰却跑到牌室去找朋友说话了，于是伊萨贝拉宣布只有凯瑟琳也能跳舞时她才愿意跳。"我保证，"她说，"要是你亲爱的妹妹不来，我说什么也不会去跳舞，因为这样我们整个晚上都会被分开。"凯瑟琳感激地接受了她的好意，可没过三分钟，一直和身边的詹姆士说话的伊萨贝拉又转过头对凯瑟琳小声说："我亲爱的宝贝，恐怕我必须离开你了，你的哥哥迫不及待地想去跳舞。我知道你不会介意让我去，我打赌约翰马上就会回来，那样你就能轻松地找到我了。"凯瑟琳虽然有些失望，但她生性温和，就没有反对。两人站起身来，伊萨贝拉只来得及捏了捏朋友的手说了声"再见，亲爱的"，便和詹姆士匆匆走开了。索普家的二小姐三小姐也在跳舞，凯瑟琳却只能干坐在索普太太和艾伦太太中间。她忍不住恼火索普先生怎么到现在还不露面，因为她只想去跳舞。她也知道别人并不清楚她已经有了舞伴，以为她也和其他几十个女孩一样很没面子地等待着舞伴邀请呢。在世界的面前丢脸，让心地纯洁、行为无辜的姑娘失去体面，而这样的屈辱却是由别人的过错造成，这也是女主角特有的遭遇吧，而她在此情境下的坚忍特别能显示出她高贵的人格。凯瑟琳也有坚忍的性格。她很痛苦，但丝毫没有抱怨。

十分钟后，她从这种屈辱的状态中苏醒，转而快乐起来，因为她看见的不是索普先生，而是蒂尔尼先生，就在离她们座位不到三码远的地方。他似乎朝这边走来，但没看见她，所以他的突然出现给凯瑟琳带来的一阵微笑与脸红并未损伤女主角的尊严。他看上去还是那样帅气活泼，正饶有兴致地和一位挽着他胳膊的时髦美丽的年轻女子说着话，凯瑟琳立刻猜到这是他的妹妹。她本来可以认为他已经结婚并永远被失去，却不假思索地浪费了这个为他心碎的好机会。不过根据简单大致的情形判断，凯瑟琳也从不认为蒂尔尼先生已经结婚。他的言行举止和她熟悉的已婚男士不一样。他从未提起他的妻子，只说过有个妹妹。根据这些情况她马上得出他身边的人正是他妹妹的结论。于是，凯瑟琳没有面无人色地倒在艾伦太太的怀里，而是很理智地端坐着，脸颊只比平时稍微红了一点点。

蒂尔尼先生和他的同伴慢慢走了过来，紧跟着一位女士，那是索普太太的熟人。这位女士停下来和索普太太说话，蒂尔尼兄妹因为被她领着也停了下来。凯瑟琳与蒂尔尼先生对视一眼，随即收到他表示相识的笑容问候，她也高兴地报以微笑。接着蒂尔尼先生又走近一些，同她和艾伦太太说话，艾伦太太客气地对他说："先生，我真的很高兴又见到了你，我本来还担心你已经离开巴斯了。"他谢过她的担忧，说他离开了一个星期，就是在有幸认识他们的第二天走的。

"先生，我敢肯定你不会后悔回到这儿，因为这儿正是年轻人的天地——当然也是每个人的天地。艾伦先生说他讨厌巴斯时我就告诉他不该抱怨，因为这是个非常惬意的地方，在一年中这么沉闷的时候来到这儿，比待在家里好多了。我告诉他能来这儿疗养身体真是他的幸运。"

"我希望，太太，艾伦先生能发现这儿对他大有裨益，到时他一定会喜欢上这个地方。"

"谢谢你，先生。我毫不怀疑他会的——我们有个邻居斯金纳医生去年冬天来这儿疗养，走的时候可健壮了。"

"那可是很大的鼓舞。"

"是的，先生——斯金纳医生一家在这儿住了三个月，所以我告诉艾伦先生千万别急着离开。"

此时艾伦太太的话被索普太太打断了，她请求艾伦太太挪动一下，给休斯太太和蒂尔尼小姐腾个座位，因为她俩同意加入进来。两人坐下后，蒂尔尼先生依然站在她们面前。他考虑了几分钟后，便邀请凯瑟琳和他一起跳个舞。这番美意本该令人愉悦，却让那位小姐羞愧不已。她拒绝时看起来特别难过，让她想到要是索普先生提前半分钟出现，准会以为她正痛苦万分呢。索普满不在乎地说了声让她久等了，这丝毫没让她觉得心里好受些。他们起身跳舞时索普细数着他刚刚离开的那个朋友家里的马和狗，还说他们打算交换小猎犬。这些她都觉得索然无味，忍不住一直往蒂尔尼先生刚才站着的地方张望。她特别想找到亲爱的伊萨贝拉，把那位先生指给她看，可哪儿也没有她的影子。他们不在一个舞群里。她离开了所有的伙伴，远离了所有的熟人——一个屈辱接着另一个屈辱，让她从中得出这样一条重要教训：参加舞会前事先约好舞伴，不见得能增加年轻小姐的尊严与快乐。她正吸取着这番教训时，忽然被肩上的轻轻一拍唤醒，转身看见休斯太太站在她的身后，旁边是蒂尔尼小姐和一位先生。"请原谅，莫兰小姐，"她说，"我冒昧了——可我怎么也找不到索普小姐，索普太太说你肯定不介意陪陪这位小姐。"休斯太太在整间屋子里也找不到比凯瑟琳更乐意的人了。两位年轻小姐被互相介绍认识。蒂尔尼小姐得体地表达了感谢，莫兰小姐慷慨体贴地表示不用客气，休斯太太很满意如此妥当地安排好她年轻的被保护人，便回到了自己同伴的身边。

蒂尔尼小姐身材苗条，脸蛋俊俏，和蔼可亲。她的气质不像索普小姐那样刻意做作与时髦，而是有着真正的优雅。她的举止显示出良好的见识与教养，既不羞怯，也不故作大方。舞会上，她不会有意吸引身边每位男士的注意，也不会因为每件微不足道的小事而莫名其妙地欣喜若狂或气恼不已，却始终那么年轻迷人。凯瑟琳立刻对她的美貌和她与蒂尔尼先生的关系产生了兴趣，很想与她结识。她很想和她畅所欲言，希望能有这样做的勇气与闲暇。可是建立快速亲密关系的这些前提条件常常缺乏一二，她们只得各自谈谈喜不喜欢巴斯，这儿的建筑与乡间风景怎么样，是否画画，弹不弹琴，会不会唱歌，爱不爱骑马，停留在初次相识的基础阶段。

两支舞曲刚结束,凯瑟琳的胳膊便被她忠实的伊萨贝拉轻轻抓住了。只见她兴高采烈地嚷道:"我总算抓着你了。我最亲爱的宝贝,我这一个小时尽在找你呢。你明明知道我在另一个舞场,怎么跑到这儿来了?没有你我真难过。"

"我亲爱的伊萨贝拉,我怎么可能找到你呢?我根本不知道你在哪儿。"

"我一直和你哥哥这样说——可他就是不相信我。我说莫兰先生,我们去找她吧——可是没有用——他动都不肯动。难道不是这样吗,莫兰先生?不过你们男人就是懒骨头!我都这么责备他了,亲爱的凯瑟琳,你肯定很惊讶——你知道对这种人我可毫不客气。"

"你看那位头上戴着白珠子的小姐,"凯瑟琳轻声说着,把她的朋友从詹姆士身旁拉开,"这是蒂尔尼先生的妹妹。"

"哦!天啊!不会吧!让我瞧瞧。多可爱的姑娘啊!我还从没见过有她一半漂亮的人儿呢!不过她那人见人爱的哥哥在哪儿?在舞厅里吗?要是他在马上指给我看吧。我太想见见他了。莫兰先生你不用听,我们没说你。"

"可是你俩在悄悄说什么呢?发生了什么事?"

"看吧,我就知道会这样。你们男人的好奇心真是太强了!还说女人好奇呢!——和你们相比真是不值一提。不过放心,你别想知道我们在聊什么。"

"你认为,那样就能让我满意了?"

"哎,我还真没见过像你这样的人。我们聊什么和你有什么关系？也许我们就在谈论你，那我建议你最好别听，否则会听见不想听的话。"

这样无聊地闲扯了很久后，原来的话题似乎被忘了个精光。虽然凯瑟琳很乐意放下这个话题，但她还是有点怀疑伊萨贝拉想见蒂尔尼先生的急切愿望怎么会这样被完全打住。乐队奏响了新的乐曲，詹姆士本想领走他的漂亮舞伴，却被拒绝了。"我跟你说，莫兰先生，"她叫道，"我可绝对不做这样的事。你怎么能这么开玩笑呢？亲爱的凯瑟琳，想想你哥哥要让我做什么吧。他想让我再和他一起跳舞，虽然我告诉他这样做很不得体，也完全不合规矩。要是不交换舞伴，我们会成为这儿的话柄的。"

"说实话，"詹姆士说，"在公共舞会上，这是常有的事。"

"胡说，你怎么能说这样的话呢？不过你们男人要想达到什么目的，就没有规则可言。我亲爱的凯瑟琳，劝劝你哥哥这完全不可能吧。告诉他，你要是看见我做这样的事会很震惊。难道不是吗？"

"不会啊，完全不会。但你如果觉得这样不合适，那最好换个舞伴吧。"

"好啦，"伊萨贝拉叫道，"你听见你妹妹的话了吧？可你还是不愿理会。要是我们惹得巴斯的老太太们一片闲言碎语，记住那可不是我的错。来吧，我最亲爱的凯瑟琳，你可一定要站在我这边。"两人走开了，回到原来的位置，这时约翰·索普已经离开了舞厅。凯瑟琳很想给蒂尔尼先生一个机会，让他再次提起那个让她荣幸又愉快的请求，于是她快步走到艾伦太太和索普太太那儿，希望他还和她们在一起——这个希望落空了，她也觉得这种想法很可笑。"嗯，亲爱的，"索普太太很想听别人夸她的儿子，说道，"我希望你找了个很好的舞伴。"

"非常好，太太。"

"我真高兴。约翰的性格很迷人，不是吗？"

"亲爱的，你见到蒂尔尼先生了吗？"艾伦夫人问道。

"没有，他在哪儿？"

"他刚才还在这儿，说不想再闲逛，打算去跳舞。我想他要是遇到你，也许会邀请你的。"

"他会在哪儿呢？"凯瑟琳说着便四处张望，可她没张望多久就看见他领着一位年轻小姐去跳舞了。

"啊！他有舞伴了。我希望他邀请的是**你**呢，"艾伦太太说。短暂的沉默后，她又说道："他是个非常可爱的年轻人。"

"的确如此，艾伦太太，"索普太太得意地笑着说，"虽然我**是**他的母亲，我还得说这世界上没有比他更可爱的小伙子啦。"

这毫无关联的回答也许会让许多人莫名其妙，却没让艾伦太太困惑。她略思片刻后，悄悄对凯瑟琳耳语道："我敢说，她一定以为我是指她的儿子。"

凯瑟琳又失望又气恼。她似乎只差一点点就错过了眼前的机会。不久约翰·索普来到她的面前说："莫兰小姐，要不我们再去跳支舞吧。"凯瑟琳心里懊恼，没好气地答道：

"哦，不了。非常感谢，但我们的两支舞已经跳完了；而且我很累，不想再跳了。"

"是吗？——那我们走一走捉弄捉弄人吧。跟我来，我告诉你舞厅里哪四个人最好戏弄：我的两个妹妹和她们的舞伴。我已经笑话他们半个钟头了。"

凯瑟琳再次拒绝，于是他独自走过去取笑他的妹妹们。晚上剩下的时间她觉得很无聊。蒂尔尼先生喝茶时被拉到他的那群舞伴中间；蒂尔尼小姐虽然留在这儿，也没在她的身边；詹姆士和伊萨贝拉一直热烈地交谈着，所以伊萨贝拉只能勉强给她的朋友一个微笑，一次捏手，叫一声"最亲爱的凯瑟琳"。

第九章

　　晚上的事件给凯瑟琳带来的不快是这样发展的：她还在舞厅时，先是对周围的每个人感到普遍的不满，这很快引起了强烈的疲倦和急于回家的渴望。这种感觉在到达普尔蒂尼街时转化为饥肠辘辘，得到平息后，变成了对温暖床铺的极度向往。至此她的痛苦到达了顶点①，因为她倒头就睡了九个小时，醒来时神清气爽，心情愉快，充满新的希望与计划。她首先想到进一步结交蒂尔尼小姐，为此几乎立刻决定中午去矿泉厅找她。在矿泉厅，像她这样新来巴斯的人一定能被遇见。而且凯瑟琳已经发觉在这个地方很容易看出女士们的优点，促成女人之间的亲密。这儿适合倾心交谈，无话不说，所以她很有信心在此交上一位好朋友。早上就这样做好了计划，她吃完早餐后安安静静地坐下来看书，决定一动不动地看到一点钟。因为已经习惯，所以艾伦太太的说话与叫喊声几乎没对她产生影响。这位太太头脑空虚、不会思考，所以既不会滔滔不绝，也不能完全沉默。当她干活时，倘若她丢了针，断了线，不论听到了街上的马车声，还是看到裙子弄脏了一点点，她必然会大喊大叫，也不管有没有人理睬她。大约十二点半时，一阵很响的敲门声让她赶紧跑到窗口。她还没来得及告

---

① 奥斯汀对能吃能睡的凯瑟琳的调侃，因为哥特小说中的女主角常常吃不下饭也睡不着觉。

诉凯瑟琳门前有两辆敞篷马车,第一辆里只有一位仆人,她的哥哥赶着车和索普小姐坐在第二辆车里,这时约翰·索普已经跑到楼梯上大喊道:"莫兰小姐,我来了。你没等太久吧?我们没法早点到,造车的那个老混蛋没完没了地半天才找到这么个能坐进去的玩意儿,我们出不了这条街车子准保完蛋。你好吗,艾伦太太?昨晚的舞会特别开心吧?来吧,莫兰小姐,快点,其他人都迫不及待地想要出发。他们等着摔跟头呢。"

"你说什么?"凯瑟琳问道,"你们都要去哪儿啊?"

"去哪儿?怎么,你不会忘了我们的约会吧!我们不是约好了今天上午乘车出游吗?你这是什么脑子!我们要去克拉沃顿高地①。"

"好像有这么回事,我记得,"凯瑟琳边说边看着艾伦太太等她拿个主意,"但我真没想到你们会来。"

"没想到我来!说得轻巧!我要是不来,还不知道你会闹成怎样呢。"

与此同时,凯瑟琳对她朋友的无声求助完全没起作用,因为艾伦太太从没有过眉目传神的习惯,也没想到别人会这么做。这时,凯瑟琳觉得虽然她很想再见到蒂尔尼小姐,但这件事可以稍稍推迟,先乘车出去玩玩也好。而且既然伊萨贝拉和詹姆士能共乘一辆车,那她和索普一起出游也没什么不妥,所以她只好把话说得明白些。"那么,太太,你看怎么办?能给我一两个小时吗?我可以去吗?"

---

① 前一天索普说要去兰斯当山。

"你想去就去，亲爱的。"艾伦太太满不在乎地说。凯瑟琳听从建议，马上跑去准备。几分钟后她再次出现，两人几乎没时间稍稍夸一夸凯瑟琳，因为索普刚听完艾伦太太称赞他的马车。得到艾伦太太的告别祝福后，他们匆匆下楼。"我最亲爱的宝贝，"伊萨贝拉叫道，凯瑟琳顾不得上马车先朝她的朋友跑去。"你准备了少说也有三个小时。我都担心你病了。昨晚的舞会多开心啊。我有一千件事想和你说，不过还是快点上车吧，我等不及要出发了。"

凯瑟琳听从她的指令转身离开，但没过多久就听见她的朋友对詹姆士高声惊叹道："她是多么可爱的女孩呀！我真喜欢她。"

"别害怕，莫兰小姐，"索普扶她上马车时说道，"要是我的马刚出发时蹦蹦跳跳的话。它很可能先跳上一两下，然后休息一会儿，不过它很快会认得他的主人。这家伙精力充沛，虽然有些淘气，但没什么坏脾气。"

凯瑟琳觉得这幅画面有些不妙，但已经来不及退缩。她又太年轻，不愿承认害怕。于是，她把自己交给命运，权且相信马儿的确认得主人，便安静地坐了下来，索普也在她的身旁坐下。一切准备就绪，站在马头前的仆人被郑重其事地吩咐了一声"上路"，于是旅行开始，没有丝毫蹦跳颠簸，平稳得难以想象。凯瑟琳因为这愉快的脱险高兴不已，惊喜地大声表达着喜悦之情。她的同伴立刻简单明了地告诉她之所以会这样，全得归功于他的缰绳拉得特别得法，鞭子也抽得敏锐老练。凯瑟琳虽然忍不住怀疑他既然能如此完美地驾驭他的马，为何又觉得有必要用马儿的把戏吓唬她，但还是真心诚意地祝贺自己能得到这位好车夫的照料。她感觉马儿继续平稳前行，没有丝毫恶作剧的样子，而且（每小时必须十英里的速度）也没快得惊人，便怀着满满的安全感，在这和煦的二月天尽情享受着甜美的空气和这让人神清气爽的运动。几分钟的沉默后他们开始了第一次简短对话——索普突然开口说："老艾伦跟犹太佬一样有钱吧——不是吗？"凯瑟琳没听懂他的话——他重复了一遍问题，又解释道："老艾伦，和你一起的那个人。"

"哦，你是说艾伦先生。是的，我相信他很有钱。"

"没有孩子吗？"

"没有——一个也没有。"

"真美了他后面的继承人。他是**你的**教父，不是吗？"

"我的教父？——不是。"

"可你常和他们在一起。"

"是的，经常在一起。"

"啊，我就是这个意思。他似乎是个很好的老头，这辈子过得不错，我敢说。他不会无缘无故地痛风的，他是不是每天喝一瓶酒？"

"每天喝一瓶酒？——不。你怎么会想到这些呢？他是个很有节制的人，你不会以为他昨晚喝醉了吧？"

"我的天哪！——你们女人总想着男人醉醺醺的样子。你不会以为一瓶酒就能把人喝醉吧？我倒相信**这个**——要是人人每天都喝上一瓶酒，这个世界就会少了一半的麻烦。这对我们所有人都大有好处。"

"真让我无法相信。"

"哦，天哪！这会拯救成千上万的人。我们这个国家喝的酒，还不到应该喝掉的百分之一。多雾的天气需要以酒助兴。"

"不过我听说牛津人很能喝酒。"

"牛津？放心，牛津那儿现在不喝酒。那儿没人喝酒。你很难碰到酒量超过四品脱的人。比方说，上次在我住处举行的晚会上，我们平均每人喝了五品脱，那是件了不起的事。被大家看成很不寻常了。当然，**我的酒**是上等货。你在牛津难得遇到这么好的酒——可能就是因为那个原因。不过这能让你了解一些那儿大致的喝酒情况。"

"是的，这的确让我了解了一些，"凯瑟琳热情地说，"也就是说，你们喝酒都比我想象的厉害得多。不过，我相信詹姆士不会喝那么多。"

这句话引起了一阵响亮又强势的回答，可除了不停的喊叫，夹杂着赌咒发誓，其他什么也听不清。凯瑟琳最后更加确信牛津那儿酗酒很厉害，依然因为相信哥哥比较节制而感到高兴。

索普的思想又完全回到他装备的优点上，凯瑟琳被要求欣赏马儿走路时的活力与自如，马儿轻松又有弹力的步伐让马车行走得多么顺畅。她努力附和着他的赞赏，想说在他前面或多夸一句根本不可能。在这个话题上他无所不知而她却一无所知，他口若悬河而她毫无自信，让她完全没有说话的余地。她想象不出新的优点，却毫不犹豫地赞成他的每个论断，最后他俩毫无困难地一致同意他的装备是全英格兰最完善的，他的车厢最干净，马儿最善跑，而他自己是最好的车夫——"你不会真的认为，索普先生，"凯瑟琳说，她想了想觉得这件事虽然已成定局，但她还是希望努力尝试一下，看看有没有一丝改变的可能性，"詹姆士的马车会散架吧？"

"散架？哦！天哪！你这辈子见过那么摇摇晃晃的玩意吗？连一个完好的铁件也没有。轮子磨损得那么厉害，至少已经用了十年。至于车身！我敢发誓你轻轻一碰就能把它变成碎片。我还从没见过这么摇摇晃晃的破玩意呢！——谢天谢地！我们的可好多了。就算给我五万英镑，我也不愿坐着它走两英里。"

"天啊！"凯瑟琳被吓坏了，大叫起来，"我们赶紧往回转吧，再往前走他们肯定会出事的。一定要转回去，索普先生。停下来和我哥哥说一声，告诉他这车有多不安全。"

"不安全？哦，天哪！那又怎样？要是散架了他们大不了摔个跟头。地上那么多泥土，摔下去好玩得很呢。哦，该死！那辆马车够安全，只要车夫会驾驶。就算那么破旧不堪的马车，只要落到合适的人手里至少还能再用二十年。上帝保佑！只要给我五英镑我就愿意驾着它从约克到这儿跑个来回，连根钉子也不会掉。"

凯瑟琳惊讶地听着。她不明白怎么能把对同一件事物的两个如此截然不同的看法糅合在一起。她在成长过程中从未了解过闲扯的特点，也不明白过度的自负会带来多少无聊的论断和无耻的谎言。她自己的家人都朴素实在，很少耍小聪明。她的父亲最多说个双关语，母亲会来句格言。他们不会通过说谎提高自己的重要性，也不会讲自相矛盾的话。她极其困惑地思考着这件事，好几次都想请求索普先生给个更加清晰明了的真实想法。可是她忍住了，因为在她看来，他并不擅长提供这样的清晰解释，把前面弄糊涂的事情说清楚。而且考虑到他肯定不会将自己的妹妹和朋友置于他能轻松阻止的危险之中，凯瑟琳最终总结出他一定知道那辆马车非常安全，也就不再拿这件事吓唬自己。他好像把这事忘了个一干二净，接下来的所有对话或者讲话，全都开始和结束于他自己和他所关心的事。他告诉她自己花一点小钱买进，又用大价钱卖出的马儿；说起赛马，他总能准确无误地判断谁是赢家；打猎的时候，他（虽然从不好好瞄准）打死的鸟儿比所有同伴的加起来还要多。他还向她描述了一些带着猎狐犬出门的重要狩猎日，因为他在指挥猎犬上的远见卓识与娴熟技术，补救了最老练的猎手犯下的错误。而且他骑起马来勇猛无畏，虽然这从未威胁过他自己的生命，却一直让别人陷入危险，他若无其事地总结说不少人因此摔断了脖子。

虽然凯瑟琳很少习惯自己做判断，她对于男人应该怎样也没个明确的大体看法，可听着他没完没了的自吹自擂，她不得不怀疑这个人是否真的完全讨人喜欢。这是个大胆的猜想，因为他是伊萨贝拉的哥哥，而且詹姆士也向她保证他的风度所有女人都会喜欢。可尽管如此，他们一起出门还不到一个小时，她已经极度厌倦和他同行。这种感觉不断加深，直到他们又停在普尔蒂尼街，也诱使她稍稍抵制这种权威观点，不相信他有人见人爱的本领。

他们到达了艾伦太太的家门口。伊萨贝拉发现时间太晚而不能陪她的朋友进屋，惊讶之情简直无以言表——"三点多了！"这无法想象，难以置信，绝不可能！她既不相信自己的手表，也不相信哥哥的手表，或是仆人的手表；她不听任何人解释这个时间合情合理，实事求是，直到莫兰掏出他的手表，弄清了事实；**那时**再多怀疑一秒钟也会同样无法想象，难以置信，绝不可能；她只能一遍遍地抗议着从来没有哪两个半小时过得如此之快，还要凯瑟琳证明她的话；凯瑟琳即使为了伊萨贝拉高兴也不想撒谎，而伊萨贝拉根本没等她回答，避免了听到朋友不同意见的痛苦。她完全沉浸在自己的感情里，当发现自己必须立刻回家时难过无比——她已经太久没和最亲爱的凯瑟琳说过一句话；纵然她有千言万语，可她们仿佛已经永远无法再相见；于是她怀着最强烈的痛苦啜泣着，绝望地笑看着她的朋友，道声再见离开了。

凯瑟琳看见艾伦太太无所事事地忙了一个上午刚回来，一见她就打招呼说："亲爱的，你回来了，"这是个她既没能力也没心思否认的事实，"我想你这趟兜风很愉快吧？"

"是的，太太，我谢谢你。天气再好不过了。"

"索普太太也是这么说的。她很高兴你们都去玩了。"

"你见到索普太太了？"

"是的，你一走我就去了矿泉厅，在那儿碰见了她，我们一起说了好多话。她说今天早晨市场上几乎找不到小牛肉，太稀罕了。"

"你见到了别的熟人吗？"

"是的，我们决定在新月街兜一圈，在那儿遇见休斯太太，蒂尔尼先生和小姐同她一起走着。"

"真的？他们和你说话了吗？"

"说了，我们一起沿新月街转了半个小时。他们看起来是很和气的人。蒂尔尼小姐穿了件很漂亮的斑点细纱裙，在我看来，她总是穿得很好看。休斯太太和我说了很多他们家的事。"

"她告诉你什么了?"

"哦,好多呢。她几乎没说别的事。"

"她有没有告诉你他们来自格勒斯特郡的什么地方?"

"是的,她说了,但我现在想不起来。不过他们都是很好的人,也很有钱。蒂尔尼太太原来是德拉蒙特家的一位小姐,她和休斯太太以前是同学。德拉蒙特小姐有一大笔财产。她结婚时,她的父亲给了她两万英镑,还给她五百英镑买结婚礼服。衣服从服装店送来时休斯太太全看到了。"

"蒂尔尼先生和太太都在巴斯吗?"

"是的,我猜是这样,但不太确定。不过回想一下,他们好像都去世了,至少那位母亲是的。对,我确定蒂尔尼太太已经去世,因为休斯太太告诉我,德拉蒙特先生在他女儿婚礼当天送了她一串非常漂亮的珍珠,现在归蒂尔尼小姐所有。因为她母亲去世时,这串珍珠就留给她了。"

"那么这位蒂尔尼先生,我的舞伴,是家中独子吗?"

"这我不敢肯定,亲爱的,我有点感觉他是的。不过,休斯太太说他是个出色的年轻人,很可能会有出息的。"

凯瑟琳不再问了。她听够了,觉得艾伦太太说不出什么可靠的消息,她也感到自己特别不幸地错过了和那对兄妹见面的机会。要是她能早点预见这个情况,说什么也不会和其他人一起出去。事已至此,她只能哀叹自己的不幸,想着失去了什么,直到明白这次兜风一点都不好玩,约翰·索普本人很讨厌。

第十章

晚上，艾伦一家、索普一家和莫兰一家都来到剧院。凯瑟琳和伊萨贝拉坐在一起，这就给了后者一个机会，将漫长的分离中攒下的千言万语倾诉一二——"哦，天啊！我亲爱的凯瑟琳，我总算抓到你了。"凯瑟琳刚进包厢坐在她身边时她就这样说道。"听着，莫兰先生，"他正坐在她的另一边，"整个晚上我都不会再和你说一句话啦，所以奉劝你别指望了。我最亲爱的凯瑟琳，这么长时间你好吗？可我用不着问你这些，因为你看上去喜盈盈的。你的头发比以往哪次都做得更漂亮：你这个淘气鬼，你是想把每个人都迷住吗？告诉你，我的哥哥已经爱上你了。至于蒂尔尼先生——不过**那**是毫无疑问的——即使**你的**谦虚也无法否认他的真情。他能回到巴斯就再明显不过了。哦！我说什么也得见他一面！我都急得快要发疯了。我母亲说他是世界上最讨人喜欢的年轻人，你知道她今天早上见到了他。你一定要把他介绍给我。他在这儿吗？——看在老天爷的份上四处瞧瞧吧！告诉你，不见到他我都活不下去了。"

"不，"凯瑟琳说，"他不在这儿。我在哪儿也没见着他。"

"哦，真讨厌！难道我永远都见不到他了吗？你觉得我的裙子怎么样？我觉得没什么不合适，袖子是完全按照我的想法做的。你知道吗，我对巴斯厌烦透了。今天早晨你哥哥和我一致认为，虽然在这儿待上几个星期很不错，但就算给我们几百万我们也不愿住在这里。我们很快发现我俩的品味完全一致，都想住在乡下而不是别的地方。说真的，我俩的想法一模一样，真是太不可思议了！我们没有一点不同意见。我无论如何也不希望你在那儿。你这个狡猾的小东西，我肯定你会对此开玩笑什么的。"

"不，我肯定不会。"

"哦，你一定会的，我比你自己还要了解你。你会说我们看起来是天造地设的一对，或是别的那种废话，让我羞得无地自容。我的脸会红得像你的玫瑰。我无论如何也不希望你在那儿。"

"你真是冤枉了我，我无论如何也说不出这么不成体统的话。而且，这个念头根本进不了我的脑子。"

伊萨贝拉难以置信地笑了笑，晚上的其他时间就和詹姆士说话了。

第二天早上，凯瑟琳仍然一心一意地想再次见到蒂尔尼小姐。到了平常去矿泉厅的时候，她忽然担心会出现第二次障碍。不过没发生那样的事，没有出现什么访客耽搁他们，三人准时出发去矿泉厅，那儿的活动谈天照常进行。艾伦先生喝完水就加入了先生们，一起讨论着当今政治，比较报纸上看到的消息；女士们一同走来走去，注意着大厅里的每一张新面孔和几乎每一顶新帽子。索普家的女士们由詹姆士·莫兰陪着，不到一刻钟便出现在人群里，凯瑟琳立即像往常一样来到她朋友的身边。詹姆士如今一直陪着伊萨贝拉，站在了另一边。他们三个离开人群，就这样走了一会儿，直到凯瑟琳开始怀疑把自己困在朋友和哥哥身边，又得不到什么关注，这种情形有什么快乐可言。他俩不是在柔情地对话就是在热烈地争论，但他们的柔情总是通过窃窃私语，他们的快乐伴随着阵阵大笑。因此，虽然偶尔其中某一位会请求凯瑟琳发表些支持意见，她也会因为一句话也没听见而什么都说不出。不过凯瑟琳终于因为必须要和蒂尔尼小姐说话，得到了离开她朋友的机会。她看见她和休斯太太一起进入房间时欣喜不已，立刻走了过去。要不是因为经历了前一天的失望，她可能还没有这么大的勇气和决心与她结识呢。蒂尔尼小姐很有礼貌地迎上前，对她的友好给予了同样的回应，她俩都在厅里的时候一直说着话。虽然她们的话很可能没被任何人注意，而且没有哪句话不是在巴斯的旅游季、在这个屋顶下被人们说了几千遍的，然而她们却说得朴素真诚，毫不做作，实为难能可贵——

"你哥哥的舞跳得真棒！"他们谈话快结束时凯瑟琳天真地赞叹道，让她的同伴又是惊讶又觉得好笑。

"亨利！"她笑吟吟地答道，"是的，他的舞跳得很好。"

"那天晚上他看我坐在那儿，听我说有了舞伴一定很奇怪。不过我的确那一整天都约了索普先生。"蒂尔尼小姐只能点点头。"你想不到，"凯瑟琳沉默了一会儿又说，"我再次见到他时有多么惊讶。我以为他肯定离开了呢。"

"亨利上次有幸见到你时，只在巴斯待了两天。他只是来为我们预订房子的。"

"**那**我可从没想到过。当然，因为在哪儿都见不着他，我想他一定走了。周一和他跳舞的年轻女士是不是一位史密斯小姐？"

"是的，那是休斯太太的熟人。"

"我想她一定很高兴去跳舞。你觉得她漂亮吗？"

"算不上。"

"他从不来矿泉厅,我猜?"

"不,有时来。不过今天早晨他和我父亲骑马出去了。"

休斯太太走了过来,问蒂尔尼小姐走不走。"我希望能有幸很快见到你,"凯瑟琳说,"明天的沙龙舞会你来吗?"

"可能我们——是的,我想我们一定会来。"

"太好了,这样我们都会在那儿。"——这句客气话立即得到回应,她们分开了——蒂尔尼小姐这边对她新朋友的感情多少有点了解,而凯瑟琳则完全没意识到流露出了这份感情。

回到家她非常开心。今天上午她如愿以偿,明天晚上就是她的期待,未来的美好。舞会上穿什么衣服、戴什么头饰成了她最关心的事情。照理她不该这样。服饰在任何时候只是肤浅的区别①,过度追求常常会破坏本来的目的。凯瑟琳很清楚这一点。就在去年圣诞节她的姑婆还因此教导过她。然而她星期三晚上躺下十分钟之久还没睡着,想着到底该穿那件斑点纱裙呢还是穿绣花裙,只是因为时间仓促才没法去买一件新的晚上穿。真要买了可就成了判断错误,严重却并非不寻常的错误。身边的异性,比如兄弟而不是姑婆,可能告诫过她,因为只有男人才知道男人对新衣服毫不在意。如果许多女士能够明白男士对她们或昂贵或新买的衣服是多么无动于衷,对细纱布质地的差异又如何视而不见,对她们精心挑选的斑点、枝叶、软薄纱或厚棉布是怎样漠不关心,一定会羞恼不已。女人打扮只能让自己满意。没有哪位男

---

① 奥斯汀在此处模仿教条主义文学作品中的训诫话语。

士会更欣赏她，也没有哪位女士会因此更喜爱她。对于前者，整洁入时已经足够，而适当的寒酸与不得体则最受后者青睐——然而这些严肃的想法丝毫没有扰乱凯瑟琳的平静。

她星期四晚上进入舞厅时的心情与星期一到来时大不相同。当时她因为约好和索普跳舞而满心欢喜，现在却急于避开他的目光，以免他再次邀请她。因为她虽然不能也不敢期待蒂尔尼先生会第三次邀她共舞，可是她所有的心愿、期待与打算全都集中于此。在这关键时刻，每位年轻女士都会与我的女主角感同身受，因为每位年轻女士都会在某个时候体会过同样的焦虑不安。每个人都曾经或至少相信自己曾经处于被她们想躲避的人追求的危险之中；每个人也都渴望过自己爱慕对象的关注。索普刚来到他们中间，凯瑟琳的痛苦就开始了。她因为担心索普走过来而心烦意乱，尽量把自己躲在他的视线以外，在他对自己说话时也假装没听见。沙龙舞结束，乡村舞开始，可她还是没见到蒂尔尼一家的影子。"你可别被吓着，我亲爱的凯瑟琳，"伊萨贝拉悄声说，"但我真的又要和你哥哥跳舞了。我说得明明白白，这么做令人震惊。我告诉他应该为自己感到羞愧，不过你和约翰一定得让我们镇定。快点，我亲爱的宝贝，来找我们。约翰刚走开，一会儿就回来。"

凯瑟琳没来得及回答也不想回答。其他人都走了，约翰·索普还在眼前，她陷入了迷惘。为了不看上去像是在关注他或期待他，她双眼紧紧盯着扇子。她责怪自己的愚蠢，竟然以为在这样的人群中能够适时地遇见蒂尔尼兄妹。可这个念头刚刚闪过，她猛然听见有人再次对她说话，请她跳舞，是蒂尔尼先生本人。她是怎样目光闪闪地欣然接受他的邀请，怀着怎样欢呼雀跃的心情同他一起走向舞池，这都可想而知。能够逃离，在她看来那么险险地逃离约翰·索普，被刚刚到场的蒂尔尼先生邀请共舞，好像他在有意寻找她似的！——对她来说，生活不可能比这更幸福了。

可是，他们刚跳完舞找了个安静的地方坐下，凯瑟琳就听见站在她身后的约翰·索普的声音。"跳得真不赖啊，莫兰小姐！"他说，"这是什么意思？——我以为你会跟我一起跳舞呢。"

"你怎么会这样想呢？你根本没邀请我。""说得好，哎哟！——我刚进舞厅就邀请你了，正打算再来邀请一次，可我一转身你就不见了！——真是该死的卑鄙把戏！我来就是为了和**你**跳舞，而且我肯定你从星期一开始就约好和我一起跳了。是的，我想起来了，你在大厅等着拿斗篷时我问过你。我已经和所有的熟人说过要和舞厅里最漂亮的女孩跳舞，要是他们看见你和别人一起跳，准得好好取笑我一通。"

"哦，不会的。按你这样的描述，他们肯定想不到是**我**。"

"天哪，要是他们想不到，我就把他们当成傻瓜踢出舞厅。那个家伙是谁？"凯瑟琳满足了他的好奇心。"蒂尔尼，"他重复道，"哼——我不认识他。身材倒不错，长得挺匀称——他想买马吗？——我这儿有个朋友，山姆·弗莱彻，他有匹人见人爱的马要卖。上起路来呱呱叫——只要四十畿尼。我倒有五十个念头想自己买，因为我的原则是遇到好马一定买下，可惜这马不符合我的要求，不能打猎。真是遇见上好的猎马，多大价钱我都要。我现在有三匹，都是最好的品种。就算给我八百畿尼我也不卖。

弗莱彻和我打算在莱斯特郡买座房子，准备下个猎季用。住在旅店太×不舒服了。"

这是他能烦扰凯瑟琳的最后一句话了，因为恰好那时一长队女士接踵而过，他被无可奈何地挤走了。她的舞伴走上前说："那位先生要是再待半分钟我就不耐烦了。他无权转移我舞伴的注意力。我们已经约好今天晚上让对方过得开心，在这段时间里所有的快乐只属于彼此。没有人能在吸引其中一方注意力的同时，不去损害另一方的权益。我认为乡村舞是婚姻的象征，忠诚与顺从是双方的主要职责。那些不选择跳舞或结婚的男士，无权打扰邻居的舞伴或妻子。"

"可那是截然不同的事情！——"

"——你认为它们不能相提并论。"

"当然不能。结婚的人永远不能分开，必须一起经营家庭。跳舞的人只需在一个长长的房间面对面地站上半个小时。"

"这就是你对婚姻和跳舞的定义。当然从这个角度看，它们的相似处并不明显，但我觉得可以换个角度看——你得承认，在这两点上，男人有选择的优势，而女人只有拒绝的权力；二者都是男女之间为了各自利益的约定；一旦达成，他们只属于彼此，直到失效的那一刻；双方都有责任不让对方有理由希望当初应该选择别人，懂得最好不要觊觎邻居的完美，或是幻想当初无论选择了谁都比现在更好。你会接受所有这些吧？"

"是的，当然，如你所说，这一切听起来很合理，但它们还是太不一样了——我根本无法将这两点视为等同，或认为它们包含了同样的责任。"

"一方面来说，肯定有差别。在婚姻中，男人必须供养女人，而女人则须为男人把家打理温馨；他养家，她笑迎。不过跳舞的责任就完全颠倒了。男人须得和气顺从，女人只用给扇子喷上薰衣草香水。我猜，正是**那样**的责任差别，才会让你觉得两种情况毫无可比性吧。"

"不，真的不是，我从没想过这一点。"

"那我就不明白了。不过有件事我必须注意。你这一方的性情很令人担忧。你完全不接受责任的任何相似之处，我是否可以推测你对跳舞中责任的理解不像你舞伴期待的那样严格呢？难道我没理由担心，要是刚才和你说话的那位先生回来了，或是有其他先生和你说话，只要你愿意，就没有什么能够阻止你和他们交谈了吗？"

"索普先生是我哥哥非常好的朋友，所以他要是和我说话，我必须要和他说。不过这个舞厅里我认识的年轻男士加上他也顶多三个。"

"那就是我的唯一保障了吗？哎呀，哎呀！"

"不，我相信你不会有更好的保障了，因为如果我不认识任何人，就不可能和他们说话。而且，我也不**想**和谁说话。"

"现在你给了我值得拥有的安全感，我将勇往直前。你觉得巴斯和我当初有幸问你时一样令人愉快吗？"

"是的，很——说真的，更加令人愉快了。"

"更加愉快！——当心啊，否则到了适当的时候你会忘记对它厌倦的——你应该在六个星期后就感到厌倦。"

"我想我不会厌倦的，即使住上六个月也不会。"

"巴斯和伦敦相比变化很小，每年每个人都是这样的感觉。'要是六个星期，我承认巴斯还是令人愉快的；但超过**那段时间**，它就是世界上最无聊的地方了。'各种各样的人都会这样告诉你。他们每年冬天定期来到这儿，把原定的六个星期延长到十或十二个星期，最后不得不因为没钱继续住下去而离开。"

"嗯，别人当然得自己判断，那些去伦敦的人也可能瞧不上巴斯。可是我住在乡下一个偏僻的小村庄，根本不可能觉得这样的地方会比我的家乡无聊。这儿有许多娱乐，整天都有很多可以看可以做的事，而我在家乡从来都不知道。"

"你不喜欢乡下。"

"不，我喜欢。我一直住在那儿，也一直很快乐。不过乡村生活当然比在巴斯单调得多。乡下的每一天都一模一样。"

"不过你在乡下可以更理智地支配你的时间。"

"是吗？"

"不是吗？"

"我没觉得有很大不同。"

"在这儿你整天只是寻求消遣娱乐。"

"我在家里也是这样——只是找不到这么多好玩的。我在这儿到处溜达，在那儿也一样——不过这儿我在每条街上都能见到不同的人，在那儿我只能拜访艾伦太太。"

蒂尔尼先生被逗乐了。"只能拜访艾伦太太！"他重复道，"好一幅精神空虚的画面啊！不过，当你再次坠入这个深渊时，就会有更多的话可说了。你能谈谈巴斯，还有你在这儿做的一切。"

"哦！是的。我再也不会和艾伦太太无话可说了，和其他人也是。我真的相信我会一直谈论巴斯，在我回家之后——我**实在**太喜欢这儿了。要是爸爸妈妈和其他兄弟姐妹都能来，那我得多高兴啊！詹姆士（我的长兄）能来真让人开心——特别是发现我们刚刚熟悉的家庭已经是他的好朋友了。哦！谁会厌倦巴斯呢？"

"像你这样对每件事都感到这么新鲜的人是不会的。不过对于巴斯的大部分常客来说，他们的爸爸妈妈、兄弟好友大多早已来够了——已经无法对舞会、戏剧和日常风景感到真心的喜悦。"

谈话就此结束，跳舞的重大责任要求他们必须专心致志。

他们刚跳到舞列的末端，凯瑟琳发现就在她舞伴背后的人群中，有一位先生正在热切地注视着她。他相貌英俊，仪态威严，虽不再年轻，却依然充满活力。他的目光一直朝着她，随后她看到他亲昵地同蒂尔尼先生耳语了几句。凯瑟琳对他的关注感到困惑，因为担心自己的外表有什么差错而羞红了脸，便转过头去。这时，那位先生离开了，她的舞伴走上前说："我看得出你在猜测别人和我说了什么。那位先生知道你的名字，你也有权知道他的名字。他是蒂尔尼将军，我的父亲。"

凯瑟琳只回答了一声"哦！"——可这声"哦"却充分表达了所有的意思：对他话语的关注，以及完全相信这是事实。带着真正的兴趣与强烈的崇拜，她的目光追随着将军穿过人群，心中暗自赞叹："多么漂亮的一家人啊！"

晚会即将结束前，她和蒂尔尼小姐聊天时又得到了新的幸福之源。她来到巴斯后还没在乡间散过步。蒂尔尼小姐熟悉人们常去游览的所有地方，说得凯瑟琳迫不及待地也想去看看。当她担心找不到人陪她时，兄妹俩提议他们可以某天早晨一起散步。"我会喜欢的，"她叫道，"这太好了！咱们千万别拖延——让我们明天就去吧。"这个建议被欣然采纳，只是蒂尔尼小姐加了个不要下雨的条件，凯瑟琳则肯定不会下。他们约好十二点去普尔蒂尼街找她——于是"记住——十二点"成了她对新朋友的分别话语。至于她的另一位结识更早、交情更深，两个星期来她已经享受了她的忠诚与重要性的朋友伊萨贝拉，她整个晚上就没见到她。不过，虽然渴望与她分享自己的快乐，她还是愉快地服从了艾伦先生的意愿，早早地离开了舞厅，在马车的座位上一路摇摆，心花怒放地回到了家。

第十一章

　　第二天早上天色很阴沉,太阳只勉强露了几次脸,凯瑟琳由此推断一切都如她所愿。她认为在一年刚开始的日子里,明朗的早晨往往会变成雨天,如果开始阴沉却预示着会逐渐好转。她请求艾伦先生印证她的想法,可艾伦先生又不是个天气通,所以不肯保证绝对会出太阳。她去找艾伦太太,艾伦太太的想法倒是更加乐观。她完全相信会是个好天气,只要乌云散去,太阳出来。

　　可到了快十一点时,几滴打在窗户上的小雨点被凯瑟琳警觉的眼睛发现了,她不禁万分沮丧地叫道:"哦,天啊,我就知道会下雨。"

　　"我早知道会这样。"艾伦太太说。

　　"我今天没法散步了,"凯瑟琳叹了口气,"但也许雨下不下来,或者在十二点前停住。"

　　"可能吧,不过亲爱的,那样地上会特别泥泞。"

　　"哦!那没关系,我从不在乎泥泞。"

　　"是的,"她的朋友非常平静地说,"我知道你从来不怕泥泞。"

　　过了一会儿,站在那儿看着窗户的凯瑟琳说:"雨越下越大了!"

　　"真的?如果继续下雨,街道上会很潮湿的。"

"已经打了四把伞。我真讨厌看见雨伞!"

"拿着雨伞太麻烦了。我宁愿随时都乘马车。"

"早晨天气那么好!我以为准不会下雨呢!"

"谁都一定会这么想。要是一整天都下雨,矿泉厅就没什么人了。我希望艾伦先生走的时候穿上大衣,但我肯定他不会穿,因为他无论如何都不愿穿着大衣出门。我不知道他怎么那么讨厌大衣,一定很不舒服吧。"

雨继续下着——很急,虽然不太大。凯瑟琳每隔五分钟去看一下钟,每次回来都扬言要是雨再下五分钟,她就完全不抱希望了。钟敲了十二点,雨还在下——"你没法去了,亲爱的。"

"我还没完全绝望呢。不到十二点一刻我是不会放弃的。现在刚好是天该放晴的时候,而且我确实觉得看起来亮了一些。得了,已经十二点二十分,现在我**应该**彻底放弃了。哦!要是我们这儿有他们在尤多尔弗那样的天气该多好,或至少像在托斯卡纳和法国南部的天气!——可怜的圣·奥宾①死去的那个晚上!——多么美丽的天气!"

十二点半时,凯瑟琳对天气满怀焦虑的关注已经结束,认为即使天晴了也无济于事,这时天空却主动晴朗起来,一缕阳光让她吃了一惊。她四处看看,乌云正在散开,她立刻跑到窗口往外看,期待着天气继续变好。又过了十分钟,显然下午将阳光明媚,也证实了艾伦太太"一直觉得天会放晴"的看法。不过凯瑟琳是否还会期待她朋友的到来,雨水会不会多得让蒂尔尼小姐不

---

① 指《尤多尔弗》中女主角的父亲圣奥伯特,他在小说第八章去世。

敢贸然出门，这依然是个问题。

路上太泥泞，艾伦太太没法陪她的丈夫去矿泉厅，于是他独自出发。而凯瑟琳刚见他走到街上，就看到几天前的早晨让她大吃一惊的两辆敞篷马车，载着同样的三个人向她驶来。

"伊萨贝拉、我哥哥还有索普先生，准是他们！他们也许是来找我的——可我不能去——我真的不能去，你知道蒂尔尼小姐可能还会来呢。"艾伦太太同意这个说法。约翰·索普很快就上来了，不过他的声音上来得更快，因为他在楼梯上就大声催促着莫兰小姐。"快点！快点！"他推开门——"赶紧戴上帽子——没时间耽搁——我们要去布里斯托尔了①——你好吗，艾伦太太？"

"去布里斯托尔！那不会太远吗？——可是，无论如何我今天不能和你们一起去，因为我已经有约了，我的几个朋友随时会到。"这当然遭到了强烈的反驳，根本算不上理由。艾伦太太被叫来助阵，另外两个人也走进来帮忙。"我最亲爱的凯瑟琳，这难道不开心吗？我们即将开始一段最美妙的旅行。你得感谢我和你哥哥的主意。这个念头在早餐时忽然蹦进我们的脑子里，我绝对相信是在同一时刻。要不是因为这该死的雨，我们两个小时前就该出发了。但不要紧，晚上有月光，我们肯定会玩得开心。哦！一想到乡下的空气与宁静，我简直心醉神迷！——这可比去下舞厅好玩多了。我们直接驾车到克利夫顿，在那儿吃饭。吃完饭如果还有时间，就再去金斯韦斯顿。"

"我不信能走那么多地方。"莫兰说。

---

① 巴斯西北部 11 英里外的重要港口小镇，也有温泉。

"没好话的家伙!"索普叫道,"我们能跑十倍多的地方。金斯韦斯顿!对了,还有布莱兹城堡,和凡是能够听说的地方。可现在你的妹妹说她不要去。"

"布莱兹城堡!"凯瑟琳叫道,"那是什么?"

"英格兰最好的去处——任何时候都值得跑五十英里去瞧一瞧。"

"什么?那真是一座城堡,古老的城堡吗?"

"英格兰最古老的城堡。"

"可是它和书上看到的一样吗?"

"是的——一模一样。"

"那么说真的——有塔楼和长长的走廊吗?"

"几十个呢。"

"那我倒想去看看。但我不能去——不能去呀。"

"不去!——我亲爱的宝贝,你是什么意思?"

"我不能去,因为"——(她低下头,害怕看见伊萨贝拉的微笑)"我在等蒂尔尼小姐和她的哥哥叫我一起去乡下散步。他们原先答应十二点来,却下雨了。可是现在,天气这么好,我敢说他们很快会来的。"

"他们才不会来呢,"索普叫道,"因为我们转进布罗德街的时候,我看见他们了——他不是驾着轻便四轮马车,套着鲜亮的栗色马吗?"

"我真不知道。"

"是的,我知道是这样,我看见他了。你说的是昨晚和你跳舞的那个人,对吗?"

"是的。"

"哦，我当时看见他在兰斯当路上——车上坐着个好看的姑娘。"

"你真看见了？"

"我发誓是真的。我一眼就认出了他，他好像还有几头很漂亮的小牛。"

"真奇怪！不过我猜他们认为路上太泥泞了，所以没法散步。"

"很有可能，因为我从没见到路上这么泥泞过。走路？想走路比登天还难！整个冬天都没那么泥泞过，到处都没过脚踝了。"

伊萨贝拉也来证实："我最亲爱的凯瑟琳，你都想不到有多泥泞。来吧，你一定得去。现在你可不能拒绝了。"

"我想去看看城堡，可是我们会到处都看个遍吗？我们会不会登上每一节楼梯，走进每一套房间呢？"

"是的，是的，每一个角角落落。"

"可是——如果他们只出去一小时等路面干一点，还会过来怎么办？"

"放心吧，没这回事，因为我听到蒂尔尼对一个骑马路过的人嚷嚷，说他们要去威克岩呢。"

"那我就去吧。我能去吗，艾伦太太？"

"你想去就去，亲爱的。"

"艾伦太太，你一定得劝她去。"几个人异口同声地喊道。艾伦太太毫不在意——"嗯，亲爱的，"她说，"你就去吧。"——两分钟后他们出发了。

凯瑟琳登上马车时的心情很是忐忑。她既遗憾失去了一件很大的乐事，又期待着赶紧享受另一件乐事，二者程度几乎对等，虽然性质截然不同。她觉得蒂尔尼兄妹做得不好，那么轻易地放弃了约定，连个口信也没捎来。现在离他们约好的散步时间只过了一个小时，虽然在那个小时里她听说路上全是泥泞，可根据她自己的观察，她忍不住想到其实去了也不会有什么麻烦。感觉自己被别人怠慢是很痛苦的。另一方面，能够探索尤多尔弗那样的城堡，她幻想中布莱兹城堡的样子，简直太好了，几乎能抵消她的一切烦恼。

他们轻快地驶过普尔蒂尼街，穿过劳拉广场，一路上没什么交流。索普对他的马说着话，她在沉思，轮番想着失信的诺言，破旧的拱门、四轮马车和假帷幔，蒂尔尼兄妹和活板门。不过进入阿盖尔楼群时，她被同伴的话惊醒了："那个走过去时使劲盯着你的姑娘是谁？"

"谁？——在哪儿？"

"在右手边的人行道上——现在估计看不见了。"凯瑟琳四处张望，看到蒂尔尼小姐挽着她哥哥的手臂沿着街道慢慢往前走。她见两人都转身看着她。"停下，停下，索普先生，"她不耐烦地叫道，"是蒂尔尼小姐，真的是她——你怎么能告诉我他们走了？——停下，停下，我现在就要下车找他们去。"可她说这些话又有什么用呢？——索普只是抽鞭让马儿跑得更快，而蒂尔尼兄妹很快就不再看她，转眼消失在劳拉广场的拐角处。又过了一会儿，她本人被拉进了市场。可是，就算行驶在另一条街道上时，她还在恳求他停车。"拜托，求你停下吧，索普先生——我不能往前——我不想再往前——我必须回到蒂尔尼小姐那儿。"然而索普只是大笑着挥起鞭子催马快跑，发出古怪的声音，继续向前飞奔。凯瑟琳虽然又气又恼却无法下车，只好不再坚持，由他去了。不过，她却没少责备索普。"你怎么可以这样欺骗我呢，索普先生？——你怎么能说看见他们驾车到了兰斯当路？——我说什么也不愿意这样的事情发生！——他们一定觉得我太奇怪、太粗鲁了！从他们身边过去，连一句话也不说！你不知道我有多恼火——我去克利夫顿不会开心，干什么都不会开心。我真想下车，一万个宁愿现在下车，走到他们身边去。你怎么能说看见他们驾着四轮马车出去了呢？"索普理直气壮地为自己辩解，声称一辈子也没见过长得那么像的两个人，还几乎一口咬定就是蒂尔尼本人。

即使这个话题已经结束，他们的旅行也不可能很愉快。凯瑟琳完全不像上次兜风时那么顺从。她不情不愿地听着，回答都很简短。布莱兹城堡仍然是她唯一的安慰，想到**那儿**，她还能时不时地感到高兴。虽然相比错过约好的散步感到的失望，尤其是给蒂尔尼兄妹留下了坏印象来说，她还是情愿放弃城堡的围墙可能带给她的欢喜——沿着一长排高高的房间往前走，里面是华丽却被遗弃多年的家具残骸——从狭窄蜿蜒的地窖往前，被一扇咯吱作响的矮门挡住了去路。他们的灯笼，唯一的灯笼，忽然被一阵狂风吹灭，他们陷入了彻底的黑暗里。这多开心啊！与此同时，他们继续着旅程，没遇到什么麻烦。已经看得见肯辛镇了，这时后面的莫兰喊了一声，她的朋友停下车看看有什么事。另外两人走到可以说话的距离，莫兰说："我们最好回去吧，索普。今天太晚，不能再往前走，你妹妹和我都这么想。我们从普尔蒂尼出来已经整整一个小时也不过才走了七英里，我估计还有八英里的路。这可不行。我们出发得太晚了。还是改天再去，返回吧。"

"对我来说都一样。"索普生气地答道。他们立刻调转马头，一起踏上了回巴斯的路。

"要不是你哥哥弄了那匹该×的畜生，"他很快说道，"我们可能现在好得很。我的马要是任由它跑，一个钟头就能到达克利夫顿，可我为了不把那匹该死的直喘粗气的驽马丢在后面，一直勒着我的马，差点把胳膊都拽断了。莫兰自己不养匹马配上马车就是个傻瓜。"

"他才不是傻瓜，"凯瑟琳激动地说，"我肯定他买不起。"

"他为什么买不起？"

"因为他没那么多钱。"

"那怪谁呀？"

"我觉得谁也不怪。"接着，索普像往常一样扯起嗓子语无伦次地唠叨起来，说小气真是件该×的事。要是在钱堆里打滚的人都买不起东西，他不知道谁还买得起。凯瑟琳都懒得听懂这些话。本想抚慰之前的失望，不料结果还是失望，这让她既没心思自己和颜悦色，也觉得她的同伴越来越讨厌。他们回到普尔蒂尼街时，她都没说到二十个字。

进屋时男仆告诉她，在她出发几分钟后一位先生和小姐来拜访过她。当他说她和索普一起出去了时，那位小姐问有没有给她留个口信。听说没有，她就在身上摸卡片，然后说没带，就告辞了。凯瑟琳思索着这令人心碎的消息，慢慢地往楼梯上走。到了顶上她碰到艾伦先生,他一听说他们为何这么快回来,便说道:"我很高兴你的哥哥能这么理智。我很高兴你回来了。这真是个奇怪又疯狂的计划。"

晚上的时间他们一起在索普家的寓所度过,凯瑟琳心烦意乱,无精打采。可伊萨贝拉似乎觉得既然大家命运如此,那么跟莫兰单独打打康莫斯①和在克利夫顿的客栈享受乡间的宁静与新鲜空气一样好。她不止一次地表示幸亏没去下舞厅。"我真同情往那儿跑的可怜虫们!我真开心没夹在他们中间!我怀疑有多少人会去参加舞会!他们还没开始跳舞呢。我说什么也不想去那儿。能时不时有一两个清净的晚上多好。我敢说这场舞会不怎么样。我知道米切尔一家不会去。我真可怜每一个去的人。不过我敢说,莫兰先生,你很想去那儿,不是吗?我肯定你想去。哦,可千万别让这儿的任何人拦着你。我敢说没有你我们照样过得很好,但你们男人总会自以为是。"

凯瑟琳几乎要责备伊萨贝拉不体谅她和她的伤心了。她似乎对此毫不在意,说出来的安慰话也莫名其妙。"别这么闷闷不乐了,我最亲爱的宝贝,"她轻声说,"你让我的心都碎了。这的确令人震惊,但全怪蒂尔尼兄妹。他们为何不准时一些呢?路上是泥泞,但那又有什么大不了?我肯定我和约翰都不会在意。为了朋友,我做什么都行。我就是这样的人,约翰也是。他是个特别重感情的人。天啊!你这手牌真是太好了!居然全是老K!我从来没有这么开心过!我一百个愿意摸到这牌的是你而不是我

---

① 当时很受欢迎的牌戏,有点像扑克,打牌者可以相互交换牌。

自己。"

现在我可以打发我的女主角去床上度过一个不眠之夜了,这才是真正女主角的命运。她的枕头撒满荆棘沾满泪水。倘若能在接下来的三个月里睡上一个安稳觉,她就会觉得自己非常幸运了。

第十二章

"艾伦太太,"凯瑟琳第二天早上说,"我今天去拜访蒂尔尼小姐可不可以?不把一切解释清楚我是不会安心的。"

"当然可以,亲爱的。只要穿上白裙子,蒂尔尼小姐总是穿白色。"

凯瑟琳愉快地答应了。穿戴整齐后,她比往常更急不可耐地赶到矿泉厅,想弄清蒂尔尼将军的住所。她虽然相信他们住在米尔萨姆街,却不知是哪栋房子,而艾伦太太摇摆不定的想法使她更加迷惑。她被指引到米尔萨姆街,弄清门牌号后,便心情激动地疾步赶去拜访,解释她的行为,然后被原谅。她脚步轻快地走过教堂,坚定地转过脸去,唯恐看不到她亲爱的蒂尔尼小姐与家人,因为她觉得他们可能就在附近的商店里。她毫不费力地到达那座房子,看了看门牌,敲敲门,求见蒂尔尼小姐。仆人认为蒂尔尼小姐在家,但不太确定。可否麻烦她报上姓名?她递了名片。几分钟后仆人回来了,带着一副不很确信的表情说他弄错了,因为蒂尔尼小姐刚出门。凯瑟琳羞红着脸,离开了房子。她几乎肯定蒂尔尼小姐**就在**家里,只是太生气了不愿见她。走到街上,她忍不住瞥了一眼客厅窗户,期待能看见她,可是没有人出现。然而,走到街的尽头时她又回看了一眼,没想到不是在窗户,而是从门口走出了蒂尔尼小姐本人。她身后跟着一位先生,凯瑟琳相信是她的父亲，他们一起朝埃德加大楼走去。凯瑟琳深感屈辱地继续往前走。对方因为气愤就如此无礼地对待她，她自己也几乎气愤起来。可是她抑制了心中的愤怒；她想起她自己的无知。她不知道像她这样的一次冒犯，按照世俗礼法究竟在多大程度上不可饶恕，或理应让她受到多么严厉的无礼报复。

她沮丧又惭愧，甚至产生了当晚不和别人一起去看戏的念头。不过必须承认这些念头没能持续多久，因为她很快想到：首先，她没有待在家里的借口；其次，这是她特别想看的一出戏。于是他们全都来到剧场，再没有什么蒂尔尼来折磨或取悦她了。她担心，在这个家庭的众多优点中，喜爱看戏并不在其列。不过也许他们看惯了伦敦舞台的上等好戏，她根据伊萨贝拉的权威看法做出的判断是，其他任何戏都"惨不忍睹"。可是她自己的期待与欢乐并没有落空，这出喜剧让她忘记了忧愁，所以任何在前四场戏注意到她的人，根本想不到她会有什么烦恼。但第五场戏开始时，她忽然看见亨利·蒂尔尼先生和他的父亲进入了对面包厢的一群人中，这再次唤起她的焦虑与沮丧。舞台再也不能激起她真心的快乐——再也不能让她全神贯注。她平均每隔一下就看一眼对面的包厢，而且在整整两场戏中，她都这样看着蒂尔尼，却一次也没有迎上他的目光。再也不能怀疑他不爱看戏了，在整整两场戏中他的目光都没有离开过舞台。然而最后，他的确朝她看了过来，他向她点头致意——可那是怎样的点头啊！没有微笑，没有长时间的凝视，他的眼光立刻又转回原来的方向。凯瑟琳坐立不安痛苦难言，她几乎想要跑进他的包厢强迫他听她解释。她的内心充满了自然而然而非女主角般的情感，她不因这轻易的指责认为自己的尊严受到了伤害——她没有带着故作的天真,骄傲地决定向可能心存疑惑的他表示愤怒,让他手忙脚乱地找理由解释,然后只要通过避而不见或是和别人调情,便能启发他回忆过去。她完全由自己承担了犯错带来的屈辱,或至少看上去如此,只是渴望能寻找机会加以解释。

戏演完了——帷幕落下——亨利·蒂尔尼已经不在原来的位置,可他的父亲还在那儿。也许他正朝她们的包厢走来呢。她猜对了。几分钟后他再次出现,穿过观众逐渐稀疏的座位走过来,看似平静礼貌地与艾伦太太和她的朋友说着话——然而凯瑟琳的回答可远没有他那么冷静:"哦!蒂尔尼先生,我一直急着想和你说话向你道歉。你一定觉得我很粗鲁,但真的不是我的错——是吗,艾伦太太?不是他们告诉我蒂尔尼先生和他妹妹一起乘马车出去了吗?那我还能怎么办?不过我一万个希望是和你们在一起的。对不对,艾伦太太?"

"亲爱的,你把我的长裙弄乱了。"这是艾伦太太的回答。

虽然她的保证孤立无援,却没有白费。他的脸上浮现出更真诚、更自然的笑容,他带着一丝假意冷淡的口吻答道:"无论如何,我们要感谢你在阿盖尔街和我们擦肩而过时祝我们散步愉快:你还那么好心地特意回了头。"

"可我真的没有祝你们散步愉快,我根本没想过那样的事!不过我苦苦央求索普先生停车,我一看到你们就冲他叫唤,喏,艾伦太太,难道——哦!你不在那儿。但我真的那样做了,要是索普先生停了下来,我会跳下车去追你们的。"

世界上有哪个亨利能对这样的声明无动于衷呢?反正不是亨

利·蒂尔尼。他带着更加甜美的笑容，详细叙述了他的妹妹对凯瑟琳为人的担忧、遗憾和信任——"哦！请不要说蒂尔尼小姐没有生气，"凯瑟琳叫道，"因为我知道她生气了，今天早上我去拜访她时她不愿见我。我看见她在我离开后马上走出了屋子。我很伤心，但不气恼。也许你不知道我来过？"

"我当时不在家，但我从埃莉诺那儿听说了这件事。之后她一直想见你，向你解释这么无礼的原因，不过也许我来解释就行了。只是因为我父亲——他们正准备出去，他因为赶时间不想耽搁，所以没同意她的请求。就是那样，我向你保证。她很懊恼，想尽快向你道歉。"

听到这个消息凯瑟琳大大地松了一口气，然而多少还有点顾虑，便脱口而出一个天真烂漫却让这位先生有些苦恼的问题——"可是，蒂尔尼先生，**你**为何不如你的妹妹大度呢？如果她能相信我的好意，认为这只是个误会，**你**怎么就那么容易生气呢？"

"我？——我生气？"

"是啊，看到你走进包厢时的表情，我就能肯定你很恼火。"

"我恼火？我没有权利啊！"

"不，只要看见你的脸，谁也不会认为你没有权利。"他没说话，只是让她给自己腾个地方，同她谈起了那出戏。

亨利和他们一起坐了一会儿。他太和蔼可亲了，凯瑟琳真舍不得让他走。不过在分手前，他们约定尽快实现他们的散步计划。所以，除了让蒂尔尼离开包厢的痛苦，总的来说，凯瑟琳已经是天底下最幸福的人了。

和亨利说话时，凯瑟琳很惊讶地看到，从没在一个地方好好待上十分钟的索普,竟然在和将军专心说着话。更让她诧异的是她能感觉到自己成了他们关注和谈论的目标。他们能说她什么呢?她担心蒂尔尼将军不喜欢她的样子:她觉得他不让自己见他的女儿而不是推迟几分钟散步,就是这个原因。"索普怎么会认识你父亲呢?"她指着他们焦急地问她的同伴。蒂尔尼也一无所知,不过他的父亲和所有的军人一样,交际很广。

戏散场后,索普过来帮他们离开,他立刻向凯瑟琳献殷勤。在大厅等待马车时,他截住了凯瑟琳几乎从心底溜到舌尖的问题,郑重其事地问她有没有看见他和蒂尔尼将军说话——"这老头真不赖,说真的! ——健壮、活跃——看上去和他儿子一样年轻。告诉你,我真佩服他:有绅士气派,难得的大好人。"

"可你怎么会认识他?"

"认识他?——这镇子上有几个人是我不认识的?我总是在贝德福遇到他,今天他一进桌球室我就认出他来。顺便说一下,他能算得上是最好的桌球手了。我们来了个小小的反转,虽然开始我几乎都有点怕他:他胜算的概率还是比我高一些,要不是我打出了可能是全世界最干净利落的一击——直接击中他的球——没球桌我无法给你演示——不过我的确打败了他。他真是个体面人,跟犹太佬一样有钱。我真想和他吃顿饭,我敢说他会办盛大的宴会。不过你觉得我们会谈什么?——你呀。真的,我发誓!——将军认为你是全巴斯最漂亮的姑娘。"

"哦!胡说!你怎么可以这么说呢?"

"你认为我会说什么?"(他压低声音)"说得对啊,将军,我说,我完全同意。"

此时对于凯瑟琳来说，她听到索普的表扬可远不如得知蒂尔尼将军对她的赞赏那么开心，在被艾伦先生叫走时也不觉得遗憾。然而，索普坚持送她去马车，一路甜言蜜语地恭维她，不顾她请求他不要再说，直到她进入了马车里。

蒂尔尼将军没有不喜欢她，反而欣赏她，真让她高兴。她愉快地想着这个家庭中现在没有她害怕见到的人了——这个晚上的收获远远、远远地超出了她的预料。

第十三章

　　星期一、星期二、星期三、星期四、星期五和星期六的经历已经为读者做了回顾；每天发生的事情，希望与担心，屈辱与快乐，已经一一陈述，现在只需讲述星期天的痛苦，就能结束这一周了。克利夫顿计划被延期，但并未取消，当天下午他们在新月街散步时这个计划又被提起。伊萨贝拉和詹姆士私下商量了一番，一个急不可耐地要去，另一个迫不及待地想取悦她，于是决定如果天公作美，明天上午就走。他们得早点出发，才能在适当的时间返回。事情就这么决定了，得到索普的赞许，只需通知凯瑟琳。几分钟前她离开他们去和蒂尔尼小姐说话，这段时间计划都制定好了，她一回来便被要求同意。可是凯瑟琳并没有欢欣雀跃地表示赞成，而是板着脸抱歉地说她不能去。她有约在先，上次就不该去，现在也不能去。她那时已经和蒂尔尼小姐安排好明天进行之前相约的散步，已经说定了，她无论如何也不愿反悔。可是索普兄妹立刻急切地叫道她**必须**反悔也**应该**反悔。他们明天一定要去克利夫顿，不能没有她。只不过把散步推迟一天而已，他们可不听拒绝。凯瑟琳很沮丧，但没有屈服。"别逼我了，伊萨贝拉。我和蒂尔尼小姐约好了。我不能去。"这无济于事，同样的话语再次劈头盖脸地袭来。她应该去，她必须去，他们不听拒绝。"告诉蒂尔尼小姐你刚刚想起之前的约定，所以必须请求将散步推迟到星期二。这不就容易了吗?"

"不,这并不容易。我不能这么做。我之前没有约定。"可是伊萨贝拉却越逼越紧。她百般亲热地请求她,心肝宝贝地叫着她。她相信最亲爱、最甜心的凯瑟琳不会当真拒绝一个深爱着她的朋友如此微不足道的请求。她知道她心爱的凯瑟琳那么通情达理又温柔善良,一定能很快被爱她的人说服。可说什么也没用,凯瑟琳认为自己是对的,虽然如此情真意切、苦口婆心的恳求让她痛苦,但她丝毫也不动摇。接着,伊萨贝拉换了个方式。她责备她对刚刚认识不久的蒂尔尼小姐比对自己最好的老朋友更加亲热,总之,她对自己越来越冷淡无情。"我不能不感到嫉妒,凯瑟琳,当我看到你为了陌生人而怠慢我,我可是爱你爱到极点啊!当我一旦爱上了谁,那是什么力量也无法改变的。但我相信我的感情比任何人都更加炙热,我肯定它强大得让我无法安宁。我承认,看到陌生人取代我的友谊,深深刺痛了我的心。这蒂尔尼兄妹似乎吞噬了一切。"

凯瑟琳认为这个责备同样奇怪又无情。难道朋友就应该这样暴露自己的情感来唤起别人的注意吗?在她看来伊萨贝拉狭隘自私,只顾自己满意。这些痛苦的念头闪过她的脑海,但她什么也没说。伊萨贝拉这时用手帕遮住眼睛,莫兰见此情景一阵难受,忍不住说道:"得了,凯瑟琳。我认为你现在不该再这么执拗。又不用多大的牺牲,只是成全一个朋友——你要是再拒绝,我就会认为你太无情了。"

这是哥哥第一次公开与她作对,她很想让他不要生气,便提出一个折衷方案。如果他们能把计划推迟到星期二,这应该毫无困难，因为全靠他们自己决定，她就能和他们同行，这样每个人都会满意。可"不行，不行，不行！"是她立刻得到的回答。"那样不行，因为索普先生不知道周二要不要进城去。"凯瑟琳觉得遗憾，但无能为力。接着是一阵短暂的沉默，随后被伊萨贝拉打破了。她用冷漠而怨恨的声音说："很好，那么一起出游的事情到此结束。要是凯瑟琳不去，不能只有我一个女人去。无论如何我也不愿做这么不体面的事。"

"凯瑟琳，你必须去。"詹姆士说。

"可是索普先生为何不能带上一个别的妹妹呢？我肯定她俩都愿意去。"

"谢了，"索普叫道，"我来巴斯可不是为了像个傻子一样带着妹妹们到处兜风的。不行，你要是不去，我×去了就是混蛋。我去就是为了带你兜风的。"

"你的这番恭维并不让我高兴。"然而索普没有听见她的话，他忽然转身离开了。

另外三个人还在一起，以让可怜的凯瑟琳极不舒服的方式继续往前走着。有时大家一句话也不说，有时她又被恳求或责备。她和伊萨贝拉依然挽着胳膊，虽然她们的心里在较着劲。她一会儿心软，一会儿被激怒；她一直很沮丧，却始终很坚定。

"我从没想过你会这么固执，凯瑟琳，"詹姆士说，"你以前没那么难说服啊。你曾经是我最善良、脾气最好的妹妹。"

"我希望我现在依然如此，"她很动情地答道，"可我真的不能去。如果我错了，我也是在做自己认为正确的事。"

"我想，"伊萨贝拉低声说，"没什么好纠结的。"

凯瑟琳很伤心，她抽回了胳膊，伊萨贝拉没有反对。这样过了漫长的十分钟，索普回来了，他一脸快活地走向他们说："好了，我把问题解决了，这下明天我们就能无忧无虑地旅行了。我去找了蒂尔尼小姐，替你编了个借口。"

"不会的！"凯瑟琳叫道。

"千真万确。我刚离开她。我跟她说你让我告诉她，因为刚刚想起之前和我们约好去克利夫顿，所以只有推迟到星期二再和她同行。她说很好，星期二对她一样方便，因此我们所有的困难都解决了——我的主意不错吧——嘿？"

伊萨贝拉再次喜笑颜开，詹姆士看上去也很高兴。

"真是个绝妙的主意！喏，我亲爱的凯瑟琳，我们所有的痛苦都过去了。你已经正大光明地解除了约定，我们可以痛痛快快地玩上一回了。"

"这不行，"凯瑟琳说，"我不接受。我必须追上蒂尔尼小姐告诉她真相。"

可是伊萨贝拉抓住她的一只手，索普抓着另一只，三人齐声责备她，连詹姆士都生气了。一切都已安排好，连蒂尔尼小姐本人都说星期二同样可以，还要再去反对，也太不可理喻、太荒唐可笑了。

"我不在乎。索普先生没理由编出这样的谎话。要是我觉得可以推迟，我会自己和蒂尔尼小姐说。这样做只会更加无礼。我怎么知道索普先生已经——也许他又弄错了。他星期五已经因为犯错而让我失礼。让我走，索普先生。伊萨贝拉，别抓着我。"

索普告诉她再去追蒂尔尼兄妹也没用，因为他追上他们时二人已经转进布洛克街，现在应该到家了。

"我要去追他们，"凯瑟琳说，"不管他们到了哪儿我也要去追他们。说什么也没用。要是我不能被说服去做我认为错误的事，我也绝不会被骗去做。"说完她挣脱他们，匆匆跑开。索普还想追他，但莫兰拉住了他。"让她去，让她去，要是她想去的话。"

"她固执得像——"

索普没说完这个比喻，因为这几乎不可能是个恰当的比喻。

凯瑟琳非常焦急地穿过人群以最快的速度往前走，害怕被追赶，但决心坚持到底。她边走边回忆发生的事。她对于让他们失望不快感到难过，尤其让哥哥不开心了，可她并不后悔拒绝他们。除了她自己的意愿，第二次失信于和蒂尔尼小姐的约定，收回五分钟前主动承诺的事，而且还基于错误的理由，这一定不对。她没有完全按照自私的原则来反对他们的想法，她没有只考虑自己的满足。**那一点**也许能从旅行本身得到证明，因为还能看布莱兹城堡。不，她只想着应该对别人做的事，和自己在别人眼中的人品。然而，她对正确的信念不足以使她平静，她必须向蒂尔尼小姐解释后才能安心。出了新月街她加快脚步，几乎一路小跑到米尔萨姆街的尽头。她的速度特别快，虽然蒂尔尼兄妹开始领先不少，但他们正要转身进屋时她终于看见了他们。仆人还站在打开的大门口，她只客气地说了句有话必须马上和蒂尔尼小姐说，便匆忙从他的身旁走上楼梯。她打开面前的第一扇门，恰好是正确的那一扇，便立刻发现自己进了客厅，和蒂尔尼将军与他的儿女们在一起。她立刻做了解释，虽然唯一的缺点在于——因为她紧张不安，上气不接下气——所以这根本算不上解释。"我是匆忙赶来的——这都是个误会——我从来没答应去——我一开始就告诉他们我不会去——我匆匆忙忙跑来解释——我不在乎你们怎么看我——我等不及仆人通报了。"

不过，虽然这番话并没有把事情解释得一清二楚，但很快就不再令人困惑。凯瑟琳发现约翰·索普**的确**传了假话，蒂尔尼小姐也毫不顾忌地承认她当时听了非常震惊。不过她的哥哥在听到消息后是否更加不满，凯瑟琳虽然本能地向二人一一做了澄清，却无从知晓答案。不管在她到来前他们怎么想，她急切的表白立刻让他们的每个表情和每一句话都变得友好无比。

事情就这样愉快地解决了，她被蒂尔尼小姐介绍给她的父亲，立刻得到他十分殷勤礼貌的接待，这不禁让她记起索普的话，并高兴地想到他的话有时也靠得住。将军客气得无以复加，根本不管她是怎样敏捷地进入了房子，竟对着仆人大发雷霆，因为是他的疏忽才导致她不得不自己打开房门。"威廉到底什么意思？他得好好把这件事弄清楚。"要不是凯瑟琳极力肯定他的无辜，威廉很可能因为她的敏捷——即使不丢掉工作，也会永远失去主人的宠爱了。

和他们坐了一刻钟后①，凯瑟琳起身告辞，还万分惊喜地被蒂尔尼将军询问，她是否愿意赏光和他的女儿共进晚餐，共度这一天余下的时间。蒂尔尼小姐也表示了期待。凯瑟琳感激不已，但实难从命。艾伦先生和太太随时在等她回家。将军表示不再勉

---

① 较为合乎社交礼仪的拜访时长。

强，声称不能违背艾伦先生和太太的意思。不过他相信改天要是早点通知，他们一定不会拒绝让她和她的朋友做伴。"哦，不。凯瑟琳相信他们一点也不会反对，她也很乐意来。"将军亲自送她到大门口，下楼时说了许多殷勤的话，夸她步履轻盈，和她跳舞的姿态分毫不差，临别时还向她鞠了一躬，是她见过最优雅的鞠躬了。

凯瑟琳对发生的一切非常满意，兴高采烈地向普尔蒂尼街走去。她边走边认定自己的步伐非常轻盈，虽然她以前从没这样想过。回家的路上她没有遇见被她冒犯的朋友们。现在她已经大获全胜，捍卫了自己的观点，争取到散步的机会，她开始（随着心绪的平静）怀疑自己是不是完全正确。牺牲总是崇高的。要是她对他们的请求让了步，她就不用沮丧地想到自己得罪了一位朋友，惹恼了一个兄长，而一个无比快乐的计划，也许就被她破坏了。为了缓解心绪，让一个不带偏见的人来确定她的行为是否正确，她找机会向艾伦先生说起她的哥哥和索普兄妹尚未决定的第二天计划，艾伦先生当即抓住了话头。"那么，"他说，"你也想去吗？"

"不。在他们告诉我之前我已经和蒂尔尼小姐约好了一起散步，所以我不能和他们一起去，你说对吗？"

"对，当然不能去。我很高兴你没有这么想。这种安排实在不像话。年轻的小伙子和姑娘们乘着敞篷马车在乡下乱跑！偶尔一次没问题，可是一道去客栈和公共场所！这样做很不得体。我想不通索普太太怎么会允许。我很高兴你不想去，我相信莫兰太太是不会高兴的。艾伦太太，你会不同意我的看法吗？你不觉得这么做要不得吗？"

"是的，的确要不得。敞篷马车真龌龊。在里面衣服干净不了五分钟。进进出出溅得一身泥，风把头发和帽子吹得东倒西歪。我很讨厌敞篷马车。"

"我知道你讨厌，可问题不在这儿。你不认为年轻姑娘被小伙子们拉着到处跑，又非亲非故，这很奇怪吗？"

"是的，亲爱的，的确非常奇怪。我都看不下去。"

"亲爱的太太，"凯瑟琳叫道，"那你为何不早点告诉我？如果知道这样的行为不得体，我绝对不会和索普先生一起出去。我总以为要是我做错了什么，你会告诉我的。"

"我会的，亲爱的，放心吧。临别前我就是这样对莫兰太太说的，我会尽我所能帮助你。但人也不能太苛求。年轻人**就是**年轻人，你的好母亲自己也这么说。你知道我们刚来的时候，我不想让你买那件带枝叶花纹的细纱布衣裳，可你偏要买。年轻人不喜欢总是被妨碍。"

"可这是一件至关重要的事，而且我觉得你不会认为我很难说服吧？"

"目前来说，还没造成什么伤害。"艾伦先生说，"我只能劝你，亲爱的，不要再和索普先生一起出去了。"

"那正是我想说的。"他的妻子补充道。

凯瑟琳为自己松了一口气，却又为伊萨贝拉感到不安。她想了一会儿，问艾伦先生如果她给索普小姐写封信，解释她肯定和自己一样没有意识到的不得体行为，这样做是否合适正确？她想否则伊萨贝拉可能第二天还是会去克利夫顿，尽管发生了今天的不愉快。然而艾伦先生反倒劝阻她做这样的事:"你最好别管她,亲爱的。她已经长大了,该知道自己在做什么。即使不知道,她也有母亲给她建议。索普太太实在太溺爱孩子了,不过尽管如此你最好别去干涉。索普和你哥哥执意要去的话,你只会讨个没趣。"

凯瑟琳听从了他。虽然想到伊萨贝拉可能会做错事而有些遗憾,她为艾伦先生对她本人行为的赞许大感欣慰,真心庆幸他的建议让她自己免于陷入这样的错误。她没和他们一起去克利夫顿现在成了真正的逃脱,否则如果她违背了与蒂尔尼兄妹的诺言只为去做一件错事,如果她违反了一个礼节,却只因此再去违反另一个,那蒂尔尼一家会怎么看待她呢?

第十四章

　　第二天早晨天气晴朗,凯瑟琳几乎料到那帮人又要来纠缠。有艾伦先生支持她,她心里并不害怕,不过她宁愿免去一番争执,因为胜利本身也是痛苦的。所以当他们既未出现又没消息时,她感到由衷的高兴。蒂尔尼兄妹按时来访。没有出现新的麻烦,没有谁忽然想起什么,没有不期而至的召唤,也没有不速之客来扰乱他们的安排,我的女主角很难得地顺利实现她的约定,这可是与男主角本人共同的约定。他们决定绕比琴崖①走一圈,那是一座雄壮的山崖,草木青翠,崖间半悬着灌木林,从巴斯的每一片开阔地望去都十分壮丽。

　　"我只要看到这座山,"在他们沿着河流漫步时凯瑟琳说,"都会想到法国南部。"

　　"那么你去过国外?"亨利有点惊讶地说。

　　"哦!没有,我的意思只是我读到过。这儿总会让我想起《尤多尔弗》中艾米丽和她的父亲游历过的地方。不过我相信你从来不读小说吧?"

　　"为什么?"

　　"因为对你来说不够智慧——绅士们会读更好的书。"

---

① 意为山毛榉崖,坐落于巴斯南部郊区。据说从这儿的山顶俯瞰巴斯景色最美。

"任何人,不管先生还是女士,如果对一本好的小说不感兴趣,一定是愚蠢至极。我读过拉德克里夫夫人的所有作品,大部分都读得非常愉快。《尤多尔弗》我刚开始读就爱不释手——我记得只用了两天时间读完——从头至尾都毛骨悚然。"

"是的,"蒂尔尼小姐补充道,"我记得你本来答应读给我听,可我只被叫出去五分钟回个话你都不等我,而是带着那卷书躲到别处去看,我只好等你把它读完。"

"谢谢你,埃莉诺——多么了不起的证据。莫兰小姐,知道你的怀疑有多不公正了吧?这就是我,因为急着读下去,连等我妹妹五分钟也不愿意。我违背了自己做出的大声朗读的承诺,在最精彩的部分把她晾在一边,带着书走开了。你知道吗,那可是她的书,当真是她的书哟。回想起这一段我很骄傲,我想这一定能让你对我有个好印象。"

"我非常高兴听到这些,现在我永远不必为自己爱读《尤多尔弗》而羞愧了。可我以前真的认为,年轻男士对小说鄙视得惊人。"

"的确**惊人**。他们果然那样的话倒真是**令人惊奇**——因为他们读的小说和女士们一样多。我自己就读过几百本。别以为你对茱莉亚和路易莎①的知识能赛过我。如果我们继续谈论具体的书,接连不断地问'你读过这个吗?''你读过那本吗?'的问题,我会很快把你甩得远远的,就像——我该怎么说呢?——我得找个恰当的比喻——远得就像你的朋友艾米丽和姑妈去意大利时把可

---

① 十八世纪末期小说中最常见的女主角名字。

怜的瓦兰库尔特抛下的距离。想想我比你早了多少年开始读书的。我去牛津念书的时候，你还是个在家看童书的小姑娘呢。"

"这么说恐怕不好。不过说真的，你认为《尤多尔弗》是世界上最好的书吗？"

"最好的——我猜你是指最整洁吧。那得取决于怎么装订。"

"亨利，"蒂尔尼小姐说，"你这样很无礼。莫兰小姐，他完全把你当成妹妹了。他总是挑我的错，说我措辞不当，现在他又冒昧地这样对你。你刚才用的'最好的'这个词他可不喜欢，你还是尽快改掉吧，否则接下来他会对我们约翰逊布莱尔①地说个没完没了。"

"说真的，"凯瑟琳叫道，"我并非有意要说错话。但这是一本好书，我为何不能这样说呢？"

"完全正确，"亨利说，"今天天气很好，我们在进行一场很好的散步，你们是两位很好的年轻小姐。哦！这真是个很好的词！——放在哪儿都能用。原先这个词可能只用来指整洁、恰当、精致、优雅——人们穿着好衣服，心情很好，选择也好。可现在对每个话题的每一种赞扬都包含在这个词里。"

"不过，说实话，"他的妹妹叫道，"这个词只该用在你身上，不含任何赞扬。比起你的聪明，你更算是个好人。来吧，莫兰小姐，让他用最严格的选词规范对我们吹毛求疵，而我们尽管用我们最喜欢的任何字眼赞美《尤多尔弗》吧。那是最有趣的书了。你喜欢读那种书吧？"

---

① 《英语大辞典》（1755）的编著者塞缪尔·约翰逊（1709—1784）和休·布莱尔（1717—1800）。

"说实话,我不太喜欢其他的书。"

"真的?"

"我是说,我读诗歌和戏剧类的书,也不讨厌游记。不过历史,真正严肃的历史,我没法感兴趣。你呢?"

"不,我很喜欢历史。"

"我希望我也能这样。我把它当成任务读过一点,可读到的内容没有一处不让我厌烦。每一页都是教皇和国王的争吵,战争和瘟疫;男人一无是处,女人几乎不存在——太无聊了。可我常常奇怪既然很多内容都是虚构,为何又非得这么乏味。那些从英雄们嘴里吐出的语言,他们的思想和宏图——想必大部分都是虚构的,而其他作品中的虚构内容正是我最喜欢的。"

"历史学家们,在你看来,"蒂尔尼小姐说,"并不善于想象。他们呈现出的想象不能引起你的兴趣。我很喜欢历史——满足于对假的真的一起接受。对于主要的事实,他们以过去的历史记载作为资料来源,我认为这些资料的可信度和任何不能眼见为实的事情一样高。至于你说的那些修饰,它们就是修饰,我也同样喜欢。如果一篇演讲稿写得很好,我会读得很开心,不管是谁的稿子——真要是休姆先生或罗伯逊博士的手笔,我可能反倒比读卡拉克塔古斯、阿格里科拉或阿尔弗雷德大帝的真实演讲更开心呢。[①]"

"你喜欢历史!——艾伦先生和我的父亲也喜欢,我有两个

[①] 埃莉诺表达的是她喜欢读十八世纪的历史书,书中常常给历史人物赋予深邃的思想和雄辩的口才,如大卫·休姆(1711—1776)的《英国历史》(1754—1761)和威廉·罗伯逊(1721—1793)的《苏格兰历史》(1759)。

兄弟也不讨厌历史。在我小小的朋友圈里就有这么多例子，真是了不起！按照这个比例，我再也不会可怜历史书的作者了。如果人们爱读他们的书，那当然极好。可是要费尽心思写出那些我曾经以为没人想读的巨著，辛辛苦苦的劳动成果只能用来折磨小男孩小女孩，我总觉得他们很命苦。虽然我知道那样做很正确也很有必要，可是对于那些特意坐下来做这件事的人，我还是常常惊叹他们的勇气。"

"小男孩小女孩应当被折磨，"亨利说，"这是文明国家中任何一个对人性稍有了解的人都无法否认的。不过我要为我们最杰出的历史学家们说几句话，要是人们认为他们没有更高的目标，他们很可能会生气。以他们的方式与风格，他们完全有资格折磨那些最有理智的成年读者。我使用'折磨'这个词，因为我注意到这是你的措辞，用它代替了'教育'，现在就当它们是同义词吧。"

"你认为我把教育称为折磨很可笑，但假如你会像我一样总是听着可怜的小孩子们开始学字母，然后学拼写，假如你见过他们一整个上午是怎样呆头呆脑，最后我可怜的母亲又是如何筋疲力尽，就像我在家里几乎每天都看到的那样，你就会承认'**折磨**'和'**教育**'有时可以被当成同义词。"

"很有可能，但历史学家们并不为识字的困难负责。即使你自己，虽然看上去并不完全赞成严格紧张的教育，但恐怕也得承认为了一辈子能看书，先受两三年的折磨也非常值得。想想看——要是不教阅读，拉德克里夫夫人的小说岂不是白写了——或者她根本就不写了。"

凯瑟琳表示同意——她热情洋溢地赞颂那位女士的功绩，结束这个话题——蒂尔尼兄妹很快谈起另一个让她无话可说的话题。他们用绘画行家的眼光欣赏着乡间风景，带着真正的鉴赏力，热切地断定此处可以入画。此时的凯瑟琳不知所措。她对绘画一无所知——毫无品味——她认真听着他们的对话却收获甚少，因为他们使用的术语她几乎都听不懂。她能听懂的那一点点内容却又似乎和她曾经的几个看法相矛盾。看来，好景再也不能从山顶上取到，清澈的蓝天也不再代表晴天。她为自己的无知感到由衷的羞愧。其实完全不必羞愧。人们若想交往，应当永远保持无知。拥有一个见多识广的头脑就意味着无法满足别人的虚荣心，这是明智的人都想避免的。特别是女人，如果她不幸懂得些什么，就应该尽量把它隐藏起来。

漂亮姑娘天生愚钝的好处，已经由另一位姊妹作家[①]的生花妙笔阐述过——就她对这个问题的看法，我只想为男士们补上一句公道话：对于大部分较为轻浮的男士来说，女性的愚笨能大大提高他们的自身魅力；另一部分男人则太过明智又无所不知，所以他们对女人的希求只是无知。可是凯瑟琳并不了解自己的优点——不知道一位心地善良头脑简单的漂亮姑娘，除非遇到特别的意外，否则必定能迷住一个聪明的小伙子。此时，她承认并哀叹自己的无知，宣称愿意付出一切代价学习画画，一场关于如何绘画的演讲应声而至。他讲得一清二楚，她很快从他欣赏的所有景物中发现了美；她听得聚精会神，他对她极高的天生审美力非

[①] 指《卡米拉》的作者弗朗西斯·伯尼，她在书中塑造了头脑简单却很受人喜爱的印第安纳·林梅尔。

常满意。他谈到近景、远景、中景——旁衬景和全景——高光和阴影——凯瑟琳真是个可塑之才,当他们登上比琴崖的顶峰时,她自告奋勇地说整个巴斯城都不配入画。亨利对她的长进很是满意,担心一次太多的知识惹她厌烦,勉强搁下了这个话题。他轻松地从一块岩石碎片和他种在山顶附近的一棵枯萎的橡树谈起,谈到橡树和森林,再谈到对森林的围圈①、荒地、王室领地和政府,不久就谈到了政治,从政治到沉默只需简单的一小步。他对国情发表了一小段演讲后大家陷入了沉默,凯瑟琳打破沉默,用非常严肃的口吻说:"我听说伦敦很快就要发生令人震惊的大事了。"

这话主要是对着蒂尔尼小姐说的,她吓了一跳,赶紧答道:"真的?——什么样的事?"

"那我可不知道,也不知是谁说的。我只听说这比我们至今遇到的任何事情都可怕。"

"天啊!——你是从哪儿听说这样一件事的?"

"一个特别的朋友昨天从伦敦寄来的信中提到了这件事。据说非常可怕。我猜是谋杀一类的事。"

"你说起来真是不可思议的镇定!不过我希望你朋友的叙述被夸张了——要是这样的企图被提前知道,政府毫无疑问会采取措施避免事情的发生。"

"政府,"亨利忍住笑说道,"既不想也不敢干预这样的事。谋杀肯定有,而政府也不关心发生了多少起。"

---

① 指十八世纪,尤其是拿破仑战争时期对公地的圈地运动。

两位小姐愣住了。他又笑着说:"来吧,到底由我来帮你们彼此弄明白,还是让你们绞尽脑汁琢磨出一个解释呢?不——我还是高尚些。我要证明自己是个绅士,不仅有清晰的头脑,更要有慷慨的心灵。我不能容忍那种男士,他们不屑于有时把理解力降低到你们的水平。也许女人的天资既不健全也不敏锐——既不活跃也不强烈。也许她们缺乏观察力、辨别力、判断力、热情、天赋和智慧。"

"莫兰小姐,别在意他说了些什么——不过请满足我对这场可怕暴动的好奇心吧。"

"暴动?——什么暴动?"

"我亲爱的埃莉诺,暴动只存在于你的脑子里①。你胡思乱想得太不像话了。莫兰小姐没有谈论什么可怕的话题,只是说一本新书马上要出版,三卷十二开本,每卷二百七十六页,第一卷有个卷首插图,画着两个墓碑一盏灯笼——懂了吗?——还有你,莫兰小姐——我的傻妹妹误解了你再清晰不过的解释。你说伦敦会出现的吓人的事——她没有像任何有理智的人那样立刻想到这只可能是关于图书馆的书籍流通,而是马上联想起三千暴徒集结在圣乔治广场②,银行被袭击,伦敦塔遭威胁,伦敦的街头血流成河。第十二轻骑兵团(全国的希望所在)的一支部队被从北安普敦③召来镇压叛乱,而勇敢的弗雷德里克·蒂尔尼上尉在率领

---

① 十八世纪九十年代,尤其在法国大革命开始后,伦敦常常发生暴动,对暴动的恐惧也很常见。
② 1780年6月发生于伦敦的反天主教的戈登暴乱集合点,也是1795年1月反政府游行的地点。
③ 士兵驻扎地,1796年成立了骑兵兵营。

队伍冲锋陷阵的时刻,被从楼上窗口飞出的砖块砸下马。原谅她的愚昧吧。我妹妹的恐惧增加了女人的缺陷,但她总的来说绝不是傻子。"

凯瑟琳看上去很严肃。"好了,亨利,"蒂尔尼小姐说,"你已经让我们彼此了解,也该让莫兰小姐了解你了——除非你想让她认为你对自己的妹妹粗鲁得不像话,对女性的普遍看法蛮横粗暴。莫兰小姐并不习惯你的古怪方式。"

"我很乐意让她更熟悉这些。"

"毫无疑问——可那并不能解释眼前的问题。"

"那我该怎么办?"

"你知道你该怎样做。在她面前好好澄清你的性格。告诉她你十分尊重女人的理解力。"

"莫兰小姐,我非常尊重世界上所有女人的理解力——尤其是那些——不管是谁——我碰巧能同行的人。"

"那不够。再认真点。"

"莫兰小姐,没有人比我更加尊重女人的理解力。在我看来,大自然赋予她们的才智太多了,所以她们从来都觉得连一半也用不上。"

"现在从他那儿得不到什么正经话,莫兰小姐。他不在清醒状态呢。不过请放心,如果他看似对哪个女人说了句不公正的话,或是对我说话不够善意,那他一定是被彻底误会了。"

对凯瑟琳来说,相信亨利·蒂尔尼永远不会犯错简直毫无困难。他的态度有时令人惊讶,但他的意图必定合情合理——对于她不明白的事,她几乎总是乐于赞赏,也一直是这么做的。整个散步过程令人愉快,虽然结束得太早,但结束本身也令人愉快——她的朋友们送她回了家,临别前蒂尔尼小姐彬彬有礼地向艾伦太太和凯瑟琳请求,希望能有幸邀请凯瑟琳后天去她家用餐。艾伦太太痛快地答应了——而凯瑟琳唯一的困难是掩饰她心中的万分喜悦。

整个上午过得实在令人陶醉,让她把友谊和手足之情全都抛在了脑后,因此在散步期间她根本没想过伊萨贝拉和詹姆士。蒂尔尼兄妹离开后,她又泛起了柔情,可在一段时间里这些柔情没能起到作用。艾伦太太没有可以缓解她焦虑的情报,她没听到关于他们的任何消息。然而快到中午时,凯瑟琳得了个去买一段急需的一码长缎带的机会,一刻也不能耽搁。她往镇上走去,在邦德街赶上了索普家的二小姐,她正夹在世界上最可爱的两个女孩中间,朝埃德加大楼溜达过去,这两位女孩整个上午都是她的亲密好友。凯瑟琳从她那儿得知一行人去了克利夫顿。"他们今天早上八点出发的,"安妮小姐说,"我肯定不羡慕他们的旅行。我想你和我能够逃脱反而更好——这一定是世界上最无聊的事,因为这个季节在克利夫顿连个人影也见不着。贝尔①和你哥哥一起,约翰拉着玛丽亚。"

听到这样的安排,凯瑟琳表达了她由衷的高兴。

"哦!是的,"对方又说,"玛丽亚去了。她急不可耐地想去。她以为那一定很好玩。我才不欣赏她的趣味呢。至于我,我一开始就打定主意不去,就算他们逼我也不去。"

---

① 对伊萨贝拉的昵称,意思是最美的美女。

凯瑟琳对此有点怀疑，忍不住答道，"我真希望你也能去。真可惜你们不能都去。"

"谢谢，不过这对我来说根本无所谓。真的，我说什么也不想去。你刚刚赶上我们时我正和艾米丽、索菲亚这么说呢。"

凯瑟琳仍然不肯相信，不过很高兴安妮居然能从一个艾米丽和一个索菲亚的友谊中得到安慰。她很是安心地与她告别，回到家中，很高兴他们没因为自己不肯去而没能去成，并衷心希望他们玩得非常愉快，这样詹姆士和伊萨贝拉就不会再怨恨她的反抗了。

第十五章

第二天一早凯瑟琳收到伊萨贝拉写来的便条，字里行间心平气和、情意绵绵，恳求她的朋友立即去一趟，有最要紧的事和她说。凯瑟琳怀着机密与好奇激起的无比快乐，匆匆赶到了埃德加大楼——客厅里只有索普家的两个小女儿。安妮出去叫她姐姐时，凯瑟琳借机询问另一位昨天出游的情况。玛丽亚最盼望谈论这件乐事了。凯瑟琳马上得知这是世界上最最愉快的旅行，谁也想不出有多好玩，谁也想不到有多开心，这就是前五分钟的内容。后五分钟展开了大量细节——他们直接驾车到了约克旅店，喝了些汤，预订了早晚餐，走到矿泉厅，品尝了那儿的水，花几先令买了钱包和晶石，去点心铺吃些冷饮休息了一会儿，赶回旅店，匆忙吃了晚餐以免弄得太晚，然后愉快地驾车回家。只不过月亮没有升起，下了一点小雨，莫兰的马儿筋疲力尽，几乎跑不动路了。

凯瑟琳听得打心眼里感到满意。看来他们根本没想到去布莱兹城堡。至于其他的那些，半点也不值得惋惜——玛丽亚以对姐姐安妮的柔情怜悯结束了情报，说她得知自己被排除在外后暴跳如雷。

"她永远不会原谅我了，我相信。可你知道，我又有什么办法？约翰想要我去，发誓一定不拉她，因为她的脚踝太粗了。我敢说她这个月都快活不起来了，不过我已经打定主意不发火，一点小事是不会让我发脾气的。"

这时伊萨贝拉踩着非常急切的脚步，带着无比幸福庄重的神情走进屋子，引起了她朋友的全部注意。玛丽亚被直接打发走，伊萨贝拉拥抱着凯瑟琳，这样说道："是的，亲爱的凯瑟琳，果真如此。你的洞察力没有欺骗你！——哦！你那双淘气的眼睛！——它能洞察一切！"

凯瑟琳只能用一副疑惑不解的表情作为回复。

"唉，我心爱的、最可爱的朋友，"她又说，"冷静点——我太激动了，你一定看得出来。让我们坐下舒舒服服地说话吧。嗯，你一收到我的便条就猜出来了吗？——狡猾的家伙！哦！——我亲爱的凯瑟琳，只有你懂得我的心，知道我现在有多幸福。你的哥哥是最可爱的男人。我只希望我能配得上他——但你可敬的父亲母亲会怎么说呢？——哦！天啊！我一想到他们就激动不安！"

凯瑟琳开始醒悟：一个真相忽然闪进她的脑海。如此新鲜的情感让她自然而然地红了脸，她叫道："天啊！——我亲爱的伊萨贝拉，你是什么意思？难道——难道你真的爱上了詹姆士？"

不过，她很快得知这大胆的猜测只包含了一半的事实。伊萨贝拉责备凯瑟琳总能从她的每个眼神、每个动作中看出款款深情，在他们昨天出游时，她得到了令人欣喜又同样热烈的爱的表白。她的爱情与忠诚都交给了詹姆士——凯瑟琳从未听过如此趣味盎然、无比神奇、充满欢喜的事情。她的哥哥和她的朋友订婚了！——因为第一次遇见此种情境，这件事显得无比重要，她觉得这是特别了不起、寻常生活中难再发生的大事情。她无法表达内心的强烈情感，然而其实质已经让她的朋友非常满意。她们首先倾诉了即将成为姐妹的幸福，然后两位漂亮的小姐紧紧抱在一起，流下了喜悦的眼泪。

虽然凯瑟琳对这门可能的亲事感到由衷的高兴，但应当承认伊萨贝拉对此事的温柔期待远远超过了她——"对于我，我的凯瑟琳，你将比安妮和玛丽亚不知要宝贵多少倍：我觉得我对亲爱的莫兰家庭的依恋会远远超过对待自己的家人。"

这可是凯瑟琳无法企及的友谊高度。

"你像极了你亲爱的哥哥，"伊萨贝拉又说，"所以我第一眼看到你就喜欢得不得了。但我总是这样，什么都凭第一眼决定。去年圣诞节莫兰来我家的第一天——我第一眼见到他——我的心就一去不复返了。我记得我当时穿着黄色的长裙，头上盘着辫子。当我走进客厅，约翰介绍他时，我心想我以前从没见过这么漂亮的人儿。"

此刻凯瑟琳在心中暗暗承认了爱情的力量。因为，虽然她非常喜欢哥哥，也偏爱他的天赋，可她这辈子也没觉得他漂亮过。

"我还记得，安德鲁小姐那天晚上和我们一起喝茶，穿着她那件深褐色的薄绸裙，她看起来像天仙一样，我以为你的哥哥一定会爱上她，让我想得一整夜都没睡着。哦！凯瑟琳，我为你哥哥度过了多少不眠之夜啊！——我不愿让你承受哪怕我一半的痛苦！我知道我已经瘦得可怜，但我不想说出我的忧虑让你烦恼，你已经见得够多了。我感觉已经永远泄露了自己的秘密——那么毫无防备地说出我喜欢牧师！——但我始终相信，我的秘密在**你**

这儿是安全的。"

凯瑟琳感觉没什么能比这更安全,却为对方没有料到她的无知而感到羞愧。她不敢在这个问题上争辩下去,也不敢否定伊萨贝拉坚持认为她具有敏锐的洞察力和深切的同情心。她得知哥哥正准备全速赶往富勒顿,汇报他的情况,请求父母同意,伊萨贝拉正为此事焦虑不安。凯瑟琳努力劝说她,她自己也深信父亲母亲绝不会违背儿子的心愿——"没有比他们更慈祥,更希望孩子幸福的父母了,"她说,"我相信他们会立刻同意的。"

"莫兰说的完全一样,"伊萨贝拉答道,"可我还是不敢期待。我的财产太少了,他们永远不会同意的。你哥哥,他能够娶任何人!"

凯瑟琳此时再次感受到爱情的力量。

"说真的,伊萨贝拉,你太谦虚了——财富的差别根本算不了什么。"

"哦!我亲爱的凯瑟琳,在**你**的慷慨心中我知道这算不了什么,但我们绝不能期待许多人都对此毫不在意。至于我自己,我真心希望我们能换个位置。假如我拥有百万财富,即使我是世界的女王,你的哥哥依然是我唯一的选择。"

如此动人的情怀既理性又新奇,让凯瑟琳愉快地想起她熟悉的所有女主角。她也认为她的朋友在说出那样宏大的想法时从没这么可爱过——"我肯定他们会同意的,"她一直这么说着,"我相信他们会喜欢你的。"

"对我自己而言,"伊萨贝拉说,"我的愿望很有限,即使最微薄的收入对我也足够了。当人们真心相爱时,贫穷本身也是财富。我讨厌排场，无论如何我也不愿住在伦敦。在偏僻的村庄里有座小屋就能令我欣喜若狂。里士满的附近有几座可爱的小别墅。"

"里士满！"凯瑟琳叫道，"你必须住在富勒顿附近。你必须在我们附近。"

"如果不是那样我肯定会难过的。只要能在**你的**身边，我就心满意足了。可这只是空话！在得到你父亲的答复前，我是不会让自己去想这些事的。莫兰说如果今晚把信送到索尔兹伯里，我们明天就可能收到回信——明天？——我知道我永远都没有勇气打开这封信。我知道这会要了我的命。"

此番信念①引来一阵遐想——当伊萨贝拉再次开口时，是在决定她结婚礼服的质量了。

她们的谈话被那焦灼不安的情郎本人打断了，他动身去威尔特郡前先来这里惜个别。凯瑟琳想道个喜，却不知该说什么好，便将所有的话语都融进了眼神里。在她的眼中，八大词类②全都充满深情地闪耀着，不过詹姆士能轻松地将它们串在一起。他一心急着要回家实现所有的心愿，所以告别也很简短。当然，要不是因为他的美人儿一声声地催他快走而屡次被耽搁，他们的告别还能更简短些。有两次他几乎走到了门口，又被她急切地叫回来催着赶紧走。"莫兰，我真的要赶你走了。想想你还有多远的路啊。我不忍心见你这么恋恋不舍的样子。看在上天的份上，别再浪费时间。好了，走吧，走吧——我一定要让你走。"

---

① 原文为"conviction"，有"信念"和"判罪"双重意思。
② 指名词、动词、形容词、副词等词类，此处为奥斯汀的幽默表达。

两位朋友的心比以往拧得更紧，一整天都难舍难分。在幸福的姐妹计划中几个小时转眼就过去了。索普太太和她的儿子什么都知道，似乎只要得到莫兰先生的许可，就能把伊萨贝拉的婚约当成对全家来说最幸运的一件大事，因此可以加入她们的讨论，用他们意味深长的眼神和神秘莫测的表情给两个未知未觉的妹妹灌入满满的好奇心。从凯瑟琳单纯的感情来看，这种奇怪的矜持似乎既非出自好意，也不能始终如此。她几乎忍不住想指出这样的做法很不厚道，要不是因为他们的矜持没能起到效果——安妮和玛丽亚很快以"我知道是怎么回事"的睿智让她放下心来。晚上像是在进行一场机智的较量，家庭智慧的展示；一方言语躲闪故作神秘，另一方含糊其辞心知肚明，棋逢对手，针锋相对。

凯瑟琳第二天又去和她的朋友做伴，尽量让她打起精神，消磨信件到来前几个小时的乏味时光。这是很必要的努力，因为当期待的时间即将来临，伊萨贝拉变得越来越沮丧，到了信件将至时，她已经让自己陷入了真正的忧惧。等信真的到了，去哪儿找忧伤的影子？"我毫不费力地获得了慈爱双亲的同意，他们答应将竭尽全力让我得到幸福。"这是前三行的内容。顷刻间，一切都有了令人欣喜的保障。伊萨贝拉顿时神采奕奕，所有的担忧焦虑烟消云散，她兴奋得难以自持，毫不顾忌地称自己是世界上最幸福的人儿。

索普太太流着喜悦的泪水拥抱她的女儿、她的儿子和她的客人，简直想要拥抱巴斯的半数居民才算满意。她的心中充满了柔情蜜意，口口声声"亲爱的约翰""亲爱的凯瑟琳"——"亲爱的安妮和亲爱的玛丽亚"必须立刻一同分享他们的幸福，而伊萨贝拉名字前的一连两个"亲爱的"也让这可爱的孩子当之无愧。约翰本人高兴起来毫不偷懒。他不仅大夸特夸莫兰先生是天底下最好的人，还赌咒发誓地说了许多赞美他的话。

这封带来所有幸福的信很简短，除了保证婚约的成功之外没什么其他内容，每个细节都要等到詹姆士回信后再说。不过关于细节伊萨贝拉完全等得起。莫兰先生的承诺已经包含了所有的必要信息，由父亲大人担保使一切称心如意。至于如何筹备他们的收入，是否分配田产，还是交付资金，这是她毫无兴趣，也漠不关心的事。她了解的信息足以让她认为，很快得到一份丰厚的家产是十拿九稳的事，她的想象力围绕着随之而来的幸福迅速驰骋。她看见几周后的自己，享受着富勒顿新朋友的注视和赞美，还有普尔蒂尼每一位老朋友的艳羡，有一辆马车供她享用，名片换上了新的姓氏，手指上套着光彩夺目的钻石戒指。

在信件的内容得以确定后，本打算等到消息就去伦敦的约翰·索普准备出发了。"嗯，莫兰小姐，"他见她独自待在客厅时说，"我是来向你道别的。"凯瑟琳祝他旅途愉快。他似乎没听见她的话，走到窗边，烦躁不安地哼着小曲，仿佛完全在想着自己的心事。

"你去德韦泽斯[①]不会迟到吧？"凯瑟琳说。他没有回答，不过沉默一分钟后他脱口而出："这个结婚计划真是件大好事，天哪！莫兰和贝尔的好主意。你觉得怎么样，莫兰小姐？**我**说这绝不是个坏主意。"

---

① 伦敦与巴斯中间的休息处。

"我当然认为很好啦。"

"是吗？——这可是真话，天哪！不过我很高兴你不反对结婚。你有没有听过那首好歌，《参加婚礼可以促成良缘》？我说，你会来参加贝尔的婚礼，没错吧？"

"是的，我已经答应你妹妹尽可能来陪她。"

"那么你知道，"他扭来扭去地挤出一声傻笑，"我说，你知道，我们可以试试这首老歌灵不灵。"

"我们可以？——可我从来不唱歌。好了，祝你旅途愉快。我今天和蒂尔尼小姐一起用餐，现在必须回家了。"

"得了，用不着这么着急吧——谁知道我们下次什么时候再见面呢？——不过我两周后就回来了，对我来说真是该死又漫长的两个星期。"

"那你为什么待那么久呢？"凯瑟琳答道——见他在等她回话。

"你真好，不过——善良又好性情——我可不会很快忘记——但我相信你比谁的性情都好，还有别的什么。你的性情好得不得了，还不光是好性情，你别的也好，什么都好。你那么——凭良心说，我还从没见过像你这样的人呢。"

"哦，天啊，我敢说像我这样的人太多了，只会比我好得多。再见。"

"可是我说，莫兰小姐，我打算不久来富勒顿拜访，要是你不嫌弃的话。"

"请来吧——我的父亲母亲会非常高兴见到你。"

"我希望——我希望，莫兰小姐，**你**不会不想见到我吧。"

"哦！天啊，完全不会。真没几个我不想见到的人。有同伴总会令人愉快。"

"那正是我的想法。给我一点愉快的陪伴，让我只和我爱的人在一起，只在我喜欢的地方和我喜欢的人在一起，让魔鬼把别的都带走吧，我说——我真高兴能听你也这么说。可我有个想法，莫兰小姐，你和我在大多数事情上都想得差不多。"

"也许吧，但我可从没这么想过。对于**大多数事情**，说实话，我通常都弄不清自己在想什么。"

"神呀！我也是。和我无关的事我通常都不会瞎操心。我对事情的看法非常简单。我想就让我拥有我喜欢的女孩，我说，再有一座舒适的房子，其他我还在乎什么呢？财产毫不重要，我自己就有不错的收入。要是她身无分文，嘿，那倒更好呢。"

"非常正确。这一点我和你的想法一样。要是一方有不错的财产，另一方就用不着再有什么了。不管是哪一方的，只要够用就行。我很讨厌一个有钱人再去找另一个有钱人。为钱而结婚我认为是天底下最讨厌的事——再见——我们会很高兴在富勒顿见到你，在任何方便的时候。"说完她就离开了。任他怎么殷勤也无法再留她片刻。有这样的消息要分享，这样的约会去准备，就凭他可别想再让她耽搁。她匆忙离开了，留下约翰一心一意地想着自己的巧言妙语和凯瑟琳的明显鼓励。

凯瑟琳因为最初得知哥哥订婚的消息时激动不已，就想通过告知这美妙的消息让艾伦先生和太太也好好激动一回。她是多么失望啊！她兜了好大的圈子才提起的重要事件，却在他们看见她哥哥来的时候就已经猜到了。他们对这件事的全部感受都包含在对这两位年轻人的祝福里，还评论了一句：先生夸伊萨贝拉长得美，太太夸她真是好福气。凯瑟琳对他们的无动于衷很是惊讶。不过她说起詹姆士前天回富勒顿的重大秘密时，倒是让艾伦太太有些激动。她无法心平气和地听下去，一直遗憾怎么这也要保密，希望她能早点得知他的打算，能够在他出发之前见到他。要是那样她一定会拜托他向他的父母热情问好，向斯金纳全家亲切致意。

第二卷

第一章

凯瑟琳料想去米尔萨姆街做客一定非常愉快,然而期望太高却难免失望。虽然她得到了蒂尔尼将军礼貌的接待和他女儿热情的欢迎,虽然亨利在家,也没有别的客人,可是她回家后却没有花上几个小时审视自己的感情。她期待着一场快乐的约会,却没有得到快乐。她觉得当天的交往不仅没让她和蒂尔尼小姐之间更加亲密,反而使她们变得疏远。亨利在这场轻松的家庭聚会上不仅没有比平时更加活泼,反而从未如此寡言少语、毫不随和。虽然他们的父亲对她礼仪周到——又是感谢,又是邀请,又是赞美——可离开他反倒是种解脱。她对这一切感到困惑。这一定不是蒂尔尼将军的错。他和颜悦色又性情温和,总而言之很有魅力,这一点毋庸置疑。因为他高大英俊,还是亨利的父亲。孩子们打不起精神,或是她自己感到不快乐,肯定不是**他**的过错。前者她最终希望也许是碰巧,后者她只能怪自己愚笨。伊萨贝拉听说她做客的细节后,给出了不同的解释:这都是骄傲,骄傲,无法容忍的傲慢与骄傲!她早就怀疑这家人高高在上,现在得到了证实。像蒂尔尼小姐那样的无礼行为她一辈子也没听说过!在家中招待客人却连基本的教养都没有!——那么目空一切地对待她的客人!——几乎连话都不跟她说!

"可并没有那么糟糕,伊萨贝拉。没有傲慢,她很有礼貌。"

"哦！不要给她辩解！还有那个哥哥，他似乎还对你很倾心呢！天啊！唉，有些人的感情就是捉摸不定。所以他几乎一整天都没看你一眼？"

"我没这么说，不过他看上去心情不好。"

"真是可鄙！在世界上所有的事情中，用情不专最让我讨厌。我求你别再想他了，我亲爱的凯瑟琳。他实在配不上你。"

"配不上我？我想他从没把我放在心上吧。"

"那正是我要说的，他从来没有想过你——那么朝三暮四！哦！和你的哥哥与我的哥哥多么不同啊！我的确相信约翰的用情最专一。"

"不过至于蒂尔尼将军，我向你保证谁也不能比他对我更礼貌，更殷勤了。好像他唯一关注的就是招待我，让我开心。"

"哦！我倒觉得他不坏，我不怀疑他傲慢。我觉得他很绅士。约翰对他评价很高，而且约翰的评价——"

"好吧，我要看看今天晚上他们会怎样对待我，我们会在舞厅见到他们。"

"我必须去吗？"

"你不打算去吗？我以为这都是说好的。"

"哎，既然你这么说，我也不能拒绝你。不过别非得让我和颜悦色，因为我的心，你知道，在四十英里外呢。至于跳舞，求你提都别提，**那**根本不可能。查尔斯·霍其斯肯定要来烦死我，但我会让他少啰嗦。十有八九他能猜到原因，可那正是我想避免的，所以我一定不让他说出来。"

伊萨贝拉对蒂尔尼一家的看法并没有影响她的朋友。凯瑟琳相信不管哥哥还是妹妹在态度上都没有任何无礼，她也不相信他们的内心有什么骄傲。晚上她的信心得到了回报。见到他们时，一个仍然和蔼可亲，一个依旧殷勤备至。蒂尔尼小姐努力接近她，亨利则请他跳舞。

前一天在米尔萨姆街听说他们的长兄蒂尔尼上尉随时可能到来，所以凯瑟琳看到显而易见和在他们一起，一位非常时髦英俊，她从未见过的年轻人时，就立刻知道了他的名字。她满心赞赏地看着他，甚至觉得也许有人会认为他比他的弟弟更好看。虽然在她眼里，他的神态有些自负，他的表情不那么讨人喜欢。他的情趣和风度无疑差了一大截，因为他在她听得见的地方不仅反对任何让自己跳舞的念头，甚至公开嘲笑亨利居然能够跳得起来。从后一种情况大致可以推测，不管我们的女主角对他的看法如何，他对她的爱慕倒不是危险的那种；不会让兄弟俩争风吃醋，也不会给小姐带来折磨。**他**不可能唆使三位身穿骑士大衣的恶棍把她架进一辆四轮旅行马车，风驰电掣般飞奔而去。此时的凯瑟琳没有因为预料到这种不幸或其他任何不幸而感觉不安，只是遗憾舞列太短。她和亨利·蒂尔尼享受着平常的快乐，目光闪闪地聆听他的每一句话，在发现他难以抗拒的同时，自己也变得难以抗拒。

第一支舞曲结束后，蒂尔尼上尉走到他们的面前。让凯瑟琳非常不满的是，他还拉走了他的弟弟。他们退到一旁窃窃私语。虽然她脆弱的神经没有立刻紧张起来，断定蒂尔尼上尉一定听到对她的恶意诽谤便急急赶来告诉弟弟，希望他们从此一刀两断，不过自己的舞伴被拉出视线终究还是让她心烦意乱。她的悬念持续了整整五分钟,她已经开始觉得过了漫长的一刻钟,这时两人都回来了。亨利的问题解释了这件事,他问凯瑟琳是否认为她的朋友索普小姐会反对跳舞,因为他的哥哥很想被引荐给她。凯瑟琳毫不犹豫地答道,她肯定索普小姐根本不打算跳舞。这个残忍的答复被转告给另一位,他马上走开了。

"我知道你的哥哥不会介意,"她说,"因为我刚听他说过他讨厌跳舞。不过他能想到这一点真是好心肠。我猜他看见伊萨贝拉坐在那儿,便想到她可能需要个舞伴。可是他大错特错了,因为她无论如何也不愿跳舞。"

亨利笑着说:"你真是轻而易举就能弄清别人的行为动机。"

"什么?——你是什么意思?"

"对你来说并非如此,如何使这样的人受到影响?哪种诱因最容易影响这个人的情感,考虑到年龄、地位、可能的生活习惯——不过,**我**怎样会受到影响,哪些对**我的**诱惑会让我如此这般行事?"

"我不明白你的意思。"

"那我们就不平等了,因为我完全明白你的意思。"

"我?是的——因为我不会说让人听不懂的话。"

"哇哦!——真是对现代语言的绝妙讽刺。"

"不过请告诉我你的意思。"

"我真该这么做吗?——你真想这样吗?——但你没有想到后果。这会让你陷入痛苦的尴尬,而且肯定会带来我们之间的分歧。"

"不,不,这些都不会。我不害怕。"

"好吧，我的意思只不过是，你把我哥哥想和索普小姐跳舞的心愿仅仅归结于他的好心肠，这让我相信你本人比世界上的任何人都更加好心肠。"

凯瑟琳红着脸否认，这位先生的预言得到了证明。可是，他话语中的某种东西补偿了她的困惑带来的痛苦。这个东西占据着她的思想，让她退缩，让她忘了说话或倾听，几乎忘记身在何处；直到她被伊萨贝拉的声音唤醒，抬头看见她和蒂尔尼上尉正准备向他们交叉着伸出手。

伊萨贝拉耸耸肩微微一笑，作为在当时情况下对这个重大变化所能给出的唯一解释。不过因为这还不能帮助凯瑟琳理解，她直截了当地向她的舞伴说出了她的惊讶。

"我不明白这是怎么回事！伊萨贝拉那么坚决地不想跳舞的。"

"伊萨贝拉以前从没改变过主意吗？"

"哦！可是，因为——还有你哥哥！——在你告诉他我说的话之后，他怎么还会想到邀请她呢？"

"那一点我可不惊讶。你要求我对你朋友的事感到惊讶，我也这么做了。至于我哥哥，他在这件事情上的行为，我必须承认，和我预料的相差无几。你朋友的美貌是公开的诱惑，她的坚定，你知道，只有你能理解。"

"你在笑。不过我向你保证，伊萨贝拉总的来说很坚定。"

"这样的话对谁都能说。总是坚定必然总是固执。什么时候该适当放松是对判断力的考验。暂且不谈我的哥哥，我的确认为索普小姐在这个时候放松一下，绝对不是错误的选择。"

两位朋友总是没机会亲密交谈，直到舞会全部结束。可当她们挽着胳膊四处走动时，伊萨贝拉是这样为自己辩解的——"对于你的好奇我并不惊讶，我真的快累死了。他是那么喋喋不休！——挺有趣的，要不是我心不在焉的话。但我无论如何也只想安静地坐着。"

"那你为什么不呢？"

"哦！亲爱的！那样会显得太特殊了，你知道我很讨厌那样。我尽量推辞，可他不接受拒绝。你想不到他是怎样强求我的。我请求他原谅，另找一位舞伴——可是不，他才不呢；既然想牵我的手，舞厅里的其他人他一个也受不了；他并非只想跳舞，他是想和**我**跳。哦！一派胡言乱语！——我告诉他用这种方式可说服不了我。因为，在世界上所有的事情中，我最讨厌花言巧语和恭维话——于是——于是我发现我要是不站起来就会不得安宁。而且，我想既然休斯太太介绍了他，要是我不接受邀请她可能会不高兴。还有你亲爱的哥哥，如果我一整个晚上都坐着他肯定会难过的。我真高兴这都已结束！听他胡说八道真把我累坏了。不过——他那么漂亮，所有的眼睛都盯着我们呢。"

"他的确很英俊。"

"英俊？——是的，我想他算得上。我敢说一般人都会爱慕他，但他根本不是我喜欢的那种漂亮。我讨厌男人红润的脸色和乌黑的眼睛。不过，他还是很好看。肯定特别自负。我打击了他好几次，用我的方式。"

两位小姐再次见面时，就能讨论更有意思的话题了。当时詹姆士·莫兰的第二封信已经送到，信中详细解释了他父亲的一片好意。莫兰先生本人作为教区的保护人和在职牧师,每年大约有四百英镑的俸禄,等儿子一旦成年就转交给他。这对家庭收入是不小的削减,对于有十个孩子的家庭来说绝不算小气。另外,他将来还保证能够继承一笔至少价值相等的财产。

詹姆士对此得体地表达了他的感激之情。必须再等两三年才能结婚虽说令人不快,也没出乎他的意料,他接受起来毫无怨言。凯瑟琳对这件事的期待与她对父亲的财产状况一样没有概念。她的判断完全受哥哥的影响,同样感到十分满意,并衷心祝贺伊萨贝拉一切都解决得这么称心如意。

"的确不错。"伊萨贝拉板着脸说,"莫兰先生的确十分大方,"脾气温和的索普太太不安地望着女儿说,"我只希望自己也能做这么多。你知道也不能向他期待更多了。要是慢慢地他发现**能够**多给一点,我肯定他会愿意的,因为我相信他一定是个心肠特别好的人。靠四百磅起家真是太少了,不过,我亲爱的伊萨贝拉,你的愿望很小,好孩子,你都没想过你的要求一向有多低。"

"我倒不是为了自己想要多一些,可我不忍心连累我亲爱的莫兰,让他靠着这么一小笔收入生活,连日常所需都买不起。至于我自己,这算不了什么。我从不考虑我自己。"

"我知道你从来不考虑你自己,我亲爱的。你的好心总会有回报,让每个人都更加爱你。从来没有像你这样让身边每个人都喜欢的年轻小姐。我敢说要是莫兰先生见到了你,好孩子——但我们别讨论这样的事让亲爱的凯瑟琳心烦了。莫兰先生已经非常大方,你知道。我一直听说他是个大好人。你知道,好孩子,我们只能想着要是你有一笔不错的财产,他应该能够再多给一些,因为我肯定他是最开明的人了。"

"谁也不能比我更看重莫兰先生,我相信。可你知道每个人都有自己的缺点,每个人也都有随意处置自己财产的权力。"凯瑟琳听到这些含沙射影的话很伤心。"我很肯定,"她说,"我的父亲已经承诺尽力而为了。"

伊萨贝拉想了想她说的话。"亲爱的凯瑟琳,那一点是毫无疑问的。而且以你对我的了解,应该相信即使比这少得多的财产也能让我满意。我刚才并不是因为想要更多的财产而有些情绪低落。我讨厌钱财。要是我们现在就能结婚,哪怕只有五十磅一年,我也会心满意足。啊!我的凯瑟琳,你看透我了。问题在那儿。还得经过很长,很长,没有尽头的两年半时间,你的哥哥才能得到财产。"

"是的,是的,我亲爱的伊萨贝拉,"索普太太说,"我们完全看懂了你的心。你不会伪装。我们完全理解目前的烦恼,每个人都一定会因为这样高贵诚实的情感而更加爱你。"

凯瑟琳不愉快的心情开始减轻了,她努力相信结婚的推迟是伊萨贝拉失望的唯一原因。下次见面时她见伊萨贝拉和往常一样开心友好,便努力忘记她曾有过一些其他想法。收到信不久后詹姆士也回来了,得到了令人欣慰的款待。

第二章

艾伦夫妇已经进入在巴斯度假的第六周。这该不该成为最后一周,一段时间以来成了艾伦夫妇常常讨论的问题,凯瑟琳听得心儿怦怦直跳。这么快地结束与蒂尔尼一家的交往,是什么也无法补偿的。这件事悬而未决之时,她所有的幸福都岌岌可危。不过再租两个星期房子的决定做好后,一切都有了保障。这额外的两个星期对她来说,除了能够时不时见到亨利·蒂尔尼的快乐之外还意味着什么,凯瑟琳很少考虑。当然,自从詹姆士的婚约让她知道**能够**做些什么后,有那么一两次她让自己悄悄沉浸在几个"也许"的问题里。不过总的来说现在能和蒂尔尼先生在一起的幸福是她考虑的主要问题:"现在"包括接下来的三个星期,那段时间她的幸福有了保证;余生太遥远,激不起她的兴趣。在得知事情已经安排好的那个早晨,她拜访了蒂尔尼小姐,倾诉了她喜悦的心情。可这注定是充满磨难的一天。她刚刚表达了对艾伦先生决定延长假期的喜悦,蒂尔尼小姐就说她的父亲刚刚决定再过一个星期就离开巴斯。这真是晴天霹雳!和现在的失望相比,早晨的悬念简直既舒心又平静。凯瑟琳脸色一沉,用最恳切的语气重复了蒂尔尼小姐的最后几个字:"再过一个星期!"

"是啊,我想让父亲尝试这里的各种矿泉水,可他几乎都不愿意。他本来期待在这儿见到几位朋友,可他们没有来,让他很失望。现在他的身体不错,就急着要回家了。"

"真可惜,"凯瑟琳沮丧地说,"要是我能早点知道——"

"也许,"蒂尔尼小姐有些尴尬地说,"如果你愿意——这会让我非常开心,要是——"

她父亲的到来打断了二人之间的客套,凯瑟琳有点希望这也许是在表达互相通信的愿望。将军像往常一样礼貌地和她打了个招呼便转向女儿说:"嗯,埃莉诺,我能祝贺你对这位可爱朋友的请求获得成功了吗?"

"我正打算提出请求,先生,你就进来了。"

"好的,尽管继续。我知道你心里有多想。我的女儿,莫兰小姐,"他没给女儿说话的时间,接着说道,"已经形成了一个大胆的愿望。她可能已经告诉你了,我们星期六晚上离开巴斯,管家写信说需要我回去。除了遗憾不能在这儿见到朗汤侯爵和考特尼将军,我的几个老朋友外,我已经没有必要留在巴斯。要是能请你答应我们一个自私的请求,我们离开这儿就没有一点遗憾了。简单说吧,你能否同意离开这个旅游胜地,给你的朋友埃莉诺赏个光陪她去格洛斯特郡?我几乎羞于提出这个请求,虽然你也许比巴斯的任何人都更有可能答应这个请求。像你这么谦逊的人——但我绝不想用公开的赞扬伤害你的谦逊。要是你肯屈尊光临,我们一定会特别高兴。的确,我们不能提供如此热闹之地所有的欢乐,我们不能用娱乐与豪华诱惑你。我们的生活方式,正如你所见,简单又朴素;但我们尽了一切努力使北怒庄园不那么讨厌。"

北怒庄园!——多么激动人心的字眼,让凯瑟琳的心情狂喜到了极点。她感激又满足，几乎没法平静地说上几句话。得到如此荣幸的邀请！这么热情地请求她来做伴！一切那么体面，那么令人欣慰，包含了所有眼前的喜悦和未来的期望。她急忙答应了他们的请求，只要能得到爸爸妈妈的允许——"我马上给家里写信，"她说，"如果他们不反对，我敢说他们不会！"

蒂尔尼将军同样乐观，他已经去普尔蒂尼街拜访了凯瑟琳尊贵的朋友，艾伦夫妇也答应了他的请求。"既然他们同意让你去，"他说，"全世界都会赞成的。"

蒂尔尼小姐真诚又温柔地加入邀请，几分钟后这件事基本定了下来，只需得到富勒顿的同意。

早上发生的事让凯瑟琳经历了焦虑、放心和失望等各种心情，不过现在都安全地变成了完美的幸福。带着狂喜的心情，心里想着亨利，嘴里念着北怒庄园，她匆忙赶回去写信。莫兰夫妇完全相信他们托付女儿的两位朋友的审慎，毫不怀疑在他们眼前结成的友谊一定可靠，于是让原邮班捎来回信，欣然同意他们的女儿去格洛斯特郡做客。如此的宽容虽未超出凯瑟琳的预料，却让她完全相信自己在朋友和运气，境况与机遇上比任何人都更得宠爱。一切似乎都在朝着对她有利的方向发展。因为她的朋友艾伦夫妇的美意，她有机会见识各种场面，尝到了许许多多的乐趣。她的情感与喜爱都得到了幸福的回报。不管她喜欢谁，都能建立起亲密的友谊。和伊萨贝拉的友情很快就要上升为姐妹情而稳定下来。她最想得到蒂尔尼一家的喜爱，他们却用这种让她受宠若惊的方式来延续他们之间的亲密。她将作为他们选中的宾客，同她最看重的人在同一个屋檐下共度好几个星期——而且，除了别的一切，这可是在庄园的屋顶下！——她对古老建筑的痴迷仅次于对亨利·蒂尔尼——古堡与庄园常常被用来填充对他以外的幻想。好几个星期来，她一直渴望去参观探索那座古堡的壁垒高塔和走道回廊，虽然仅仅作为游客去参观一个小时的愿望看起来都几乎无法实现。然而，这一切就要发生了。她要去的可不是大宅、府邸、寓所、宅院、庭院或乡舍，北怒竟然是个庄园，而她就要住进去了。那些长长的潮湿过道，狭窄的地窖，破败的教堂，她每天都能见得到。她无法完全抑制对那些古老传说的期待，那些关于受伤的可怜修女的悲惨故事①。

令人惊奇的是，她的朋友们竟然看起来一点都不因为拥有这样的家而洋洋得意，还对自己的家如此态度谦卑。只有早先习惯的力量才能解释这一点。他们出生时便能拥有的荣耀没有让他们骄傲。对他们来说，优越的住所与优越的出身都算不了什么。

凯瑟琳急切地询问了蒂尔尼小姐许多问题。可是她的思想太过活跃，所以在得到回答后，她并没有觉得比以前了解的更多。她得知北怒庄园是宗教改革时期的一座富足的女修道院，在改革消亡时期落入了蒂尔尼家族的一位祖先手里。这座古老建筑的大部分依然作为如今的住宅，虽然其他部分已经废弃。庄园坐落于山谷低处，北面和东面被耸立的橡树林遮蔽。

---

① 哥特小说中有许多命运悲惨的修女，此处很可能指拉德克里夫所作《意大利人》（1797）中的奥利维亚，小说最后揭示她是女主角的母亲。

第三章

凯瑟琳的心中充满了幸福,几乎没意识到两三天过去了,她和伊萨贝拉见面的时间总共只有几分钟。她开始意识到这一点并想找她说话,是因为有一天早上她和艾伦太太一起去了矿泉厅,却没话可说也无话可听。她刚刚渴望了五分钟的友谊,她的渴望对象就出现了。伊萨贝拉请她私下里说说话,把她带到一个座位上。"这是我最喜欢的座位,"她说着,坐在两道门之间的一个凳子上,几乎可以看到每个进出的人,"这儿最清净了。"

凯瑟琳注意到伊萨贝拉的眼睛总是瞧向这扇门或是那扇门,好像在焦急地等待着什么。她想起伊萨贝拉常常瞎说她狡黠,觉得现在倒是这样做的好机会,于是兴高采烈地说,"别着急,伊萨贝拉。詹姆士马上就来了。"

"去!我亲爱的宝贝,"她答道,"别以为我是个一心只想把他挎在胳膊上的大傻瓜。一直黏在一起太讨厌了,我们会成为这里的笑话呢。这么说你要去北怒庄园啦?——我真是太高兴了。我听说,那是英格兰最美的古迹之一。我会等着你最详细的描述。"

"我一定会尽可能详详细细地告诉你的。可你在找谁呢?你的妹妹们要来吗?"

"我没有找任何人。人的眼睛总要看点什么。你知道当我的思想在一百英里以外时,我的眼睛总是傻傻地盯着什么地方。我太心不在焉了,我相信我是天底下最心不在焉的人。蒂尔尼说某种性格的人总是这样。"

"可是我想,伊萨贝拉,你有什么特别的话要告诉我吧?"

"哦!是的,我有。但这正好说明了我刚才的话。我这可怜的脑子!我把这件事给忘了。嗯,是这样,我刚刚收到约翰的来信——你能猜到内容是什么。"

"不,说真的,我猜不到。"

"我亲爱的,别这么讨厌地假装了。除了你他还能写什么?你知道他已经彻头彻尾地爱上你了。"

"爱上**我**?亲爱的伊萨贝拉!"

"哎,我亲爱的凯瑟琳,这太荒唐了!谦虚之类的事本身很好,但说实话稍微坦诚一点有时也同样可爱。我真没想到你会谦虚得太过分了!这是在讨人恭维呢。他对你殷勤备至,连孩子也能看得出来。而且就在他离开巴斯前的半个小时,你给了他最明确的鼓励。他在这封信里说道,说他几乎都向你求婚了,说你情真意切地接受了他的主动表白。现在他想让我帮他一下,向你多美言几句。所以你假装不知道也没有用。"

凯瑟琳真心诚意地对这番指责表示惊讶,说她从没想过索普先生会爱上她,也绝不可能有意鼓励他。"至于他向我献殷勤,凭良心说,我一刻也没有觉察到——除了他刚来第一天邀请我跳舞的时候。至于向我求婚之类的事,一定有什么莫名其妙的错误。你知道,我肯定不会误解那样的事情!——请相信,我发誓我们之间从没说过那种话。他离开前的最后半小时!——一定是个完完全全的错误——因为我那天早上一次也没见到他。"

"不过**那**是肯定的,因为你一早上都在埃德加大楼——就是你父亲的同意信到达的那天——我很确定你和约翰单独待在客厅里,就在你离开大楼前的某个时候。"

"是吗?——嗯,如果你这么说,那就是这样,我敢说——但我真的一点印象也没有——我现在**的确**想到和你在一起,看见他还有别的人——可要说我们会单独待了五分钟——然而,这也不值得争论,因为不管他怎么想,你必须相信,就凭我对此毫无印象这一点,我也从未想过,从没希望,也从不期待在他那儿得到这样的感情。他竟然会爱上我,真是让我非常不安——但我的确是无心的,我从来想都没想过。请你尽快让他消除误会,告诉他我很抱歉——我是说——我不知该说什么——不过请用最恰当的方式让他明白我的意思。我实在不愿对你的哥哥言语不敬,伊萨贝拉,我肯定;不过你很清楚我要是真能想着谁——**他**也不是那个人。"伊萨贝拉沉默了。"我亲爱的朋友,你可不能对我生气。我想不到你的哥哥会这么在乎我。而且,你知道,我们还会是姐妹的。"

"是的,是的,"(伊萨贝拉红着脸)"我们有不止一种方式成为姐妹——可我到底想说什么?——嗯,我亲爱的凯瑟琳,看来你已经打定主意拒绝可怜的约翰——不是吗?"

"我实在无法回报他的钟情,也从来无意去鼓励他。"

"既然这样,我保证不再拿你开玩笑了。约翰让我和你谈谈这个问题,我也谈了。但我承认我一读他的信,就觉得这是件非常愚蠢、非常轻率的事,对谁都没有好处。想想要是你们在一起，那靠什么来生活呢？你们当然都有些收入，可如今那一点点钱是养不了家的。不管传奇作家怎么说，没钱肯定行不通。我只好奇约翰怎么会有这个念头，他可能还没收到我的上一封信。"

"那么，你**的确**不认为我犯什么错了？——你相信我从来没有欺骗你哥哥，在此之前也从没怀疑过你的哥哥喜欢我？"

"哦！至于那个，"伊萨贝拉笑着答道，"我不想假装了解你过去有什么想法和意图。所有那些你自己最清楚。可能有些无伤大雅的调情什么的，人往往会经不住诱惑，给出一些无意当真的怂恿。不过你放心，我是最不会苛责你的人。那些对于年轻气盛的人来说都情有可原。人今天是这个想法，你知道，明天也许又换个主意。情况不同，看法也会改变。"

"可我对你哥哥的看法从来没有改变过，一直都是这样。你在描述从没发生过的事。"

"我最亲爱的凯瑟琳，"另一位根本不听她的话，继续说道，"我绝对不想催你糊里糊涂地定下一门亲事。我想我根本没有权力让你牺牲自己的幸福只为成全我哥哥，也许说到底他没有你也会一样快乐；因为人们很少知道自己在做什么，尤其是年轻人，他们太善变、太不专一了。我想说的是，为何要把哥哥的幸福看得比朋友的幸福更重要呢？你知道我特别看重友情。不过，我亲爱的凯瑟琳，最重要的是不要匆忙行事。相信我，你要是太过匆忙，那必定会后悔。蒂尔尼说，人往往最容易被自己的感情欺骗，我相信他说的很对。啊！他来了。别在意，他看不见我们，我肯定。"

凯瑟琳抬头看见了蒂尔尼上尉。伊萨贝拉一边说话一边热切地注视着他,很快引起了他的注意。他立刻走过来,在她示意的位置上坐下。他一开口就吓了凯瑟琳一跳。虽然话音很低,她还能分辨得出,"什么?总被监视着,不是本人就是替身!"

"去,胡说八道!"伊萨贝拉同样压低了声音答道,"你为何把这些灌进我的脑子里?如果我能相信——我的精神,你知道,是很自由的。"

"我希望你的心是自由的。那对我已经足够了。"

"我的心,是的!你跟心有什么关系?你们男人谁也没有心。"

"如果我们没有心,我们有眼睛。它们给了我们足够的折磨。"

"是吗?我很抱歉,我很遗憾它们在我身上发现了那么不顺眼的东西。那我转过脸去。我希望这就让你满意了(转身背对着他),我希望你的眼睛现在不遭罪了。"

"从没这么遭罪过,因为这娇艳的面颊还能看到些边缘——既太多又太少。"

凯瑟琳听到了所有的话,她困窘不安,无法再听下去。她很惊讶伊萨贝拉竟然能够忍耐下去,心里也为哥哥产生了醋意,便站起身来说要找艾伦太太,建议大家一起走走。可是伊萨贝拉毫无兴趣。她实在累极了,在矿泉厅走来走去又特别让人讨厌;要是她离开座位会错过她的妹妹们;她时刻在等着妹妹们来;因此她最亲爱的凯瑟琳必须原谅她,必须再安安静静地坐下。不过凯瑟琳有时也很倔强。此时,正好艾伦太太过来说要一同回家,凯瑟琳便和她一起走出了矿泉厅,留下伊萨贝拉依然和蒂尔尼上尉坐在一起。她惴惴不安地离开了他们。在她看来蒂尔尼上尉似乎爱上了伊萨贝拉，而伊萨贝拉在不知不觉地鼓励着他。这一定是无意的，因为伊萨贝拉对詹姆士的爱和她的婚约一样确定无疑、众所周知，不可能让人怀疑她的真情与好意。可是，在整个谈话过程中，她的态度那么古怪。凯瑟琳希望伊萨贝拉能像以前那样，不要总是谈钱，也不要看到蒂尔尼上尉就那么喜形于色。她竟然觉察不到他的爱慕也太奇怪了！凯瑟琳很想给她些暗示，让她留神点，防止她过于活泼的举止可能给他和她的哥哥带来的一切痛苦。

约翰·索普的多情多义并不能弥补他妹妹的缺心眼。凯瑟琳简直既不相信也不希望那是一片真心，因为她没有忘记他会犯错，而他断言他的求婚和她的怂恿让她相信他有时会错得离谱。她没有得到虚荣，主要是感到困惑。索普居然认为值得幻想他爱上了她，真是令人惊奇。伊萨贝拉说他献殷勤，**她**却从来没有感觉到。不过她希望伊萨贝拉的很多话都是轻率地说出来的，也永远不会再说。于是凯瑟琳很乐意到此为止，暂且轻松愉快一下。

第四章

几天过去了,凯瑟琳虽说不愿怀疑她的朋友,却忍不住密切留意着她。她观察的结果并不妙。伊萨贝拉似乎变了一个人。当她只是在埃德加大楼或普尔蒂尼街那些亲近的朋友中间时,她的仪态变化倒是微乎其微,假如到此为止,可能也引不起别人的注意。她偶尔没精打采,冷冷淡淡,或是像她自夸而凯瑟琳从未听说过的那样心不在焉。不过假如没有出现更糟糕的事,**那**只会给她增添一些魅力,激起一些更强烈的兴趣。可是当凯瑟琳在公共场合看到伊萨贝拉,见她欣然接受蒂尔尼上尉随时献上的殷勤,给他的关注与微笑几乎和给詹姆士的一样多,她那时的变化就大得让人没法不注意了。如此摇摆不定的态度究竟是什么意思,她的朋友到底想干什么,她无法理解。伊萨贝拉不知道她让别人承受的痛苦,但对于她的任性轻率,凯瑟琳却不能不感到愤怒。詹姆士是受害者。她见他严肃又不安,不管那个曾经把心交给他的女人多么不在意他现在的安宁,**她**却始终关心着他。她也非常担心可怜的蒂尔尼上尉。虽然他的样子不让她喜欢,他的姓氏却能唤起她的好感,她带着真挚的同情想象着他即将到来的失望。因为,尽管她相信自己在矿泉厅听见了他们的对话,他的行为看上去却完全不像他知道伊萨贝拉已有婚约,她思前想后还是觉得他肯定不知道。他可能将她的哥哥视为情敌与他争风吃醋,可他如果看起来还有别的意思，那一定错在她的误解。她希望能通过委婉的规劝，提醒伊萨贝拉认清自己的处境，意识到这样做对于两方都不好。可是虽想规劝，然而机会与领悟却总是和她作对。就算能有机会暗示几句，伊萨贝拉从来都不明白。在这样的苦恼中，蒂尔尼家庭即将离开的打算成了她的最大安慰。他们去格洛斯特郡的行程几天之后就要开启，蒂尔尼上尉的离开至少能让除他以外的每个人都恢复心灵的平静。然而，蒂尔尼上尉根本没打算走。他不会和其他人一起回到北怒，而是继续留在巴斯。凯瑟琳得知后，立刻打定了主意。她和亨利·蒂尔尼谈了这个问题，为他的哥哥对索普小姐显而易见的喜爱感到遗憾，并请求亨利把索普小姐已有婚约的事情说清楚。

"我哥哥的确知道。"亨利答道。

"真的？——那他为何还要待在这里？"

亨利没有回答，谈起了别的话题。可她又急切地说道："你为何不劝他离开呢？他待得越久，最后就对他越不利。请你劝劝他，为了自己，也为了每个人，马上离开巴斯吧。离开后过一段时间他会好起来的；可他在这儿毫无希望，待下去只会让自己痛苦。"亨利笑着说，"我哥哥肯定不愿变成那样。"

"所以你会劝他离开了？"

"劝说是没用的。不过请原谅，我甚至无法使劲劝说他。我亲口告诉了他索普小姐已经订婚。他知道自己在做什么，也只肯自己做主。"

"不，他不知道自己在做什么，"凯瑟琳叫道，"他不知道他给我哥哥带来的痛苦。并不是詹姆士对我说过什么，但我非常肯定他很难过。"

"你肯定是因为我哥哥的行为吗?"

"是的,非常肯定。"

"究竟是我哥哥对索普小姐的献殷勤,还是索普小姐的接受殷勤,带来了这些痛苦呢?"

"这难道不一样吗?"

"我想莫兰先生会承认其中的差异。任何男人都不会因为别的男人爱慕自己心爱的女人而恼火;只有女人才能将此变成折磨。"

凯瑟琳为她的朋友感到脸红,说道:"伊萨贝拉是错了。但我肯定她绝不是有意带来折磨,因为她深爱着我的哥哥。她自从和他第一次相遇时就爱上了他,而且当我父亲的决定还不清楚时,她急得都差点发烧了。你知道她一定爱他。"

"我知道:她爱詹姆士,又和弗雷德里克调情。"

"哦!不,不是调情。已经爱上一个男人的女人是不会和另一个男人调情的。"

"可能她爱得没那么深,调情也没那么认真,因为她不能只做其中一件事。先生们得各自将就一点。"

稍停了一会儿,凯瑟琳又说道:"所以你不相信伊萨贝拉深爱着我哥哥?"

"我对这个问题没有意见。"

"不过你哥哥是什么意思?如果他知道她已经订婚,这样的行为又有什么意思呢?"

"你可真够刨根问底的。"

"是吗？——我只问我想知道答案的问题。"

"但是你只问我能答得出的问题吗？"

"是的，我想是。因为你一定懂得你哥哥的心。"

"我哥哥的心，按你的说法。请相信在目前的情况下，我只能猜测而已。"

"嗯？"

"嗯！——不，如果只是猜，我们各猜各的就行。被二手猜测指引是很可怜的。前提就在你面前。我哥哥是个生性活泼，有时也许很轻率的年轻人；他和你的朋友认识一个星期，而且他知道她已经订婚的时间和认识她的时间几乎一样长。"

"好吧，"凯瑟琳想了想说，"**你**也许能通过所有这些来判断你哥哥的意图，但我做不到。可你的父亲不会对此担心吗？——他不想让蒂尔尼上尉离开吗？——没错，要是你的父亲和他谈谈，他会走的。"

"我亲爱的莫兰小姐，"亨利说，"你如此温柔地关心你哥哥的安宁，是不是也会出点差错？有没有做得过了火呢？他是否该为自己或索普小姐感谢你的设想，认为她的感情，或者至少她行为的检点，只有在看不见蒂尔尼上尉的情况下才能得到保障？你的哥哥是否只有与世隔绝才能保证安全？——或者只能在没有其他任何诱惑的情况下，索普小姐才会对你的哥哥忠贞不渝？——他不能这么想——你也能相信他绝不愿意你这么想。我不会说'别担心'，因为我知道你此时在担心；不过请尽量减少忧虑。你毫不怀疑你哥哥和你朋友间的相互依恋，因此毫无疑问：他们之间永远不会有真正的嫉妒，任何分歧都不会存在太久。他们的心扉对彼此敞开，但对你却做不到。他们完全清楚需要什么以及能够承受什么。你尽管相信，一个人对另一个人的戏弄绝对不会达到令人不快的地步。"

见她依然满脸疑惑，很是严肃，他又说："虽然弗雷德里克不和我们一起离开巴斯，但他也许只能再待很短的一段时间，可能只比我们晚几天。他的假期很快就要结束，他必须回到部队——他们的相处到那时会变成什么呢？——军官们会在餐厅为伊萨贝拉·索普干两个星期的杯，而她和你哥哥会为可怜的蒂尔尼的痴情笑上一个月。"

凯瑟琳不想再与"放心"对抗。整个谈话的过程中她一直在抵抗它的靠近，现在已经成了它的俘虏。亨利·蒂尔尼肯定最清楚。她责备自己担心得太过分，决定再也不那么严肃地思考这个问题了。

她的决心在临别之际得到了伊萨贝拉行动的支持。索普一家在普尔蒂尼街度过了凯瑟琳离开前的最后一晚，两位恋人之间没有发生任何令她不安，或让她担心忧虑的事。詹姆士兴高采烈，伊萨贝拉安静迷人。伊萨贝拉对她朋友的柔情似乎是她心里最重要的事，不过在那个时候可以理解。一次她断然反驳了恋人的话，另一次抽回了她的手。但凯瑟琳铭记亨利的教诲，用理智的情感看待这一切。分手时的拥抱、眼泪和诺言都可想而知。

第五章

艾伦先生和太太很遗憾失去了他们的年轻朋友。她脾气温和又天性快乐,是个难得的好伴侣,他们在给她带来快乐的同时自己也增添了不少快乐。不过她既然乐意和蒂尔尼小姐一起,他们也不想妨碍。而且他们只在巴斯多待一个星期,她现在离开不会让他们难过很久。艾伦先生送凯瑟琳去米尔萨姆街吃早餐,看着她坐在新朋友中间并得到了他们的热情欢迎。然而凯瑟琳因为加入蒂尔尼的家庭而激动不安,担心自己的举止会不会不妥当,能不能保留给他们的好印象,所以在最初尴尬的五分钟里,她几乎希望能和艾伦先生一起回到普尔蒂尼街。

蒂尔尼小姐的礼貌与亨利的微笑很快将凯瑟琳不愉快的想法打消了几分,可她依然很不自在,而将军不停的关照也让她无法彻底安心。不,虽然这似乎有悖常理,她还是怀疑如果能够少一些关照,她是否会少一点不安心。他特别担心她的舒适——他不断请求她吃东西,总说怕没什么东西合她的胃口——虽然她一辈子也没见过这么琳琅满目的早餐桌——不过这却让她一分钟也忘不了自己是个客人。她觉得自己完全配不上这般待遇,不知该怎么回答他。将军不耐烦大儿子还不出现,在他最终下楼后又生气地骂他懒惰,让凯瑟琳的心里更难平静。父亲责骂得太狠,似乎与儿子的过错不相匹配,让她感到很难过。当她发现自己是这场训斥的主要原因，之所以骂他懒惰是因为这样对她不敬，她就更加不安。这使她陷入了难堪的境地，她很同情蒂尔尼上尉，但不指望他还能对自己有什么好感了。

蒂尔尼上尉闷声不语地听着父亲训斥，没做任何辩解，这证实了凯瑟琳的担忧：他是因为伊萨贝拉而心神不宁，夜不成寐，这才是他起得太晚的真正原因——这是凯瑟琳第一次真正和蒂尔尼上尉在一起。她原本希望现在能有机会了解他的为人，可是当他父亲在场时她几乎听不见他的声音。即使后来，因为他的情绪受了很大影响，她只听出他对埃莉诺低声说道："你们都走了我该多高兴啊！"

临行前的忙乱很不愉快——钟敲了十点箱子还在往下搬，而将军本来定好在这个时间离开米尔萨姆街的。他的大衣没有拿来给他直接披上，而是铺在了他准备和儿子同乘的双轮轻便马车的座位上。四轮马车虽然三个人乘，中间的座位却没拉出来。他女儿的仆人在车厢里塞满了行李，莫兰小姐简直连坐的地方都没有。将军送莫兰小姐上车时忧心忡忡，所以莫兰小姐费了好一番口舌才勉强保住自己新买的写字台没被扔到大街上——最后，三位女士的车门总算关上，四匹膘肥体壮的骏马踏着稳健的步伐出发了，这是绅士的马匹们在踏上三十英里旅途时的常见步伐。而三十英里正是北怒与巴斯之间的距离，将被平均分成两段。他们一出大门，凯瑟琳就有了精神，因为和蒂尔尼小姐在一起她感到无拘无束。开启了一段全新的旅程，前面是一座庄园，后面是一辆轻便马车。带着对这一切的兴趣，她毫无遗憾地望了巴斯最后一眼，不经意中看见了沿途的每一块里程碑。接着是在小法兰西两个小时的无聊等待①，因为无所事事，只能吃吃逛逛，虽然肚子不饿，也没什么可看——本来她很羡慕他们的旅行派头，羡慕这时髦的四轮大马车——骑手们穿着漂亮的制服，踏着马镫有规律地起伏着，许多侍从端端正正地坐在马背上。可随着这些排场带来的麻烦，她的羡慕也减少了几分。不过要是大家都能开开心心，这些耽搁也算不了什么。可是蒂尔尼将军虽然很有魅力，却似乎总让他的孩子们打不起精神，几乎只能听到他一个人在说话。凯瑟琳见将军对客栈的一切都不满意，还对侍者不耐烦地发脾气，因而对他越来越敬畏，两个小时的休整也变得像四个小时那样漫长——不过最后，出发的号令终于响起。凯瑟琳惊讶地听到将军提议他们交换位置，让她接下来的路程坐在他儿子的马车里——"天气不错，他很希望她能多看看乡间的景色。"

凯瑟琳听到这个计划便想起艾伦先生关于年轻人乘坐敞篷马车的看法，不禁羞红了脸，立刻想要拒绝。她转念一想，决定还是尊重将军的意见，因为他不会提出对她不妥的建议。几分钟后她坐上亨利的马车，心里快活得不得了。只走了一小段路，凯瑟琳便相信双轮轻便马车是世界上最好的坐骑。驷马四轮马车固然气派，可是既笨重又麻烦，她不会轻易忘记它在小法兰西歇了整整两个小时，而双轮轻便马车只要休息一半的时间就够了。轻型车的马儿脚步特别轻盈。要不是将军决定让他的马车领头，他们可以在半分钟内轻轻松松地超过去。不过轻便马车的好处不能只归功于马儿——亨利的赶车技术也非常高超——安安静静，没有

---

① 小法兰西是格洛斯特郡的一个村庄，在巴斯以北十四英里处。游客可以在此处休息，吃些点心，放松一下，同时喂喂马。

打扰，不向她吹嘘，也不咒骂马儿，和她唯一能够比较的另一位先生简直是天壤之别！——他的帽子戴在头上特别合适，大衣上层层叠叠的披肩看起来得体又神气！——坐在他的车上，仅次于和他一起跳舞，是世界上最快乐的事。除了所有别的快乐以外，她还听着他赞扬自己，至少替他的妹妹感谢她，因为她好心地过来做客。他说这是真正的友谊，让人真心感激。他还说他的妹妹境遇不好——她没有女伴——又因为父亲常常不在家，有时根本没人做伴。

"可是怎么会呢？"凯瑟琳说，"你不陪她吗？"

"北怒庄园最多只算我的半个家。我在伍德斯顿有自己的住所，离我父亲将近二十英里，有时我必须待在那儿。"

"你一定对此很遗憾吧！"

"离开埃莉诺我总会很难过。"

"是的。可除了对她的感情，你一定特别喜欢这座庄园！——习惯了以庄园为家后，普通的牧师住宅一定非常不合心意吧。"

亨利微笑着说："你对这座庄园已经形成了很好的印象。"

"那当然。难道那不是一座优雅的古建筑，就像书上读到的那样吗？"

"那你准备好遇见'书上读到的'那些建筑里发生的所有恐怖故事了吗？——你的心脏足够强壮吗？——你的胆量能够应付滑动的嵌板和挂毯吗？"

"哦！是的——我想自己没那么容易受到惊吓，因为房子里会有很多人——而且，这座庄园并非废弃多年无人居住，你的家人也不会像书上那样没有事先通知,不被察觉地回到家里。"

"不,当然不会——我们不必摸索着进入被柴火的余烬照得影影绰绰的大厅——也不用在没窗没门也没家具的房间里搭地铺。但你必须知道,如果一位年轻的小姐(不管用什么方式)被引入这样的宅子,她总要和家里的其他人分开住。当大家舒舒服服地回到自己住的那头时,她将被老管家多萝西郑重其事地领上另一节楼梯,穿过许多条阴暗的走廊,进入一间屋子。自从某个亲戚二十年前死在里面后,便再也没人在这间屋子里住过。这样的招待你受得了吗?当你发现自己置身于一个阴森恐怖的房间里——对你来说太高太大,只能凭借一盏孤灯的微弱光线来估摸房间的尺寸,你就不会胡思乱想吗?——墙上的挂毯上绣着真人大小的画像,床上的被褥是深绿色或紫色天鹅绒的,简直像是葬礼的模样,你难道不会连心都沉下去吗?

"哦!可这不会发生在我的身上,我肯定。"

"你会怎样战战兢兢地检查房间里的家具呀!——你能发现什么?——没有桌子、梳妆台、衣柜或抽屉,不过在另一边可能有把破弦琴,还有一边放着个怎么使劲也打不开的笨重大箱子①。壁炉上挂着某位英俊武士的画像,他的容貌使你莫名其妙地着了迷,让你的眼睛无法移开。而多萝西也同样被你的容貌吸引,激动不安地盯着你,咕哝了几句你听不懂的话。为了让你振作起来,她还为你细数了几条理由,让你确信你住的这间屋子无疑在

---

① 哥特小说中常见的恐怖之源,如在拉德克里夫夫人的《森林奇遇》(1791)中的大箱子里装着个骷髅;威廉·戈德温(1756—1836)的《凯勒布·威廉姆斯》(1794)中的大箱子藏着福克兰可怕的罪证。

闹鬼,还告诉你怎么叫喊也不会有人过来。说完这番亲切的告别词后她屈膝退下——你听着她的脚步声渐行渐远,直到什么也听不见——当几乎吓晕了的你试着拴上房门时,却更加惊恐地发现门没有上锁。"

"哦!蒂尔尼先生,这太可怕了!——就像书里的那样!——但这不会发生在我的身上。我肯定你的管家不会真叫多萝西——那么,后来呢?"

"第一天晚上可能不会再发生什么可怕的事情。在终于克服了对那张床**无法抑制**的恐惧后,你会上床休息,担惊受怕地睡上几个小时。可是第二天,或者最迟在你到达的**第三个**夜晚,你可能会遇到一场暴风雨。一声声似乎要将庄园震得粉碎的惊雷在附近的山间隆隆而鸣——在随之而来的阵阵可怕的狂风中,你也许会发现(因为你的灯笼尚未熄灭)挂毯的一部分比其他地方晃动得更厉害。在这样一个纵容好奇心的难得时机,你当然会忍不住好奇马上起身,匆匆披上睡衣,继续探究这个秘密。只搜索了一小会儿后,你会发现挂毯上有一块织得特别巧妙,再怎么仔细也难看出区别,打开后立即出现一扇门——门上只挂着几根粗重的铁链[①]和一把挂锁,你没费什么劲就把门打开了——于是,你提着灯笼穿过门,走进一间拱顶小屋。"

"不,绝对不会。我肯定吓得根本不敢做这样的事。"

"什么?即使老多萝西告诉你,在你的房间和只有两英里外的圣安东尼教堂之间有一条秘密通道[②],你也不敢?——你会从

[①] 亨利在此处模仿哥特小说的情景。
[②]《尤多尔弗》中的场景。

这么简单的冒险中退缩吗？不，不，你会进入这间拱顶小屋，再穿过这间进入其他几个房间，却没有任何特别的发现。一个房间里可能有一把匕首，另一间里有几滴血，第三间有几件刑具的残骸，但没有什么异乎寻常的东西。你的灯笼即将熄灭，你必须回到自己的房间。然而再次穿过拱顶小屋时，你的目光会被一只乌木镶金老式大立柜吸引。虽然之前仔细检查过家具，你却没有注意到它。怀着无法抗拒的预感，你急切地走过去，打开折门上的锁，搜查每个抽屉——可是一段时间后，没有发现任何重要物品——也许只有一大堆钻石而已。然而最后你碰上了一个秘密弹簧，一扇内部的小门会打开——出现了一卷纸——你抓住它——里面有很多手稿——你拿着这些宝贝匆忙进入自己的房间，可刚辨认出一句'啊！你呀——不管你是谁，这些关于可怜的玛蒂尔达的回忆录可能落入谁的手中'——这时你的灯笼忽然熄灭，你陷入了无边的黑暗里①。"

"哦！不，不——别这么说。好吧，继续。"

可是亨利被他激起的兴趣逗乐得无法接着再说，他没法用一本正经的声音好好编下去，只得请求她自己细细幻想玛蒂尔达的悲惨遭遇。凯瑟琳冷静下来，为自己的急切心情感到羞愧，便诚恳地向他保证，她虽然聚精会神地听了他的话，却丝毫不担心遇见他说到的事情。蒂尔尼小姐，她相信，绝对不会让她住进他描

---

① 无边的黑暗是许多哥特小说的经典场景；多萝西是《尤多尔弗》中疑神疑鬼的老管家；《森林奇遇》中有带血的匕首；玛蒂尔达是霍勒斯·沃波尔（1717—1797）的《奥特兰托堡》（1764）、索菲亚·李（1750—1824）的《隐居》（1785）和拉德克里夫的《阿斯林和邓巴恩的城堡》（1789）中可怜的女主角。

述的那种房间里！——她一点儿也不害怕。

凯瑟琳想见到庄园的急切心情，被他截然不同的话题打断了一阵子。在旅行快到终点时，又彻底回来了。每到拐弯之处，她都带着肃然起敬的心情，期待着瞥见它那厚重的灰色石墙屹立在一片古老的橡树林里。落日的余晖映照着高高的哥特式窗户，壮观而美丽。可是这座房子非常低矮，她不知不觉穿过大门进入北怒庄园，却连个古老的烟囱也没看见①。

她不知道自己有没有理由感到惊奇，然而她的确万万没想到会以这样的方式进入庄园。穿过外观现代的屋舍，如此轻松地进入庄园的领地，快速驶过一条光滑平整的石子路，没有一丝障碍，没有一点惊恐，也毫不庄严肃穆，让她感到既奇怪又不合逻辑。不过她没有多少闲暇来思考这些。忽然间下起了一阵大雨，猛烈地打在她的脸上，让她什么也看不见，只能专心致志地保护自己的新草帽——她已经来到庄园的墙角下，由亨利扶着跳下马车躲在旧门廊下，甚至走到了大厅。她的朋友和将军在那儿等着迎接她，而她对自己未来的苦难没有任何可怕的预感，也丝毫不怀疑在这肃穆的庄园里曾经发生过怎样的恐怖情景。微风似乎没有给她吹来被谋杀者的悲叹，只为她送来了蒙蒙细雨。她使劲抖了抖外套，准备让人领她进入共用客厅，也好思考一下自己身在何处。

一座庄园！——是啊，能置身于一座庄园里该有多么开心！——可当她环顾四周时，却不禁怀疑有哪一件目之所及的物

---

① 在拉德克里夫的哥特小说中，庄园城堡通常坐落于嶙峋的大山高处，因此凯瑟琳对北怒庄园的低矮地势感到失望。

品能够唤起这样的感觉。富贵优雅的家具都是现代风格。她原来期待着古老的壁炉宽大笨重,刻着从前的雕花,没想到却是精巧的朗福德式①,镶着简约美观的大理石板,上面摆放着漂亮的英国瓷器。她特别信赖地瞧了瞧窗户,因为她曾听将军说过,他出于恭敬而保留了原有的哥特风格,可看起来还是和她想象的相去甚远。的确,尖拱是被保留了——哥特风格——甚至还有窗扉——然而每块玻璃都太大、太清晰、太明亮了!她幻想能见到最小的窗格、最笨重的石框、彩绘的玻璃、尘土和蜘蛛网,而这样的差别着实令她非常沮丧。

将军看出她眼睛的动作,便开始说起房间太小,家具简单,一切都为日常使用,只以舒适为目的,如此这般。不过,他也得意地说起庄园里有几个房间还是值得她去看看的——正当他打算特别提到某个房间里昂贵的镶金时,他掏出手表,突然停下来,惊讶地宣布再过二十分钟就五点了!这句话像是解散的命令,凯瑟琳发觉自己被蒂尔尼小姐急匆匆地催着快走,那副样子使她相信:在北怒,必须最为严格地遵守家庭作息时间。

从高大宽敞的大厅返回后,他们登上宽阔闪亮的橡木楼梯,走过许多节楼梯和好几个拐弯平台后,来到了一条又宽又长的走廊上。走廊的一侧是一排门,另一侧窗户透进来的光把走廊照得通亮。凯瑟琳刚看出窗外是个四方庭院,就被蒂尔尼小姐领进一个房间。蒂尔尼小姐简单地说了一句希望她能感到舒适,恳求她尽量少换衣服,便匆匆离开了。

---

① 由本杰明·汤普森博士(1753—1814),也称朗福德伯爵所发明。该壁炉提高了热能效,改善了通风条件,缩小了烟囱的口径。

第六章

凯瑟琳只扫了一眼房间，就满意地发现她的房间和亨利费尽心思描绘出来吓唬她的房间完全不同——这间屋子绝非大得出奇，既没有挂毯，也没有丝绒被褥——墙上贴着墙纸，地上铺着毯子，窗户和楼下客厅里的一样明亮完备。家具虽不是最新式样，却也美观大方，整个房间的氛围一点也不阴森。她的心情立刻放松下来，决定不再浪费时间做什么细致检查，因为她不想因为任何拖延让将军不高兴。她匆忙脱掉外衣，正准备打开从马车上带过来的装着随身衣物的亚麻包时，忽然，她目光落在了靠在壁炉一侧深凹处的一只又高又大的箱子上。见到此物令她吃了一惊。她忘记了一切，一动不动地站在那儿盯着箱子，脑海中闪出这样的念头——

"这真是怪事！我没料到会看见这样的东西！——一个笨重的大箱子！——它能装什么呢？——为何竟然被放在这儿？——还被推在后面，好像不愿让人看见似的！——我要看一看——不管付出什么代价我也要看看——马上就看——趁天还亮着——要是等到晚上我的蜡烛可能会熄灭的。"她走上前仔细查看：这是一只杉木箱子，奇怪地镶嵌了一些深色的木头，离地大约一英尺，放在同样材质的雕花木架上。锁是银质的，因为年代久远失去了光泽。箱子两边坏掉的把手也是银的，像是被某种奇怪的暴力破坏了。箱盖的中间是用同样的金属刻出的神秘符号，凯瑟琳弯腰仔细查看，也没辨认出上面到底写了什么。她无论从哪个方向看，都无法相信最后一个字母是"T"[①]。可要是这个房间里的物品上竟然出现了其他字母，那当然会令人大感惊奇。如果这只箱子本来不是他们的，究竟是怎样的意外事件才使它落入蒂尔尼的家中呢？"

凯瑟琳惶恐不安的好奇心每时每刻都在增长。她用颤抖的双手抓住锁扣，决定不顾一切风险，至少弄清里面装了些什么。似乎有什么力量在和她对抗，她好不容易才把盖子掀起了几英寸。可正在那时，一阵突然的敲门声吓了她一跳，她手一松，盖子"砰"的一声猛然合上。这位不速之客是蒂尔尼小姐的女仆，被她的主人派来帮助莫兰小姐。虽然凯瑟琳立刻把她打发走了，这倒让她想起了自己该做的事，逼着她赶紧更衣不再耽搁，尽管她急于弄清这个秘密。她的进展并不快，因为她的思想和目光都集中在这个有意让她好奇又惊恐的物件上。虽然她不敢浪费时间再尝试一次，她的脚步却始终离不开箱子的周围。然而最后，她终于将一只胳膊穿进外套，很快就能梳妆完毕，便又迫不及待地想要满足自己的好奇心。就那么一会儿时间总能腾得出来吧。她将使出全身的力气打开箱子，除非有什么超自然的力量，否则箱盖肯定能一下子打开。她这样想着跳上前去，她的信心没有白费。她果断地一使劲，掀开了盖子，却吃惊地看到一条叠得整整齐齐的白色棉布床单躺在箱子一角，除此以外什么也没有！

[①] 蒂尔尼（Tilney）的首字母缩写。

她盯着床单，吃惊得一阵脸红。这时蒂尔尼小姐急着让她的朋友赶紧准备好，便进了房间。凯瑟琳本来正为自己好几分钟的荒唐期待而羞愧，这下被撞见在无聊地搜箱子，就更加羞愧难当了。"那是一只奇怪的旧箱子，不是吗？"凯瑟琳匆忙关上箱子，转身对着镜子时蒂尔尼小姐说，"谁也说不清它在这儿待了多少年代。我不知道这只箱子最初怎么被放进了这个房间，但没让人把它搬走，因为我觉得它有时能派上用场，装装帽子之类的东西。最麻烦的是箱子太沉，很难打开。不过，放在那个角落至少不碍事。"

凯瑟琳说不出话来，她红着脸，一边系着衣服，一边痛下决心不再这样犯傻。蒂尔尼小姐委婉地提醒她可能会迟到，半分钟后她们便一起慌慌张张地跑下楼。她们的担心并非完全多余，因为蒂尔尼先生正拿着表在客厅里踱步，一见她们进来就使劲摇铃，命令"马上开饭！"

凯瑟琳被将军加重的语气吓得发抖，她脸色苍白，呼吸急促，怯生生地坐着，担心他的孩子们，痛恨着旧箱子。将军望着她时又客气起来，接下来的时间一直在责备女儿那么愚蠢地催促她的漂亮朋友，让她跑得上气不接下气，其实根本没必要那么着急。可是凯瑟琳害得朋友挨骂，自己又是个大傻瓜，她根本无法摆脱这双重的痛苦；直到大家开开心心地围坐在餐桌旁，将军得意的笑容和她自己的好胃口才让她恢复了平静。这个餐厅是间华丽的屋子，从大小来看配得上比共用客厅大得多的客厅，装饰得奢华昂贵。可惜凯瑟琳是个外行，几乎没看出这一点，只注意到屋子宽敞，仆人众多。她大声赞扬餐厅的宽敞，将军和颜悦色地承认这间屋子确实不小,又进一步坦言虽然他和大部分人一样不关心这些问题,但他的确将一间宽敞的餐厅视为生活必需品。不过,他猜想"你一定习惯了艾伦先生家比这大得多的餐厅吧?"

"不,绝对不是,"凯瑟琳老老实实地说,"艾伦先生家的餐厅还不及这儿的一半大,而且我这辈子还没见过这么大的屋子呢。"将军更高兴了——哦,既然他**有了**这些屋子,便觉得如果不加以利用也有些傻。不过说实话,他相信只有这一半大的屋子可能更加舒适。艾伦先生家的房子,他相信,一定大小正合适,住着非常舒服。

晚上就这样过去了,没有别的风波。偶尔将军不在时,大家会觉得真心愉快。只有他在场时凯瑟琳才会感到一点点旅途的疲乏,即使在那时,即便在疲倦或拘束的时候,她依然觉得很快乐。她会想到巴斯的朋友们,可她一点也不希望和他们在一起。

夜晚风雨交加。整个下午不时地刮风,到了散场的时候,变成了狂风暴雨。凯瑟琳穿过大厅时惊惧地听着风声,当她听见狂风吹过这古老建筑的一角,忽然暴怒地关上远处的一扇门时,她第一次感到自己真正置身于一座庄园里——是的,这些都是特有的声音——让她想起这样的建筑曾经目睹过,由暴风雨带来的种种可怕情形与恐怖场景。她为自己在这庄严围墙中的舒适处境感到由衷的高兴!——**她**可不必害怕午夜刺客或醉醺醺的色徒①。亨利上午和她说的肯定只是玩笑而已。在这样一所设施完备,戒备森严的房子里,她不用察看什么也不会遭遇不测,可以像在富

---

① 《尤多尔弗》的女主角艾米丽在城堡里遇见过的人。

勒顿回到自己的房间那样安全地进入她的卧室。她一边上楼一边机智地坚定自己的信心，特别是当她看见蒂尔尼小姐的房间只和她的隔了两道门时，总算能够壮着胆子进入自己的房间了；愉快的炉火烧得正旺，她立刻振奋起来。"这真是太好了，"她朝着围炉边走边说——"有个现成的火炉，不用像许多可怜的女孩那样，在寒冷中哆哆嗦嗦地等待着，直到家人都上了床，再被拿着柴火进来的忠实老仆人吓一跳！我真高兴北怒是这样的！要是像其他的一些地方，在这种夜晚我肯定会被吓坏的——不过现在，我相信，没有什么能够吓唬人。"

凯瑟琳环顾了房间。窗帘似乎在动。这只不过是因为狂风穿过百叶窗的缝隙引起的。她勇敢地走上前，漫不经心地哼着小调，安慰自己一定是这么回事。她朝每块窗帘的后面瞧了瞧，在低低的窗台上没有看见任何吓人的东西。她把一只手放在百叶窗上，便立刻相信这是风的力量。她检查结束离开时瞥了一眼那只旧箱子，这也并非毫无作用：她蔑视那闲来臆想的恐惧，接着便愉快又满不在乎地准备上床睡觉。"她可以慢慢来；她不用催自己；她不在意自己是不是房子里最后一个上床的人。可她不会去添柴；**那样**会显得胆小，好像躺在床上还要靠着亮光来壮胆似的。"于是炉火渐渐熄灭。凯瑟琳一个小时几乎都在忙来忙去，现在打算上床睡觉了。她最后环视一下房间，猛然被一个高高的老式黑色立柜吓了一跳。这柜子虽然放在一个很显眼的位置，她之前却从未注意到。亨利的话，他对那个一开始逃脱她视线的乌木柜的描述立刻被唤起。虽说这话不能当真，但着实有些蹊跷，绝对是个惊人的巧合！她拿起蜡烛仔细检查柜子。柜体并非完全乌木镶金，而是亮色漆的，很美观的黑黄相间亮漆。她举起蜡烛看时，黄色很像是镀金。钥匙插在门上，她有种奇怪的念头，想要打开看看，虽然毫不期待找到什么，只是在听了亨利的话后感觉很怪异。简而言之，她要是不检查一下就会睡不着觉。于是，她小心翼翼地把蜡烛放在椅子上，用颤抖不已的双手抓住钥匙试着转动，可是用尽全力也没有动静。她吓坏了，但没有气馁，便换个法子再拧。门闩动了一下，她以为自己已经成功，然而实在太诡异了！——门依然纹丝不动。她停了一下，惊讶得透不过气来。狂风呼啸着灌进烟囱，倾盆大雨敲打着窗户，一切似乎都在诉说着她可怕的处境。可不弄清楚这件事，上床也是无用，因为知道就在自己身旁有这样一个神秘关上的柜子，她是无法入睡的。于是，她再次拧动钥匙，怀着最后一线希望坚定敏捷地朝着各个方向转动，门忽然被她打开了。凯瑟琳的心为这胜利而欢呼雀跃。在拉开每扇折叠门后，她发现第二扇门上只装了个比锁具简单得多的门闩。虽然她的眼睛没看出那有什么异常，但有两排小抽屉出现在她的视线里，上下有一些更大的抽屉。正中间有扇关上的小门，也有锁和钥匙，很可能用来保护一个重要的洞穴。

凯瑟琳的心狂跳着，但依然还有勇气。她满怀希望，面颊绯红，眼里充满好奇，用手指抓住抽屉的把手将它拉了出来。里面空无一物。她放松了些，更急切地拉开了第二、第三和第四个抽屉，每个都是空的。所有抽屉都检查了一遍，没有一个装了东西。她读了许多关于藏宝的书，连抽屉上可能镶的假边也没放过，她着急地摸遍了每个抽屉，还是徒劳无获。中间的地方还没有检查，虽然她"从一开始就根本没想过在柜子里找到任何东西，对于到现在还一无所获毫不失望，但已经到了身边还不彻底检查一番也太傻了"。她费了些功夫才打开了门，开里面这扇门和外面那扇遇到了同样的困难，但最终还是打开了，至此她的搜索有了结果。她的目光直接落在被推到小洞深处的一卷纸上，这显然是为了隐蔽，此时她的心情简直无法形容。她的心扑通直跳，膝盖颤抖，脸颊苍白。她用颤抖的双手抓住这珍贵的手稿，因为她只瞄了一眼就足以确认上面有手写的字迹。虽然她无比惊恐地承认这和亨利讲的故事相似得惊人，但还是立刻决定在睡觉前逐字把手稿读一遍。

蜡烛昏暗的光线让她赶紧走过去检查，不过倒没有忽然熄灭的危险，还能再燃烧几个小时。除了辨认这些因为年代久远而看不清的字以外可能不会有更大的麻烦，于是她赶紧剪烛花。哎呀！一下子把蜡烛剪灭了。灯笼熄灭也不会带来比这更可怕的效果。有那么一会儿，凯瑟琳吓得动也不敢动。蜡烛全灭了，灯芯上一丝火花也没有，想再把它吹着是不可能了。屋内一团漆黑，像是凝固了一样。忽地刮起一阵狂风，平添了新的恐怖，凯瑟琳从头到脚颤抖着。风平静了一会儿，一阵像是远去的脚步声和远处的敲门声传入她惊恐的耳朵里。人类的本性再也无法支撑了。她的额头冒出冷汗，稿子从她的手中滑落到地上，她摸索着走到床边，急忙跳上床，拼命钻到被子里以消除几分恐惧。在那天夜里闭上眼睛睡觉，她想是绝对不可能了。她的好奇心刚被唤起，心情如此激动，怎么可能睡得着觉。这猛烈的暴风雨太可怕了！——她原本并不害怕刮风，而现在每阵风似乎都满载着可怕的消息。如此奇妙地发现手稿，如此奇妙地实现了早晨的预言，究竟是怎么回事？——手稿里写了什么？——和谁有关？——怎样才会隐藏了这么久？——更奇怪的是竟然会落入她的手中由她来发现！然而她若不能弄清里面的内容就既不能休息也无法安心，于是决心借着第一道阳光来读手稿。这中间必须间隔无聊的好几个小时。她战栗着在床上翻来覆去，羡慕着每一个熟睡的人。暴风雨依旧肆虐，发出各种声音，比狂风还要可怕，不时灌入她受惊的耳朵里。有时她床上的帘子似乎在动，有时门上的锁像是在摇晃，仿佛有人想要进来。走廊里似乎飘荡着空洞的低语，好几次她被远处的呻吟声吓得浑身冰凉。时间一小时一小时地过去，疲惫不堪的凯瑟琳听到房子里所有的钟都打了三点，不久后风雨停歇，她不知不觉睡熟了。

第七章

女仆在第二天早晨八点进来折叠百叶窗，这是唤醒凯瑟琳的第一个声音。她睁开双眼，好奇昨夜竟然会闭上眼睛，却看见一幅令人愉悦的情景：火炉已经升起，夜晚的暴风雨过后是个明朗的早晨。她立刻意识到自己在哪儿，又想起了那份手稿。女仆刚离开，她就从床上一跃而起，急切地将掉下后散落在地的手稿一张张拾起，飞奔回床，趴在枕头上享受阅读的乐趣。现在她清楚地看出不能期待这是书里读到的那种让她瑟瑟发抖的长篇手稿，因为这个纸卷里几乎都是零零散散的小纸片，比她当初以为的少多了。

她贪婪的目光迅速扫过一页。上面的内容让她吃了一惊。这可能吗，还是她的感觉欺骗了她？——一份衣物清单，用潦草的现代字体书写，似乎就是她面前的所有东西！如果可以相信眼睛所见，她手里握着的是一张洗衣清单。她抓起另一张，看到差别不大的同样内容；第三张、第四张、第五张也没什么新花样。每张上面看到的都是衬衫、袜子、领带和背心。另外两张出自同一人之手的账单上记着同样乏味的开销，有邮资、发粉、鞋带、马球裤。包在外面大一点的那张纸，从歪歪扭扭的第一行字"给栗色母马敷膏药"看来——是一份兽医账单！就是这样一堆纸（她此时能够想到，这大概是被哪个粗心的仆人丢在被她发现的地方了），令她无比期待又无比惊恐，半夜都没睡着觉！她羞愧得无地自容。大箱子的教训还不能让她变得聪明些吗？她躺在那儿瞥见的箱子一角似乎也起来责备她。再没有什么能比她近来的幻想更加荒唐了。想象着几代人以前的手稿能在如此现代舒适的房间里而一直没被发现！——或者她是第一个掌握开柜子诀窍的人，而钥匙就挂在上面！

她怎么可以这样吓唬自己？——但愿亨利·蒂尔尼永远不会知道她的愚蠢！不过这多半也怪他，要不是这个柜子和他讲述的她的历险故事中的那个柜子一模一样，她对此不会产生半点好奇。这是她所能想到的唯一安慰。那些可恶的纸片散落在她的床上，她急于清除干傻事的可恶证据，便起身把纸片尽量叠成原先的形状，放回柜子里原来的地方，并衷心祝愿不再有什么意外事件把这些纸片弄出来，让她自己都觉得太丢脸。

可为什么当时柜子那么难打开，这依然是个大问题，因为她现在开起门来轻而易举。这肯定有些蹊跷。她自作聪明地沉思半分钟后，忽然想到门可能一开始没锁，是被她自己锁上的，这个念头让她又是一阵脸红。

她尽快离开了那个由于自己的行为而带来许多尴尬回忆的房间，飞快地朝早餐厅走去，因为前一天晚上蒂尔尼小姐已经给她指了位置。亨利独自在里面，见到她便马上希望她没被暴风雨吓坏，还神秘地提起他们住的这所房子的特性，让她很是苦恼。她根本不愿别人看出她的软弱，可又不会完全撒谎，只得稍稍承认大风让她有一会儿没睡着。"不过随后便是个明媚的早晨，"她想结束这个话题，接着说道，"暴风雨和失眠过去就不算什么了。

多漂亮的风信子啊！——我刚刚学会喜爱风信子。"

"你是怎么学会的？——偶然，还是被说服的？"

"你妹妹教我的，我也说不清怎么回事。艾伦太太费了好多功夫，一年年地想让我喜欢风信子，可我就是做不到，直到那天我在米尔萨姆街见到它们。我天生不爱花。"

"不过现在你喜爱风信子了。这样更好。你得到了一种新的享受，获得幸福的方式当然多多益善嘛。而且，女人爱花总是件好事，能让你们走到户外，诱惑你们多做些运动。虽说喜爱风信子还算室内乐趣，可谁知道，一旦有了这份感情，也许哪一天你会爱上玫瑰呢？"

"可我不需要这样的爱好带我去户外，散步和呼吸新鲜空气对我来说已经足够愉快了。天气好的时候我大部分时间都待在外面——妈妈说我从来不着家。"

"可不管怎样，我还是很高兴你学会喜爱风信子了。学会爱，仅仅这个习惯就很了不起。年轻的小姐生性好学，真是幸运——我妹妹教你的方式你喜欢吗？"

这时将军走进来，避免了凯瑟琳不知该如何回答的尴尬。将军笑盈盈的问候显示他心情很好，然而，他温和地暗示他赞成早起，却不能使她更加平静。

坐在餐桌旁，精致的早餐餐具立刻引起了凯瑟琳的注意。幸运的是，这是将军的选择。将军因为凯瑟琳对他品味的赞赏而喜不自胜，承认这套餐具朴素简洁，认为应该支持本国的制造业。就他自己而言，对于他并不挑剔的味蕾，斯塔福德郡的茶壶沏出来的茶和德累斯顿或塞夫勒的茶壶沏出来的茶一样好喝①。不过这套餐具已经很旧了，是两年前买的，在此期间工艺有了很大进步。上次在镇上他看到一些漂亮的新品，要不是他在这些事情上毫无虚荣心，也许会忍不住订一套新餐具。但他相信不久后可能有机会选择一套——虽然不是为了自己。凯瑟琳或许是在座者中唯一没明白他意思的人了。

早餐后不久，亨利便出发去了伍德斯顿，有事要在那儿住上两三天。他们一起在大厅看着他上马，一回到早餐厅，凯瑟琳便走到窗户前，想再看一眼他的身影。"这大概是对你哥哥毅力的不小考验，"将军见此对埃莉诺说，"伍德斯顿今天只会阴沉沉的。"

"那儿漂亮吗？"凯瑟琳问道。

"你怎么认为，埃莉诺？——说说你的看法，因为小姐更明白小姐们对房子和男士的品味。我认为以最公正的眼光来评判，必须承认伍德斯顿有许多可取之处。房子坐落在一块美丽的草坪上，面朝东南，还有一块同样漂亮的菜园子。围墙是我大约十年前亲手建造，为我的儿子准备的。这是家传的牧师职位，莫兰小姐。这儿的地产主要属于我本人，所以你尽可相信这个职位不算太差。就算亨利只靠这份俸禄为生，他的日子也不会太拮据。你也许会奇怪，既然我只有两个孩子，为何还要认为他们必须从事某种职业，当然有时我们也希望他摆脱一切事务的纠缠。不过虽

---

① 将军其实是在委婉地炫耀自己的那套由斯塔福德郡的约书亚·威治伍德生产的本国茶壶，以区别于进口茶壶。因为威治伍德喜欢推出新设计，所以吸引了将军这样的用户去追逐他们的新产品。

然我不一定能改变你们这些年轻小姐的看法，莫兰小姐，我敢肯定你的父亲会赞成必须让每个年轻人都从事一份工作。钱不重要，那不是目的，但工作本身是最重要的。你看，即使弗雷德里克，我的大儿子，他继承的家产可能不少于郡里的任何一位男子，但他也有自己的职业。"

最后一个论据达到了将军期待的强烈效果。小姐的沉默证明这席话无可辩驳。

前一天晚上说过要带莫兰小姐参观房子，现在将军自告奋勇为她做向导。虽然凯瑟琳本来希望只由他的女儿陪同，然而这个建议在任何情况下都令人无比愉快，只能欣然接受。她来到庄园已经十八个小时，只参观了几间屋子。她刚悠闲地拿出针线盒，现在马上兴冲冲地合上，准备随时跟着将军一起走。"等她们参观完房子后，他还保证陪她去灌木丛和花园走一走。"她行个屈膝礼表示默许。"也许把那件事放在第一位更让她喜欢呢。现在天气很好，一年中的这个时候很难保证天气一直这么好——她喜欢怎样？不管她怎么选择他都没问题——他的女儿又认为哪种选择更符合她漂亮朋友的心愿呢？——不过他认为自己看得出来——是的，他当然从凯瑟琳的眼中读出了她的明智想法，得好好利用现在的明媚天气——她什么时候判断错误过呢？——庄园里面不会下雨，随时都能参观——他默默做出让步，准备去拿帽子，马上就回来。"他离开了餐厅，凯瑟琳带着失望又焦急的神情，说她不愿让将军勉为其难地带她们去户外，还误以为能让她欢喜。然而，她有些疑惑地被蒂尔尼小姐的话打断了："既然天气这么好，我相信这样的早晨出去走走是个好主意。不用为我父亲担心,他每天的这个时候总是出去散步。"

凯瑟琳弄不清究竟该怎么理解她的话。蒂尔尼小姐为什么尴尬?将军会不会不想带她参观庄园呢?这可是他自己的建议。他**总是**那么早散步不奇怪吗?她的父亲和艾伦先生都不那么做。这真是令人恼火。她急不可耐地想要参观房子,对外面的庭园不感兴趣。要是亨利和他们一起该有多好!——可现在即使见到如画的风景她也不会欣赏了。她这么想着但没说出来,虽然心里不满,还是耐着性子戴上帽子。

然而,当她第一次从草坪上看到庄园时,却出乎意料地被它的壮观景象震撼了。整个建筑围成一个大大的四方庭院,四方形两侧许多哥特式的装饰很是显眼,令人赞赏。其余部分被古树、郁郁葱葱的农场和后面树木丛生的陡峭小山遮掩,即使在草木凋零的三月,风景也是非常秀美。凯瑟琳还没见过能与之媲美的景色,她的心情特别愉快,没等内行指点便忍不住赞叹起来。将军赞同并感激地听着她的话,仿佛他对北怒的看法一直等到此时才有了定论。

下一步是欣赏果木园,将军领着她穿过一小块庭园来到那儿。

园子的英亩数之多让凯瑟琳听得惊愕不已,比艾伦先生和他父亲的园子加起来,包括教堂庭院和果园面积的两倍还要多。园墙似乎多得数也数不清,长得无边无际。里面的暖房多得像个小村庄似的,仿佛装得下整个教区的人在里面工作。将军对她的惊讶颇为满意,其实她的表情已经再明显不过,但将军还是逼着凯瑟琳说出她从未见过能够与之相比的园子——随后他谦虚地承认：他自己并没有这种奢望——连想都没想过——不过他的确相信这个园子在王国里无可匹敌。如果说他有什么热衷的事，就是**那个**了。他热爱果木园。虽然对于吃他通常都不讲究，但他喜欢上等的水果——或者就算他不在意，他的朋友和孩子们也喜欢。不过照顾像他的这种园子也有不少烦恼。即使最悉心的照料也未必能收获最珍贵的果实。去年菠萝才结了一百个。他猜想艾伦先生一定和他自己一样感到诸多不便吧。

"不，根本没有。艾伦先生不喜欢园子，从来就没进去过。"

带着自我陶醉的得意笑容，将军说他期待自己也能这样，因为他每次进园子都会有各种各样的烦恼，总是不如他计划的好。

"艾伦先生的轮作暖房运行得怎样？"他们一边往里走，将军一边描述起自己暖房的情况。

"艾伦先生只有一个小暖房，艾伦太太冬天用它来种植物，里面会时常生火。"

"他是个幸福的人！"将军带着开心又鄙夷的神气说。

将军领着莫兰小姐进入每个分区，带她来到每一堵墙下，直到她实在看得厌倦也惊叹得没劲了，他才允许女孩们抓住机会走到外门。将军接着表示想检查他的茶室新近修缮得怎样，建议莫兰小姐要是不累的话不妨多走一段路去看看，不会感觉不愉快的。"可是你去哪儿，埃莉诺？——你为何选择这条阴冷潮湿的小路？莫兰小姐身上会被打湿的。最好穿过园子。"

"这是我最喜欢的小路，"蒂尔尼小姐说，"我一直认为这是最好最近的路，但也许有点潮湿。"

这是一条狭窄曲折的小径，穿过一片茂密的老苏格兰杉木林。凯瑟琳被小径的幽暗气质吸引，急着想进去看看，即使将军的反对也没能阻止她往前走。将军看出她的意思，想以健康为由劝她也无济于事，只好礼貌地不再阻止。但他本人要失陪了，不和她们一起走——"他不喜欢林子里透进来的光线，会从另一条路与她们会合。"他转身而去。凯瑟琳惊讶地发现这样的分开使她的心情变得多么轻松。说是惊讶，倒不如释然来得真切，也丝毫不影响这种感觉，于是她轻松快乐地谈起这样的小树林带来的愉快的忧伤。

"我特别喜欢这个地方，"她的同伴叹了口气说，"这是我母亲最喜欢的小路。"

凯瑟琳从未听过蒂尔尼夫人在这个家中被提起，此番温柔回忆引起的兴趣，这从她骤变的神色中显露无遗，她有些愣神地沉默着，等待更多的信息。

"我从前常常和她一起在这儿散步！"埃莉诺又说，"虽然我当时一点都不喜欢，可后来却爱上了这里。那时我总是奇怪她为何选择这条路，不过对她的回忆让这条路变得可爱起来。"

"难道，"凯瑟琳心想，"这不该让她的丈夫也喜欢这儿吗？可是将军都不愿进来。"蒂尔尼小姐还在沉默，她小心地说道："她的去世一定带来了无比的悲伤！"

"巨大且与日俱增的悲伤，"蒂尔尼小姐低声答道，"事情发生时我只有十三岁。虽然我感受到那个年龄的孩子能够体会的痛苦，可我当时不知道，也无法知道那是怎样的失去。"她停了一下，很坚定地继续说着，"我没有姐妹，你知道——虽然亨利——虽然我的哥哥们对我很好，亨利也常在这儿，我对此非常感激，可我依然无法不经常感到孤独。"

"你肯定会很想她。"

"母亲就会总在家里。母亲会是永远的朋友，她的影响力将会超过任何人。"

"她是个非常可爱的女人吧？她漂亮吗？庄园里有她的照片吗？她为何那么喜欢这片树林？会不会因为心情忧郁？"——凯瑟琳迫不及待地抛出了一连串的问题——前三个问题得到了肯定的回答，后两个被略过了。凯瑟琳对已故的蒂尔尼夫人的兴趣伴随着每个问题变得更加强烈，不论有没有得到回答。她确信蒂尔尼夫人的婚姻并不幸福。将军一定是个无情的丈夫。他不喜欢她常走的小路——他真的爱过她吗？而且，虽然他相貌英俊，可是他神情的某种变化却表明他曾经对妻子并不好。

"她的照片，我猜，"凯瑟琳为自己高超的提问技巧红了脸，"挂在你父亲的房间吧？"

"不——本来打算挂在客厅，可我父亲对这幅画像不满意，有一段时间它无处安置。在她去世后不久我就拿了过来，把它挂在自己的卧室里——我很乐意让你看看——画得很像。"——这又是一个证据。一张画像——和逝去的妻子非常相似，却不被丈夫珍惜！——他一定对她残酷得可怕！

虽然将军曾对凯瑟琳殷勤备至，可还是让她反感，现在她不再试图向自己掩饰这种情绪的本质了。曾经的惧怕与讨厌，现在变成了彻底的厌恶。是的，厌恶！将军对这样一个可爱的女人如此残酷，让凯瑟琳对他心生憎恶。她常常读到这样的人物；艾伦先生习惯称之为违背人性且过度夸张的人物，然而现在就有了一个证明艾伦先生评判错误的例子。

她刚想弄清这个问题，就已经走到了小路的尽头与将军会合。尽管她义愤填膺，却不由自主地陪他散步，听他说话，甚至在他笑的时候陪他一起笑。然而，她再也不能从周围的景致中获得快乐，很快就走得无精打采。将军觉察到这一点，出于对她健康的考虑，急忙催促凯瑟琳和他的女儿赶紧回屋，仿佛在责备凯瑟琳对他的看法似的。将军一刻钟后将会返回。他们再次分开了——不过半分钟后埃莉诺便被将军叫回并严厉地告诫她，在他到家之前不允许带她的朋友参观庄园。将军再次急于推迟她非常渴望的事情，让凯瑟琳感到异乎寻常。

第八章

　　将军一个小时后才进来，而他的年轻朋友这段时间思来想去，对他的人品着实没什么好评价——"过了这么久还不来，这样的独自漫步，说明他心神不宁，良心不安。"——他终于出现了。不管他心思阴沉地想了些什么，他依然能对着**她们**微笑。蒂尔尼小姐多少有些了解她朋友想参观房子的好奇心，很快又提起这个话题。她的父亲却出乎凯瑟琳的意料没再找任何借口耽搁，只花了五分钟吩咐在这间屋子备好点心等他们回来，便终于准备好陪同她们参观。

　　他们出发了。将军气宇轩昂，步伐威严，虽然很是惹人注目，却打消不了饱读传奇小说的凯瑟琳对他的疑惑。他领着她们穿过门厅，经过共用客厅和一个无甚用处的前厅，进入一间极为宽敞，陈设豪华的大屋子——这是真正的客厅，只为接待贵客使用——这里非常高贵——非常宏伟——非常迷人！——凯瑟琳只能这样说，因为她那不懂鉴赏的眼睛几乎连缎子的颜色都分不清。所有的细致称赞，那些有实际意义的赞叹都出自将军之口。然而，对她来说任何房间奢华优雅的装饰都无关紧要，她对十五世纪后的现代家具毫不在意。将军满足了自己的好奇心，仔仔细细地查看了每一件熟悉的装饰品。接着他们来到书房，这是一间就其特征而言同样华丽的屋子，陈列着许多书籍，连谦虚的人看了都难免感到自豪——凯瑟琳带着更加诚挚的感情倾听着，赞赏着，惊叹着——努力从这座知识宝库中汲取着养分，在浏览了半个书架的书名后，他们便准备继续前行。然而她想象的那种套间并没有出现——虽然房子很大，但她已经参观了大部分地方。虽然听说厨房加上她已经看到的六七间屋子环绕着院子的三面，可她觉得难以置信，也无法不怀疑里面还藏着许多密室。不过让她有些欣慰的是，他们得经过一些不太重要且对着院子的房间回到共用客厅里，偶尔将穿过有些错综复杂的过道——得知自己正踩在曾经的修道院的回廊上，她感到更加欣慰。主人指了些密室的遗迹给她看，她也注意到几扇既未打开也没为她解释的房间——随后她接连进入了桌球室和将军的私人卧室，她弄不清两处究竟是怎样连接的，离开时还转错了方向。最后他们经过了一个黑暗的小房间，那是亨利的屋子，他的书籍、猎枪和大衣扔得到处都是。

餐厅已经看过，而且每天五点都要看一次。然而将军可不能放弃用脚步丈量餐厅长度的乐趣，只为让莫兰小姐对这里了解得更清楚，其实她对此既不怀疑也不在意。他们抄了近道进入厨房——那是修道院的古老厨房，既有昔日厚重的墙壁和烟熏，又有现代的炉灶和烤箱。将军的修缮本领也没在这儿闲着：每一种改善厨师劳动的现代发明，都在这方广阔天地里得到了采用。而且，当别人的天分达不到要求时，他总能凭借自己的天分实现完美的效果。单凭他对此处的贡献，他在任何时候都能被称为修道院的大恩主。

庄园的全部古迹到厨房的墙壁为止。这个四方院的第四边因为濒于坍塌，被将军的父亲拆除，盖起了现在的房屋。所有的庄严到此结束。新房子不仅是新的，还要标榜其新，因为本来只打算用作下房，后面又圈着马厩，便没有考虑建筑形式的统一性。凯瑟琳真想把那人痛斥一顿：他仅仅为了节省家庭开支，竟然就毁掉了可能是整个庄园里最有价值的古迹。要是将军允许，她将乐意避免满怀屈辱地走过如此堕落的地方。然而如果说将军有什么能感到自负的话，那就是他对下房的安排。他相信对莫兰小姐这样的人来说，能看看那些减轻下人劳动强度的舒适便利设施总会感到高兴，因此便毫不愧疚地领着她往前走。他们在各处稍微看了一下，凯瑟琳出乎意料地发现这儿设施众多而且非常方便，令她印象深刻。在富勒顿，几个不成样子的储藏柜和一个不顺手的洗涤槽就被视为足够，可在这儿，一切都井井有条地分配在不同的屋子里进行，很是宽敞舒适。仆人川流不息，与下房的数量之多同样让她感到惊讶。不管他们走到哪儿，都能遇见一些穿着花布衣服的女孩停下来行屈膝礼，或看到几位身着便装的男仆悄悄溜走。然而这是一座庄园啊！——这样安排家庭事务，和她在书里读到的简直是天差地别——书中的庄园城堡无疑比北怒更大，可房子里的一切杂活最多只有两个女佣来做。她们如何能干完如此繁重的家务常常令艾伦太太感到惊奇；而凯瑟琳看到这里需要的一切后，自己也开始惊讶起来。

他们回到主厅，以便能登上主楼梯，为客人介绍这精美的木质和富丽的雕饰。到了楼梯顶，他们没有沿着凯瑟琳卧室方向的走廊前行，而是转了个方向，很快进入一条格局相仿但更长更宽的走廊。她被接连领进三间大卧室，各自配有化妆间，陈设得无比齐全，装饰得无比华美。但凡金钱与品味能给这些房间带来的舒适与优雅，统统一应俱全。因为这些都是在五年内装饰起来的，所以一般人喜欢的东西应有尽有，而让凯瑟琳高兴的东西却一无所有。在参观最后一间卧房时，将军随口说出了几位光临过庄园的尊贵客人，然后笑容满面地转向凯瑟琳，并大胆地期望从今往后最早来做客的能有"我们富勒顿的朋友们"。她感到这意料之外的恭维，这样一位对自己如此亲切，又对她的家人特别客气的人，她却不可能对他产生好感，这令她深感遗憾。

走廊的尽头是一扇折门，蒂尔尼小姐走上前推门进去，里面又是一条长长的走廊。她似乎要推开左边的第一扇门时，将军走上前去，用凯瑟琳听起来很恼火的声音急忙叫住她，问她要不要走了——还有什么可看的？——难道莫兰小姐还没看到所有值得看的地方吗？——她就不认为她的朋友走了那么多路，应该想吃些点心了吗？蒂尔尼小姐立即退了回来，沉甸甸的门在懊恼的凯瑟琳面前关闭了。她瞥了一眼，看见更狭窄的过道，更多的门，好像还有个旋转楼梯，相信自己终于见到了一些值得注意的地方。她不情不愿地从走廊退回时，宁愿只被允许参观了房子的那一侧，胜过去看其他所有的富丽堂皇——将军显然想要阻止她的查看，这更加刺激了她的好奇心。他一定想隐藏什么。虽然她的想象力最近越了一两次轨，但在这儿可绝对错不了。她之所以这么肯定，是因为他们与将军隔了一段距离跟着他下楼时，蒂尔尼小姐简短的一句话似乎击中了要点——"我本想带你去我母亲曾经的房间——就是她去世的那个房间——"她只说了这些，虽寥寥数语，对凯瑟琳却无异于醍醐灌顶。毫无疑问，将军当然不愿看到屋子里的摆设，也许在那件可怕的事情发生后他就没再进过那个房间。死亡解脱了他痛苦的妻子,却给他留下了良心的折磨。

当凯瑟琳下次单独和埃莉诺在一起时,她大胆地表示希望能被允许看看那个房间,还有那一侧的其他房间。埃莉诺承诺会带她去,只要有合适的时机。凯瑟琳明白她的意思——必须看准将军不在家的时候,才能进入那个房间。"我猜房间还保持着原样吧?"她感伤地说。

"是的,完全是原来的样子。"

"那么你母亲去世有多久了?"

"她已经去世九年了。"凯瑟琳知道,一个受尽折磨的妻子,通常在死去多年后房间才能被收拾好。相比而言,九年只是很短的一段时间。

"你一直陪着她,我想,直到最后吧?"

"没有,"蒂尔尼小姐叹了口气说,"不幸的是我当时不在家——她的病来得突然又短暂;我还没赶到家,一切都已经结束了。"

这些话自然而然引起了凯瑟琳的可怕联想,她感到周身的血液都凝固了。这可能吗?——亨利的父亲会不会——?然而有多少例子证明即使最可怕的怀疑也可能有道理!——晚上凯瑟琳和她的朋友一起做着活计,看到将军心事重重地在客厅慢慢踱步,他双目低垂,眉头紧锁,就这样沉思了一个小时,让凯瑟琳深信自己绝不可能冤枉了他。这就是蒙透尼①的神气与姿态呀!——

---

① 《尤多尔弗》中的恶棍,他因为贪财娶了女主角艾米丽的姑妈,并把她们一起带到了他远在意大利的偏僻城堡。蒙透尼的残暴导致了艾米丽姑妈的死。

一个尚未完全丧失人性的人，心惊胆战地回顾起过去的罪恶场景，还有什么比这更能显示他的阴郁心思呢？不幸的人啊！——凯瑟琳因为内心焦虑，眼光不断投向将军的身影，引起了蒂尔尼小姐的注意。"我父亲，"她低声说，"经常这样在房间里走来走去，没什么奇怪的。"

"这就更糟糕了！"凯瑟琳心想。如此时机不当的锻炼和他早晨不合时宜的散步如出一辙，绝对不是什么好兆头。

晚上过得很枯燥，似乎很漫长，让凯瑟琳特别意识到亨利在他们当中的重要性。当她知道可以离开时，感到由衷的高兴，虽然她只不过在无意中看见将军给女儿递了个眼神，让她去摇铃。当管家来为主人点蜡烛时，却被主人阻止了。他还没打算休息。"我要看完许多小册子才能去睡觉，"他对凯瑟琳说，"也许在你熟睡后，我还得花上几个小时研究国家大事。我们两人还有比这更合适的分工吗？**我的**眼睛为了别人的利益快要累瞎了，而**你的**眼睛却准备休息好了继续淘气。"

然而他要办公也好，那绝妙的恭维也罢，都不能妨碍凯瑟琳认为一定有什么别的事情，才会如此推迟将军的正常休息。只是一些愚蠢的小册子，就能让他在家人都上床后几个小时还不睡觉，这不太可能。一定有更深层的原因：整个房子里的人都入睡后，他肯定要干一些不得不做的事。那么"蒂尔尼太太可能还活着，只是因为不明原因被关了起来，每天夜里只能从无情的丈夫手中得到一点残羹冷炙"是凯瑟琳自然而然得出的结论①。这个

---

① 在拉德克里夫的《西西里亚传奇》（1790）和《尤多尔弗》中都有被囚禁或残害的妻子。

念头固然令人震惊，至少总比不义加速的死亡好一些，因为按照事情的自然发展来看，不久后她一定会被释放。她所谓的疾病来势汹汹，女儿不在身边，可能当时其他的孩子也不在——这些都有助于推测她是被监禁了——究其原因——也许是嫉妒，或是无端的残忍——还有待解开这个谜。

凯瑟琳一边脱衣一边思考着这些问题，忽然想起她早上说不定刚好从囚禁那个不幸女人的地方走过——也许离她残喘度日的囚牢只隔着几步路。因为在整个庄园中，还有哪儿能比保留修道院痕迹的那个地方更适合囚禁人呢？那条有着高高的拱顶、铺着石头的走廊，她已经心怀奇特的敬畏感走了一遭，清晰地记得将军没为她介绍的那几扇门。那些门会通向哪儿？为了证明这猜测的合理性，她又想到，将军不让进入的那段走廊与可怜的蒂尔尼夫人的卧室相连。根据她的记忆来判断，这个房间正好处在那排可疑的囚室上方。她曾经瞥见过的那些房间旁的楼梯，可能秘密地与那些囚室相连，给这位丈夫的残暴行径提供了方便。也许蒂尔尼夫人是被人故意弄晕后抬下楼梯的！

凯瑟琳有时会被自己的大胆猜测吓坏，有时希望或担心自己想得太过火。然而这些猜测似乎又有据可依，让她无法打消这些念头。

凯瑟琳相信将军的罪恶活动发生在四方庭院的另一边，刚好与她自己这边迎面相对。她忽然想到，要是仔细观察，等将军去囚室看他妻子时，灯笼的光线也许会从楼下的窗户透出来。她上床前两次蹑手蹑脚地从自己的窗户向对面走廊的窗户望去，可是外面一片漆黑，肯定还为时过早。好几阵上楼声使她相信仆人们还没睡觉。她认为在半夜之前观察不会有什么结果。不过后来，钟敲了十二下，万籁俱寂。要是她能不被黑暗吓破胆，倒可以偷偷溜出去再看一看。钟敲了十二下——凯瑟琳已经熟睡半个小时了。

第九章

　　第二天没有机会查看她们想去的那几间神秘屋子。那是个周日，早祷和晚祷中的所有时间都按照将军的要求，不是在外运动就是在家吃冷肉。虽然凯瑟琳好奇心切，她的胆量还没大到能让她在晚餐后去看那些房间。六七点时天空的光线已经逐渐变暗，而灯笼的光照虽然更亮，但面积有限，还不可靠，借助哪种亮光她都不敢去。于是这一天没有发生什么能够激发她想象力的事，除了她在教堂家族席的最前面，看到的一块非常精致的蒂尔尼夫人的墓碑。她的眼光立刻被吸引并长久地停留在那儿，并仔细读完了上面很不自然的碑文。那位一定用某种方式毁灭了妻子的丈夫，以伤心欲绝的语气将一切美德都归于她，甚至把凯瑟琳感动得流下了眼泪。

　　将军既然立了这块碑，就应该能够面对它，这也许并不奇怪。然而他竟能如此镇定自若地坐在它的面前，摆出这副道貌岸然的样子，无所畏惧地望来望去，不仅如此，他甚至还能走进这座教堂，这在凯瑟琳看来实在太不可思议了。当然，像他这样因为犯罪而变得无情的例子也不在少数。她能记得几十个罪恶滔天的坏人，从一个罪行到另一个罪行，想杀谁就杀谁，既没有人性，也没有悔恨之心，直到因为暴死或宗教感化而结束他们的罪恶生涯。立碑这件事也丝毫不会影响凯瑟琳继续怀疑蒂尔尼夫人到底有没有真正死去。即使她真的进入了藏着她遗骸的家族墓窖,即便她能亲眼看到据说装着她遗体的棺材——那又有什么用呢?凯瑟琳读过那么多书,不会不知道用一个蜡像做替身,再办一场假葬礼有多么容易①。

第二天早上有了几分希望。将军的晨间散步,虽然从任何其他方面看来都不合时宜,对这一点却很有利。当得知他出了门时,凯瑟琳立即建议蒂尔尼小姐兑现她的承诺,埃莉诺马上答应了她。出发时凯瑟琳又提醒她另一个承诺,于是她们先去看了埃莉诺小姐房间里的画像。画像上是个很可爱的女人,带着温柔沉思的表情,目前看来符合这位初来者的期待。不过她的期待并未完全得到满足,因为凯瑟琳原本指望看到她的五官、头发、面容——如果不和亨利酷似,也该和埃莉诺一模一样——在她常常想到的几幅肖像中,母亲和孩子都是极为相似的。一幅画像便能显示几代人的特征。②然而现在她必须边看边想,再仔细寻找相似度。虽然有些欠缺,她依然满怀深情地注视着画像。若不是还有让她更感兴趣的事,她或许都不愿离开了。

她们进入大走廊时凯瑟琳激动不安,连话都说不出来,只能默默看着自己的同伴。埃莉诺神情忧伤,但很镇静,这种镇定自若表明她对她们正在接近的凄惨景象已经习以为常。她再次穿过折叠门,再次将手放在那把大锁上。凯瑟琳大气也不敢出,战战兢兢、小心翼翼地准备转身去关折叠门。这时,一个身影,可怕

---

① 《尤多尔弗》中黑纱幔的后面躺着一具蜡像,《西西里亚传奇》中饱受折磨的妻子被对外宣称已经死去。
② 在哥特或言情小说中,祖先的画像往往和年轻的男女主角一模一样。

的将军本人的身影出现在走廊的尽头，立在她的面前！与此同时，将军大喊一声"埃莉诺"，声音回荡在整栋楼里，他的女儿这才知道父亲来了，凯瑟琳则吓得惊恐不已。她一见将军就本能地想要躲藏起来，可也知道躲不过他的眼睛。等她的朋友抱歉地看了她一眼便匆匆从她身边跑过，跟着将军走出了视线，她这才急忙跑回自己的房间，把门锁上，心想她再也没有勇气下楼了。她在房间里心神不宁地待了至少一个小时，深深同情她可怜朋友的处境，等待着盛怒的将军传唤自己到他的房里去。可是没有人传唤她。最后，她看到一辆马车来到庄园，便鼓起勇气借着客人的掩护下楼去见将军。人一到，早餐厅就热闹起来。将军向客人介绍说莫兰小姐是他女儿的朋友，一副赞赏的神态，把他的满腹怒火掩饰得丝毫不露，让她觉得至少现在她不用为性命而担忧。埃莉诺为了维护父亲的人格，竭力保持一副镇定的样子，一有机会便对她说："我父亲只是想让我回一封便笺。"这让她心里希望将军若不是没有看见她，就是出于某种策略性的考虑让她自己这么想。有了这样的信心，她才敢在客人走后依然留在将军面前，也没再生出枝节。

经过这天上午的思考，凯瑟琳决定下次独自去闯那道禁门。从各方面来看，埃莉诺最好什么都不知道。让她冒着第二次被发现的风险，哄着她进入那间一定会让她伤心的屋子，这可不是朋友该做的事。将军即使火冒三丈，也不会像对待他女儿那样大发雷霆。而且，她觉得这次探查要是没人陪伴反倒更好。她无法向埃莉诺解释她的怀疑，因为对方可能幸运地至今也没产生过这样的念头，所以也不能在**她**的面前搜索关于将军暴行的证据。这些证据或许至今尚未有人发现，不过她相信总能在什么地方找到，也许是一本残缺的日记，断断续续地记录到生命的最后一刻。到房间的路她已经再熟悉不过，因为亨利明天回来，而她想在此之前完成这件事，所以不能再耽搁。天气晴朗，她勇气高涨。四点钟离太阳下山还有两个小时，别人只会以为她比平日早半个小时换装呢。

说干就干。钟还没敲完，凯瑟琳就独自一人来到走廊。没时间考虑了，她匆匆往前走，尽量不出声地穿过折叠门，还没停下来看看或喘口气，便朝着那个有问题的房间跑去。锁在她的手中打开了，幸好没发出任何可能惊动别人的声音。她踮起脚尖走进去，整个屋子便呈现在她的眼前。然而她好几分钟都挪不动脚步。她看见的景象把她定住了，整个面容都变了样——她看见一间又大又匀称的屋子，一张华丽的床上挂着提花布幔帐，摆着提花布被子，女仆悉心地把床铺成空闲屋子的模样。一只亮闪闪的巴斯火炉，几个桃花木衣橱，几把漆得很光洁的椅子，温暖的夕阳从两扇窗户欢快地倾泻进屋子，照在里面的家具上！凯瑟琳本来料到会情绪激动，现在果然激动起来。她先是感到惊讶与怀疑，很快意识到的常理又给她增添了苦涩的羞耻感。她绝对不会找错屋子，然而其他的一切都是大错特错！——她误解了蒂尔尼小姐的意思，所有的推测全都错了！她原想这间屋子年代那么久远，位置那么可怕，其实是在将军的父亲修建的房子那一侧。房间里还有另外两扇门，可能通往化妆室，但她一扇也不想打开了。蒂尔尼夫人最后一次散步时戴的面纱，或者最后读的那卷书，会不会留下一些别处看不到的线索呢？不：无论将军犯下何等罪行，他那么老奸巨猾，肯定不会露出破绽。她厌倦了探索，只想安全地待在自己的房间，独自想想自己干的傻事。她正想像来时那样轻手轻脚地离开，忽然听到不知从哪儿传来的脚步声，吓得颤抖着停了下来。即使让仆人发现她在那儿也会很不愉快，要是被将军发现（他似乎总在她最不想见的时候出现），那就更糟糕了！她听着——声音停止了。她打定主意一刻也不耽搁，便走出去关上了门。正在那时楼下的一扇门被匆忙打开，有人似乎脚步飞快地登上楼梯，而她必须经过楼梯口才能去走廊。她无力移动，带着不可名状的恐惧盯着楼梯，不久亨利便出现在她的眼前。"蒂尔尼先生！"她用异常惊讶的语气喊道。蒂尔尼先生看样子也很惊讶。"天啊！"凯瑟琳没留意他在打招呼，又说道，"你怎么会在这儿？——你怎么会走那个楼梯？"

"我怎么会走那个楼梯？"亨利很惊讶地答道，"因为这是从马厩到我房间最近的一条路，我为什么不走呢？"

凯瑟琳镇定了一下，脸涨得通红，什么话也说不出来。他似乎想从她的脸上找到她嘴里不愿说出的解释。她继续朝走廊走去。"现在，"他推开折叠门时说，"能否轮到我问问**你**怎么来这儿了呢？——从早餐厅到你的房间穿过这条走廊，至少和我走那个楼梯从马厩到自己的房间一样不寻常。"

"我是来，"凯瑟琳垂着眼睛说，"看看你母亲的房间。"

"我母亲的房间？——那儿有什么特别的东西可看吗？"

"不，什么也没有——我以为你明天才回来。"

"我离开时没想到能提前回来，不过三个小时前我高兴地发现没什么事情需要我停留——你脸色苍白——恐怕我那么快地走上楼梯吓着你了。也许你并不知道——你不知道这楼梯是从共用下房那儿通过来的?"

"嗯,我不知道——今天真是个骑马的好天气。"

"很好——是埃莉诺抛下你,让你自己探路参观这儿所有房间的吗?"

"哦,不是。她星期六带我把大部分好看的地方都转过了——我们本打算来这些房间——只不过——(她压低声音)——你的父亲和我们在一起。"

"所以妨碍你了,"亨利边说边热切地打量着她——"你看过那条走廊里所有的房间了吗?"

"没有,我只想看——时候不早了吧?我必须去换衣服了。"

"才四点一刻。(拿出他的手表)你也不在巴斯,不用为了去戏院或舞厅做准备。在北怒半个小时肯定足够。"

她无法反驳,只好硬着头皮留在那儿,虽然因为害怕被再次追问,她自从认识亨利以来第一次想要离开他。他们沿着走廊慢慢往前走。"上次见到我后,你有没有收到巴斯的来信?"

"没有,我很惊讶。伊萨贝拉曾经忠实地承诺会很快给我写信的。"

"承诺得那么忠实!——一个忠实的承诺!——我真不懂——我听说过忠实的行为,可忠实的承诺——诺言的忠诚!然而这是个不值得了解的信念,因为它会欺骗你,让你痛苦。我母亲的房间很宽敞,不是吗?又大又舒畅,化妆间布置得特别讲究!我一直觉得这是整座房子里最舒适的房间,很奇怪为何埃莉诺不自己用。是她让你过来看的,我猜?"

"没有。"

"那就完全是你自作主张了?"——凯瑟琳没有说话——一阵短暂的沉默,此时亨利一直在仔细观察着她,他继续说道,"既然这间屋子本身没有什么令人好奇的地方,你的举动一定是出于对我母亲品格的敬慕之情,就像埃莉诺描述的那样,也是对她回忆的尊重。在这个世界上,我相信,从来没有过比她更好的女人。不过美德并不能经常引起这样的兴趣。一个默默无闻的女人,只在家中表现了一些质朴的美德,不会常常引起那么强烈的崇敬之心,导致像你这样的拜访。埃莉诺,我想,一定说了很多关于她的事吧?"

"是的,说了很多。嗯——没有,也不太多,不过她真正说到的事情,都非常有趣。她死得那么突然,"她缓缓地,犹豫地说着,"还有你——你们都不在家——而且你父亲,我想——可能不那么爱她。"

"从这些情况看来,"他答道(他敏锐的眼睛盯住她的双眼),"你也许推测了某种过失的可能性——一些——(她不自觉地摇摇头)——或者可能是——某种让人更加无法原谅的事情。"凯瑟琳向他抬起了从来没有瞪得那么圆的眼睛。"我母亲的病,"他又说道,"那次导致她死亡的发作**确实**非常突然。这病本身是她常患的,胆热——因此和体质有关。简单说吧,第三天,一经把她说通,就请了位医生来看她,一个很体面的人,我的母亲一直非常信任他。他一说情况危险,第二天就又请来两位医生,几乎二十四小时不间断地照顾她。第五天她就去世了。她病情发展的那段时间,弗雷德里克和我(**我们**两个都在家)不停地看望她。

根据我们的亲眼所见，可以证明母亲得到了周围的人们充满深情的多方照料，或者说她的病情所需要的一切照顾。可怜的埃莉诺**的确**不在家，因为离家太远，她赶回家时只看见已经入殓的母亲。"

"可是你父亲，"凯瑟琳说，"**他**痛苦吗？"

"有一段时间他非常痛苦。你错误地认为他不喜欢她。我相信，他是尽自己的所能爱着她——你知道，我们的生性并非都一样温柔体贴——我不想假装说她活着时没有经常感到痛苦，不过虽然他的脾气惹她伤心，可他从未屈枉过她。他确实是真心待她，对她的死深感悲痛，即使不是永久的悲伤。"

"我很高兴是这样，"凯瑟琳说，"不然就太可怕了！"

"如果我的理解没有错，你臆测了一种我几乎无法言说的恐怖——亲爱的莫兰小姐，想想你满心的怀疑有多么可怕。你是凭什么做出的判断？想想我们生活的国度与时代。记住我们是英国人，是基督徒。动动自己的脑子，想想可不可能，看看你的周围是怎样的情况——难道我们的教育会使我们如此残暴吗？我们的法律能纵容这样的行为吗？在我们这个社会与文化交流如此发达的国度，每个人的身边都有自动监视他的人，加上公路与报纸将一切公布于众，犯下如此罪行可能不为人所知吗？亲爱的莫兰小姐，你这是动的什么念头啊？"

他们来到走廊的尽头。她含着羞愧的眼泪，跑回了自己的房间。

第十章

传奇的梦幻破灭了。凯瑟琳彻底清醒过来。亨利的话虽然简短，然而比起她前几次的挫折，却更能让她好好睁开眼睛，看看自己这段时间是怎样沉浸在荒诞的想象里。她羞愧得无地自容，哭得无比伤心。她不仅给自己丢脸——还在亨利面前丢脸。她的愚蠢现在看起来简直是犯罪，全都暴露在亨利的面前，他肯定会永远鄙视她了。她如此放肆地想象他父亲的罪行，他还能原谅她吗？她那荒唐的好奇与恐惧，还可能被忘记吗？她对自己恨得无话可说。就在这该死的早晨之前，他已经——或者在她看来，他已经有那么一两次向她表示了一些好感——可现在——简而言之，她尽量让自己痛苦了大约半个小时，在钟敲五点时下了楼。因为心碎欲裂，她在埃莉诺询问她是否还好时几乎连话都答不上来。可怕的亨利很快就跟着她进入了餐厅，他对她态度上的唯一变化，就是反而比平时对她更加关心。凯瑟琳从未像现在这样需要安慰，他看上去似乎明白这一点。

夜晚渐渐过去，亨利那抚慰人心的礼貌态度丝毫未减，凯瑟琳的情绪慢慢恢复了适度的平静。她还没学会遗忘或是为过去辩解，不过她学会了希望这件事别再继续，不要让她彻底失去亨利的好感。她还在思考着自己因为这无端的恐惧带来的所做所想，很快便明白一切都是她想入非非、主观臆断的幻觉。她一心想受到惊吓，所以每件小事都变得举足轻重。在她进入庄园前，她便渴望尝尝惊恐的滋味，因此每件事情在她的心中只有一个目的。她想起自己是带着怎样的心情准备了解北怒庄园的。她看出在离开巴斯之前很长一段时间，她的心里已经有了执念，埋下了祸根，追根溯源，看来一切似乎都是因为她沉迷的那种小说带来的影响。

虽然拉德克里夫夫人的所有作品都很精彩，甚至所有模仿她的作品都很引人入胜，然而也许不该在这些小说里寻找人性，至少不是英格兰中部这些郡的人性。阿尔卑斯山和比利牛斯山有松树林和里面发生的罪恶，这些小说也许算得上忠实的描述；意大利、瑞士和法国南部的恐怖事件或许和小说里的一样多。凯瑟琳的怀疑不敢超越她自己的国家，甚至要是被追问，会承认在北部和西部边境可能也是那样。不过在英格兰的中部，即使不受宠爱的妻子也会因为这片土地上的法律和这个时代的特征，定能享受一些生存的安全保障。谋杀不会被容忍，仆人不是奴隶，毒药或安眠药，比如大黄，不是从每个药铺都能买得到的。在阿尔卑斯山或比利牛斯山也许没有复杂的人性。在那儿，人们如果不像天使般纯洁，就会如魔鬼般罪恶。可在英格兰不是那样，她相信英国人的性格与习惯通常混杂着不同程度的善与恶。基于这个信念，即使亨利或埃莉诺今后会表现出一丝性格上的缺陷，她也不会感到惊讶。因此，她不必害怕承认他们父亲性格上的一些实实在在的缺点。虽然排除了那些让她羞愧终生的可怕怀疑，在认真思考后她还是相信，将军的性格并不十分和蔼可亲。

凯瑟琳想清楚这几个问题后便痛下决心，将来不论判断还是行事都要非常理智。接着她无事可做便原谅了自己，并感到比任何时候都要开心。时光的宽厚大手又不知不觉地为她提升了第二天的幸福。亨利丝毫没有提及发生的事，他那令人惊讶的慷慨高尚行为给了凯瑟琳极大的帮助。她刚开始觉得可能会难过，心情就变得完全愉悦起来，并随着亨利说的每一句话变得更加美好。当然，她相信还有些话题一定总能让他们颤抖——比如提到箱子或衣柜——她也不想看见任何形状的漆器：不过连**她**也能承认，偶尔想想过去的傻事，不管有多痛苦，倒不见得毫无用处。

对日常生活的焦虑很快便取代了对传奇的恐惧。她一天比一天更加急切地想要收到伊萨贝拉的来信。她迫不及待地想要知道在巴斯的生活状况，舞厅里怎么样，特别是她离开时叮嘱伊萨贝拉去配的细网棉已经买到，还有她和詹姆士依然相亲相爱。她只能指望从伊萨贝拉那儿得到任何消息。詹姆士已经明确表示不回到牛津绝不给她写信，艾伦太太在回到富勒顿前也不可能写信给她——然而伊萨贝拉可是一再承诺的；当她承诺了一件事，一定会不折不扣地完成！这就显得特别奇怪！

接连九个早晨，凯瑟琳不明白为何总是失望，于是一天比一天更加失望。不过，到了第十天，她刚进早餐厅，第一眼就看见一封信，亨利正愉快地伸手递给她。她真心诚意地感谢他，仿佛信是他写的一样。"不过，这只是詹姆士写的信。"她看着地址说。她打开信，是从牛津寄来的，信中写道——

亲爱的凯瑟琳，

虽然天知道我有多么不想写信，但我还是觉得有责任告诉你,我和索普小姐之间的一切都结束了——我昨天离开了她和巴斯,再也不想见到此人此地。我不愿详述,这些只会让你更加痛苦。很快你会收到对方的详细解释,明白是谁的过错。我希望你能看出你的哥哥除了愚蠢地轻易认为他的一往情深得到了回报,没有别的错误。感谢上帝!我及时摆脱了欺骗!不过这真是个沉重的打击!——在我的父亲如此仁慈地同意了我们的婚事后——然而不用再提了。她将使我终身痛苦!快给我回信吧,亲爱的凯瑟琳。你是我唯一的朋友,我真心依赖**你的**爱。我希望你在蒂尔尼上尉宣布订婚前结束对北怒庄园的拜访,否则你会陷入尴尬的境地——可怜的索普在镇上:我害怕见到他,这个老实人一定很难过。我已经给他和我父亲写了信。她的口是心非最让我心痛。直到最后,当我和她理论时,她还是宣称她依然那么爱我,并嘲笑我的恐惧。想到自己竟然忍了那么久,我真觉得羞愧,不过要是谁能有理由相信自己被爱过,我就是那个人。直到现在我也不明白她想做什么,因为没必要通过耍弄我来得到蒂尔尼。我们最终分手时达成一致——假如不曾相遇,会是我的幸福!我再也不想遇见这样的女人!亲爱的凯瑟琳,别轻易动真情。

相信我……

凯瑟琳没读两行就忽然变了脸色,发出一声声悲哀的短叹,表明她得到了不好的消息。亨利在她读信时一直热切地注视着她,明显看出信的结尾不比开头好。不过他父亲的到来让他甚至不能表现出惊讶。他们立刻开始吃早餐,可是凯瑟琳几乎什么也吃不下。她的眼里充满泪水,坐在那儿眼泪甚至流到了脸颊上。

那封信一会儿在她手中，一会儿在她腿上，一会儿又放在口袋里，看上去好像她不知道自己在做什么。将军喝着可可看着报纸，幸好没工夫注意她，而另外两位都把她的痛苦看在眼里。一到她敢离开的时候，她便匆忙跑回自己的房间。可是女仆还在里面忙活，她只好又回到楼下。她想去客厅清净一下，没想到亨利和埃莉诺也在那儿，正专心地谈论着她。她道个歉想要离开，却被二人温柔又坚定地留了下来。在埃莉诺深情地表示希望能给她一些安慰后，两人都退了出去。

经过半小时的尽情悲伤与思考后，凯瑟琳感觉可以面对她的朋友们了。然而要不要告诉他们自己的苦恼，这又是另外一个问题。也许，如果他们仔细盘问，她会透露一点消息——只是稍作暗示——仅此而已。去揭露一个朋友，像伊萨贝拉那样曾经的朋友——而且他们自己的哥哥也深陷其中！——她相信她必须完全避开这个话题。亨利和埃莉诺两人单独在早餐厅，在她进去时都焦急地看着她。凯瑟琳在餐桌旁坐下，短暂的沉默后，埃莉诺说："但愿没有富勒顿的坏消息吧？莫兰先生和太太——你的兄弟姐妹们——我希望没有谁生病吧？"

"没有，谢谢，"（说话间叹了口气）"他们都很好。我的信是哥哥从牛津寄来的。"

几分钟无语，接着凯瑟琳眼泪汪汪地说："我想我以后再也不希望收到信了！"

"对不起，"亨利一边说，一边合上他刚刚打开的书，"要是我知道信中的内容不受欢迎，就会带着另一种心情把信给你了。"

"信里的坏消息比任何人能想象到的更加糟糕！——可怜的

詹姆士太不幸了！——你们很快就会知道为什么。"

"能拥有如此善良，如此深情的妹妹，"亨利亲切地说，"在遇到任何不幸时，都是他的安慰。"

"我有一个请求，"凯瑟琳很快又神情激动地说，"如果你们的哥哥要来，请告诉我，我好离开。"

"我们的哥哥？——弗雷德里克？"

"是的。如果不久后必须离开你们我会很难过，不过发生了一件事，让我无法和蒂尔尼上尉待在同一座房子里。"

埃莉诺停下手中的活，越来越惊讶地注视着她；然而亨利开始猜到了真相，说了些话，提到了索普小姐的名字。

"你太聪明了！"凯瑟琳叫道，"你猜到了，天啊！——可我们在巴斯谈到这个问题时，你几乎没想到会有这样的结果。伊萨贝拉——难怪我**现在**都没收到她的信——伊萨贝拉抛弃了我的哥哥，要和你们的哥哥结婚了！你们能相信有这样的朝三暮四、反复无常，和世上的各种坏事吗？"

"我希望，至少关于我哥哥，你的消息并不确切。我希望他和莫兰先生的失望没有任何实际关联。他不太可能和索普小姐结婚。我想你一定误解了。我为莫兰先生难过——为你所爱的任何人的痛苦感到难过，可我对弗里德里克要和伊萨贝拉结婚的惊讶，超过了对这个故事的其他所有部分。"

"但这可是千真万确，你们可以自己读一读詹姆士的信。等一下——有一部分——"她想起最后一句话，不禁羞红了脸。

"能否麻烦你把关于我哥哥的段落读给我们听？"

"不，你们自己读吧，"凯瑟琳嚷道，她又想了一下，明白了些,"我不知道自己在想什么,"(想到自己刚才红了脸,她又脸红了)——"詹姆士只想给我个忠告。"

亨利愉快地接过信,仔细读完后把信还给她说:"嗯,如果是这样,我只能说我很遗憾。弗雷德里克并非第一个择妻不慎,让家庭失望的男人。我不羡慕他的处境,无论作为情人还是作为儿子。"

蒂尔尼小姐在凯瑟琳的邀请下也读了那封信,在同样表达了担忧和惊讶后,开始询问起索普小姐的家庭关系和财产。

"她的母亲是个很好的女人。"这是凯瑟琳的回答。

"她的父亲是做什么的?"

"应该是个律师——他们住在普特尼。"

"他们家境富裕吗?"

"不,不太富裕。我想伊萨贝拉可能没有一点财产:但这对于你的家庭并不重要——你们的父亲那么开明!那天他告诉我他之所以在乎钱,只是因为这能让他提升孩子们的幸福。"兄妹二人面面相觑。"可是,"埃莉诺很快说道,"允许我的哥哥和这样的女孩结婚能提升他的幸福吗?——她一定是个没原则的人,否则不会这样利用你的哥哥——弗雷德里克竟然会迷恋她,真是太奇怪了!一个在他的眼前主动毁掉一个婚约,再和另一个男人订婚的女孩!亨利,这是不是太不可思议了?而且弗雷德里克一向那么心高气傲!他觉得哪个女人也配不上他的爱!"

"那是最糟糕的情况,对他最不利的猜测。想起他过去说的话,我觉得他没救了——另外,我完全相信索普小姐会谨慎行事,不会在另一个男人尚未到手时先和前面的那位分手。弗雷德里克彻底完了！他完蛋了——毫无理智。准备迎接你的嫂嫂吧，埃莉诺，这样的嫂子你一定会喜欢的！——她开朗、坦率、天真、无邪、感情简单又热烈，毫不矫揉造作，不懂得伪装。"

"这样的嫂嫂，亨利，我会喜欢的。"埃莉诺莞尔一笑。

"可是，"凯瑟琳说，"虽然她对我的家庭行为恶劣，也许对你的家庭会表现得更好。现在她已经得到自己真心喜爱的男人，就会忠贞不渝了。"

"我的确担心她会那样，"亨利答道，"恐怕她会非常忠贞，除非一位男爵出现在她面前，那可是弗雷德里克唯一的机会了——我得弄一些巴斯的报纸，看看最近来了些什么人。"

"那你认为这都是为了名利吗？——说实话，有些事情看起来的确很像是那样。我忘不了第一次得知我的父亲能给他们多少财产时，她好像很失望不能更多一些。我有生以来从未被任何人的品格如此欺骗过。"

"在你了解和研究过的形形色色的人物中。"

"我自己对她深感失望和失落；至于可怜的詹姆士，我想他可能再也无法恢复过来了。"

"此时你的哥哥当然非常值得同情，但我们一定不能因为担心他的痛苦，便忽略了你的痛苦。我想，你会觉得失去伊萨贝拉就像失去了半个自己：你觉得内心出现了一片无法填补的空白。与人交往正变得令人厌倦，至于你常爱分享的在巴斯的娱乐活动，只要想到没有了她，就会变得面目可憎。比如，你现在说什么也不愿再去参加舞会了。你感觉再也不能畅所欲言地与任何朋友分享心里话，不能依靠任何人，或者遇到困难时也不敢再相信谁的忠告了。你感觉到这一切了吗?"

"没有,"凯瑟琳想了想说,"我没有——我应该这样想吗?说实话,虽然我受了伤害,很难过,不过因为我不能再爱她,不能再收到她的信,或许永远也见不到她了,我倒并没有想象的那样特别痛苦。"

"你的感觉总是最合乎人性的——这种感觉应该被研究一下,以便能知道个究竟。"

不知怎的,凯瑟琳发觉这番谈话使她的心情大为舒畅。至于怎么会莫名其妙地被哄着说出引起这番谈话的那件事,她一点也不后悔。

第十一章

从此以后，三位年轻人经常一起谈论这个问题。凯瑟琳有些惊讶地发现，她的两位年轻朋友一致认为伊萨贝拉既没地位又没财产，这很可能严重妨碍她与他们哥哥结婚。他们相信仅凭这一点，即使不考虑对她性格的不满，将军也会反对这桩婚事，这让她有些紧张地想到了自己。她和伊萨贝拉一样微不足道，或许也同样身无分文。如果蒂尔尼家族的继承人还嫌自己不够有钱有势，那他的弟弟要得到怎样的条件才会满足呢？这样的想法让她非常痛苦，只能从相信将军对她的特别偏爱中得到化解，她觉得从将军的言谈举止来看，自己从一开始就有幸博得了他的欢心。她想起不止一次听到将军在金钱问题上最慷慨无私的看法，认为有可能他对这些问题的态度被他的孩子们误解了。

不过，兄妹俩深信他们的哥哥没有勇气亲自请求父亲的同意，便一再安慰凯瑟琳，说他有生以来最不可能在这个时候回到北怒庄园。凯瑟琳终于放了心，不再担心她得忽然离开。可是蒂尔尼不管在什么时候提出请求，也许并不会如实向他父亲说明伊萨贝拉的行为，凯瑟琳认为亨利必须尽快和父亲把事情说清楚，让将军有个冷静公正的看法，用更加正大光明的理由反对儿子的婚事，而不只是因为财产地位的差异。她向亨利如此建议，亨利却完全没她想象的那么热心。"不，"他说，"我父亲那儿用不着火上浇油，弗雷德里克的傻事不用别人先去说。他必须自己说出来。"

"可他只会说一半。"

"四分之一就够了。"

又过了一两天，蒂尔尼上尉那儿什么消息也没有。他的弟弟妹妹不知该怎么想。有时他们似乎觉得，他的沉默是众人猜测的婚约的自然结果，有时又觉得完全不是那么回事。这期间，将军虽然每天早晨都因为弗里德里克不写信而生气，倒也根本不担心他，最大的心愿就是让莫兰小姐住在北怒的日子过得开心一点。他常常表示自己的担忧，怕每天见的人做的事都千篇一律，会让她讨厌这儿。他希望弗雷泽家的小姐们也在乡下，时常提起想办个大型宴会，有一两次甚至开始计算附近有多少能跳舞的年轻人。然而这是一年中最萧瑟的季节，没有飞禽，没有走兽，而且弗雷泽家的小姐们也不在乡下。最后，有一天早晨将军告诉亨利，下次他去伍德斯顿时，他们哪天会出其不意地拜访他，和他一起吃顿羊肉。亨利深感荣幸，十分开心，凯瑟琳也对这个计划感到欣喜。"父亲，你看我何时能够期待你们的光临？——我星期一必须回伍德斯顿参加教区会议，大概等待上两三天。"

"好吧，好吧，我们就趁着那两天过去吧。时间不用说定。你根本不必为此特别准备。家里有什么就吃什么。我敢担保小姐们是不会挑剔单身汉的餐桌的。让我来看看：星期一你很忙，我们就不过来了，星期二我有事。上午我的检察员布罗克翰要带着报告来见我，接下来我又不好不去俱乐部。要是我这时候离开，以后就没脸见熟人了，因为大家知道我在乡下，不去的话他们会很见怪的。这是我的原则,莫兰小姐,绝对不要得罪邻居,如果花上一点点时间和精力就能避免的话。他们都是很体面的人。他们每年两次从北怒庄园得到半只鹿,我只要有空就会和他们一起吃饭。因此,星期二也不可能。不过星期三,我想亨利,你也许能等我们来。我们会早点到,有时间到处转转。我认为两个小时三刻钟能让我们到达伍德斯顿。我们十点上马车,因此星期三大约一点差一刻的时候,你也许就能等到我们了。"

对于凯瑟琳来说,即使办舞会也没有这趟小小的旅行受人欢迎,因为她特别想看看伍德斯顿。大约一个小时后,她的心还在欢呼雀跃,这时亨利穿着靴子和大衣来到她和埃莉诺坐的地方,说道:"年轻的小姐们,我是来为你们说教的。要知道我们在这个世界上所有的快乐总要付出代价,常常会吃很大的亏,用真实幸福的现钞换取未来可能无法兑现的支票。看看现在的我吧。因为我希望星期三在伍德斯顿见到你们,也许因为坏天气或其他二十种意想不到的原因你们就不能来了,但我必须因此而提前两天离开,现在就出发。"

"离开?"凯瑟琳拉长了脸说,"为什么?"

"为什么?——你怎么会问这个问题呢?——因为我必须抓紧时间把我的老管家吓个灵魂出窍——当然因为我要回去为你们准备午餐。"

"哦!没那么当真吧?"

"当真,而且我很难过——因为我宁愿待在这儿。"

"可将军不是说过了吗,你怎么还会这么想呢?他还特别希望你不要给自己添麻烦,因为吃**什么**都可以。"

亨利只是笑了笑。"我相信对于你妹妹和我来说这么做很没必要，这一点你肯定知道。将军特意叮嘱不用特别准备——而且他就算只说了一半的意思，既然他在家里总是吃得这么好，偶尔一天吃点平常饭菜也没什么大不了。"

"但愿我能像你这么想，对他对我都有好处。再见。明天是星期天，埃莉诺，我就不回来了。"

他走了。对于凯瑟琳来说，任何时候怀疑自己的判断都比怀疑亨利的判断简单得多，因此她很快承认他是对的，尽管他的离去让她很不愉快。不过她一直思考着将军那令人费解的行为。她已经通过自己的观察发现将军吃东西很挑剔，可他为何明明说得那么肯定，心里想的又是另一回事，这太令人费解了！这样的话，该如何理解别人呢？除了亨利，还有谁能明白他父亲的意思呢？

不过，从星期六到星期三亨利都不在他们身边了。凯瑟琳每次想来想去都会归结到这几点——亨利不在的时候蒂尔尼上尉的信一定会到来；她肯定星期三会下雨。过去、现在和将来都是一片愁云惨雾。她的哥哥如此不幸，失去伊萨贝拉那么伤心，而且埃莉诺也总是因为亨利不在而情绪低落！还能有什么让她开心和感兴趣的事呢？她已经厌倦了树林和灌木丛——总是那么整洁那么干燥；庄园对她来说和其他任何房子都一样。这座房子助长并成全她干了不少傻事，这样的痛苦回忆是她想起这儿时产生的唯一情感。她想法的变化实在太大了！她，曾经多么想进入一座庄园啊！可是现在，在她的脑海里没什么能比一座简朴舒适、利于交往的牧师住宅更令人着迷了，就像富勒顿，不过好一些：富勒顿有缺点,不过伍德斯顿可能没有——但愿星期三快点到来!

它到来了,正如合理期待的那样。它来了——天气晴朗——凯瑟琳乐得飘飘然了。到了十点钟,一辆四轮大马车载着三人离开了庄园。经过一段将近二十英里的愉快旅途,他们进入了伍德斯顿,一个面积很大,人口众多的村庄,环境也不错。凯瑟琳不好意思说出她觉得这儿有多漂亮,因为将军似乎觉得有必要为乡下太单调和村子太小而道歉。但她心里觉得这比她去过的任何地方都要好,满心赞叹地看着比寻常村舍更好的每一座整洁房屋,还有他们路过的每一个杂货铺。在村子的尽头,和其他房子稍微有些距离,就是牧师住宅,一座新建且结实的石头房子,有着半圆形的通路①和绿色的门。他们的车到达门前时,亨利带着他独居时的朋友们,一条大一些的纽芬兰小狗和两三只小猎犬,已经准备迎接和款待他们了。

凯瑟琳进入房子后百感交集,不知该看什么,也几乎说不出话来。当将军问起她的想法时,她甚至不知道自己正坐在里面的这个房间是什么样子。她四下看了看,立刻发觉这是世界上最舒适的房间。不过她小心地没有说出来,冷淡的赞扬让将军很是失望。

"我们不认为这是座好房子,"将军说,"我们没有把它同富勒顿和北怒比较——我们只当它是个牧师住宅,又小又不宽敞,我们承认;但还算体面,居住也算舒适。总而言之不比一般的房子差——或者,换句话说,我相信英格兰没几座乡村牧师住宅能

---

① 通往门前的一段路,可供马车行走与停靠。

有这一半好。不过，也可以做些改进。我没有不改进的意思，只要合理就行——也许，加个凸肚窗——不过，只是我们自己说说，要说我最讨厌的东西，就是补上去的凸肚窗。"

这番话凯瑟琳没听进多少，所以既没听明白也没感到不快。将军又刻意谈了些其他话题，得到了亨利的附和。与此同时仆人端来一整盘点心，将军很快恢复了他自鸣得意的样子，凯瑟琳也有了平常的轻松心情。

说起的这间屋子宽敞又匀称，很漂亮地布置成了餐厅。他们离开屋子四处转转时，她先被领进一个较小的房间，正是房子主人自己的房间，这次收拾得特别整洁。接下来进入客厅，虽然还没装饰，但凯瑟琳对这儿的喜爱程度连将军都感到满意。这间屋子形状优美，窗户一直落到地上，景色赏心悦目，虽然只朝着一片绿草地。此时她直言不讳地表达了她内心的喜爱之情。"哦！你为何不装饰这间屋子呢，蒂尔尼先生？不把它装饰一下太可惜了！这是我所见过最漂亮的屋子——这是世界上最漂亮的屋子！"

"我相信，"将军无比满意地笑着说，"这儿很快会被装饰起来：只在等待某位小姐的品味。"

"那么，如果这是我的房子，我就哪儿也不去。哦！树林里的那间小屋多么温馨——还是苹果树呢！这是最漂亮的小屋了！"

"你喜欢它——你觉得它不错——这就够了。亨利，记得和鲁滨逊说一声，小屋留下。"

这番恭维让凯瑟琳清醒过来，让她立刻一言不发。虽然将军特意询问她喜欢的墙纸和帷幔的颜色，却无法从她那儿得到任何意见。不过新鲜景物和新鲜空气倒是很有助于驱散这些令人尴尬的联想。他们到了房子周围的装饰区域，包括一条环绕着两边草地的小路，亨利大约半年前在这儿开始了他天才的修整。凯瑟琳已经恢复了平静，觉得这比她以前见过的任何休闲去处更加漂亮，虽然里面还没有一棵灌木能比角落里的绿凳子高。

  他们在别的草地上散了散步，穿过村子的一片地方，看看马厩有没有什么改进，还和一窝刚刚能打滚的小狗开心地玩了一会儿，这就到了四点钟，凯瑟琳还以为没到三点呢。四点钟该吃饭了，六点出发踏上回程。从来没有哪一天能过得这么快！

  凯瑟琳发现丰盛的晚餐似乎一点也没让将军惊讶；不，他甚至还在边桌上寻找冷肉，结果没有。将军儿子和女儿的观察与她不同。他们从未见过他不在自己的餐桌上也能吃得这么痛快，从不知道他能如此不介意黄油的融化。

  六点时将军喝完咖啡，马车又来接他们了。将军在整个来访过程中的表现十分令人愉快，凯瑟琳心里也很清楚他的期待。要是凯瑟琳对他儿子的想法有着同样的信心，那么她离开伍德斯顿时就不用担忧自己会怎样或是何时回到这儿了。

第十二章

第二天早晨,伊萨贝拉出乎意料地来信了:

巴斯,4月

我最亲爱的凯瑟琳,

收到你的两封来信我非常高兴,对于没能早点回信我感到一千个抱歉。我为自己的懒惰感到特别羞愧,不过在这么讨厌的地方,总是找不到时间做任何事。自从你离开巴斯后,我几乎每天都提笔准备给你写信,可总是因为这样或那样的无聊琐事而写不成。请你赶紧给我写信吧,寄到我自己的家里。谢天谢地!我们明天就要离开这个可恶的地方了。你走后,我从来没有高兴过——到处都是尘土,在乎的人都不在身边。我相信要是能见到你,别的我都不会在意,因为谁也想不到你对我有多么宝贵。我很担心你亲爱的哥哥,他去牛津后我就再也没收到他的来信,我担心有些误会。你的好心帮助就能解决这个问题——他是我唯一爱过并且爱上的男人,我相信你能让他明白这一点。春季新装已经部分上市,帽子难看得你无法想象。我希望你过得开心,不过恐怕你从来不会想念我。我不想说和你一起的那家人的坏话,因为我不愿显得小气,或让你讨厌你看重的人。可你很难知道能够信任谁,年轻人永远弄不清两天后的心思。我能高兴地说,在所有的人中，我最最讨厌的那个年轻人已经离开了巴斯。从这个描述中你会知道我一定指蒂尔尼上尉，你也许还记得在你走之前，他特别喜欢跟随我，挑逗我。后来他越来越不像话，简直成了我的影子。很多女孩可能会上当，因为从来没有谁会这样献殷勤，但我太了解他们男人了。两天前他回到了部队，我相信我永远不会再被他折磨。他是我所见过最浪荡的花花公子，令人讨厌透顶。最后两天他总是跟在夏洛特·戴维斯的身边：我可怜他的品味，但根本不在乎他。我们最后一次见面是在巴斯街，我立刻转进一家商店，免得他和我说话——我甚至不愿看他。后来他进了矿泉厅，可我无论如何也不愿跟着他进去了。他和你的哥哥真是天壤之别！——请写信告诉我你哥哥的消息——我很为他难过，他离开时看上去很不舒服，可能感冒了，或有事影响了心情。我本想自己给他写信，却不小心弄丢了他的地址。而且，正如我前面所说，我担心他误解了我的行为。请为他把一切都解释清楚，要是他还有疑惑，让他给我写信，或者下次进城时来趟普特尼，也许就能消除误会。我很久都没去过舞厅，也没去看戏，只是昨晚和霍奇思一家看了一场半价的闹剧：是他们硬要我去的，我打定主意不让他们说蒂尔尼一走我就把自己关在了屋里。我们刚好和米切尔一家坐在一起，他们假装看到我出来很惊讶。我知道他们没怀好意——他们以前对我那么不客气，现在居然友好极了，我可不是会被他们骗倒的傻瓜。你知道我很聪明。安·米切尔戴了一块和我一样的头巾（我上个星期看戏时戴过），结果难看得要命——我相信这头巾刚好适合我古怪的脸，至少当时蒂尔尼是这样对我说的，还说每双眼睛都在看着我，但我永远不会再相信他的话。现在我只穿紫色:我知道我穿紫色很丑,可是不要紧——这是你亲爱的哥哥最喜欢的颜色。我最亲爱、最甜心的凯瑟琳,马上给他也给我写信吧。

你永远的……

如此拙劣的把戏甚至对凯瑟琳都不起作用了。从一开始她就觉得这封信漏洞百出、前后矛盾、谎话连篇。她为伊萨贝拉感到羞耻,为曾经爱过她而羞耻。她亲热的表白令人厌恶,她的托词空洞,要求无礼。"帮她给詹姆士写信?——不,詹姆士根本不想再听她提起伊萨贝拉的名字了。"

亨利刚从伍德斯顿回来,凯瑟琳就告诉他和埃莉诺他们的哥哥安全了。她真心诚意地祝贺他们,又气愤不已地高声念出信中最主要的几段内容。读完后——"算了吧,伊萨贝拉,"她叫道,"我们的友情到此结束!她一定觉得我是个傻瓜,否则不会这样给我写信。可也许这封信帮我更好地看清了她的为人,而她并不真正了解我。我知道她在做些什么。她是个虚荣轻佻的女人,但她的把戏没有得逞。我想她从未真正在乎过詹姆士和我,我真希望我不认识她。"

"很快你就会像没认识过她一样。"亨利说。

"只有一件事我还不明白。我看得出伊萨贝拉想诱惑蒂尔尼上尉,但没成功;可我不明白蒂尔尼上尉这段时间是怎么回事。他为何向她大献殷勤,导致她和我哥哥吵架,自己又说走就走了呢?"

"对于弗雷德里克的动机我只能说一点点,比如我之前的看法。他和索普小姐一样虚荣，主要的区别是他的头脑更清楚，还没因为虚荣伤到他自己。要是他行为的**结果**并不让你认同他，我们最好别再追根究底。"

"所以你觉得他从来没有在乎过她？"

"我相信他从没有过。"

"他假装这样只是为了恶作剧？"

亨利鞠了一躬表示同意。

"那么，我必须告诉你我一点也不喜欢他。虽然结果对我们很好，我还是一点都不喜欢他。幸好没有什么大的伤害，因为我想伊萨贝拉不会倾心相爱。不过，要是他让她深深爱上了他呢？"

"但我们得首先假设伊萨贝拉能够倾心相爱——那她就是个截然不同的人了，那样的话，她就能得到完全不同的对待。"

"你当然会站在你的哥哥那一边。"

"如果你愿意站在**你的**哥哥那一边，就不会为索普小姐的失望感到太难过。可你的思想已经被正直的天性扭曲了，所以不会冷静地想到偏袒家人，或是计划个复仇。"

此番恭维让凯瑟琳不再痛苦。弗雷德里克并非罪大恶极、不可饶恕，而亨利又是如此和蔼可亲。她下定决心不给伊萨贝拉回信，也试着不再想这件事。

第十三章

很快，将军有事必须去伦敦一个星期。离开北怒前他满心遗憾，甚至不想离开莫兰小姐一个小时，并极力叮嘱孩子们，他不在的日子要把莫兰小姐的舒适快乐当成头等大事。他的离开让凯瑟琳第一次体会到失去有时也是获得。现在他们的日子过得特别开心，想做什么就做什么，想笑就开怀大笑，每顿饭都吃得轻松愉快，随时随地能去散步，他们的时间、快乐和疲劳统统由自己掌握，这让她彻底意识到将军在家时带给他们的束缚，并满心感激地享受着此时的解脱。如此轻松愉快的生活让她一天比一天更爱这个地方和身边的人。要不是害怕很快要离开那个人，担心得不到对方同样的爱，她每天的每时每刻都会无比幸福。这已经是她来拜访的第四个星期，将军回来前就会满四个星期，也许她住得再久就会显得打扰了。每次想到这点她都很痛苦，她想摆脱这沉重的心理负担，很快下定决心立刻和埃莉诺谈一谈，先说要走，再根据她的反应决定下一步。

她知道要是给自己太多的时间，她会很难说起这么不愉快的事，于是她抓住第一次忽然和埃莉诺单独待在一起的机会，在埃莉诺说着其他事情时，提出她很快就该离开了。埃莉诺脸上嘴里满是惊讶。她"期待能和她在一起待得更久——还误以为（也许因为自己的心愿）她已答应再多住很久——只希望要是莫兰先生和太太知道她在这儿很开心,会慷慨地同意不催她回去。"凯瑟琳解释说,"哦,**那个**呀?爸爸妈妈一点也不着急。只要她开心,他们总会满意。"

"那么,她能否问一问,她自己为何急着离开?"

"哦!因为她在这儿住得太久了。"

"唉,要是你这么说,我就不能劝你了。你要是觉得太久——"

"哦!不,我可没这么想。要是为我自己高兴,我能和你再住这么长时间。"——于是她们立即决定,在下一个这长时间以前,她离开的事想都不用想。愉快地消除了第一个不安的原因后,另一个原因也同样减弱了。埃莉诺那么热情友好地请求她留下,亨利得知她决定留下后的满意表情,都甜蜜地证明了她对他们的重要性,让她只剩下一点点担忧。人要是什么担忧都没有,也会不舒服的。她相信——几乎一直相信——亨利爱着她,也始终相信他的父亲和妹妹都爱她,甚至希望她属于他们。有了这样的信心,她的担忧和焦虑不过是无事生忧而已。

亨利不能遵从父亲的要求,在他去伦敦期间一直留在北怒庄园照顾小姐们。伍德斯顿的副牧师有事,他不得不在星期六离开她们两天。"现在缺了他"和"将军在家时缺了他"并不一样,让她们少了些兴奋,可依然安心舒适。两个女孩喜好相同,越来越亲密,即使两个人在一起也非常充实。所以在亨利走的那天,已经到了十一点,比庄园的常规时间晚了一个小时,她俩才离开了晚餐厅。她们刚走到楼梯上面,似乎隔着厚厚的围墙听见一辆马车来到门前,下一刻响亮的门铃声证实了她们的猜测。埃莉诺惶恐不安地叫了声"天啊！到底怎么回事？"，随后她马上想到是她的大哥，他总是忽然回来，虽然不大可能在这样的时候，于是她匆忙下楼去迎接他。

凯瑟琳朝她的房间走去，努力下决心多了解蒂尔尼上尉。她不喜欢蒂尔尼上尉的所作所为，又觉得他那样的时髦绅士可能会瞧不起自己，不过至少他们不用在那种真正令人尴尬的情形下见面了。她相信他绝对不会说起索普小姐，的确，他肯定对自己过去的行为感到羞愧，不会有这样的危险。只要避开所有关于巴斯的话题，她觉得自己还是能够很有礼貌地对待他。时间在思考中过去了，埃莉诺竟然那么高兴见到他，和他有那么多话要说，真是对他太好了。他已经到了快半个小时，埃莉诺还是没有上来。

正在那时凯瑟琳好像听见她在走廊上的脚步声，她等着，可又没了声音。她刚以为是自己的错觉，忽然什么东西靠近房门的声音吓了她一跳，好像有人正在碰她的房门——随后门锁的轻微动静说明一定有只手在上面。想到有人正如此小心翼翼地靠近她，让她有些颤抖，但她决心不再被一些风吹草动吓坏，或被唤起的想象力误导，于是她轻轻地走上前，打开了门①。埃莉诺，只是埃莉诺，站在那儿。不过凯瑟琳的心情稍稍平静之后，就发现埃莉诺脸色苍白，激动不安。她显然想进来，却似乎很费力地走进房间，进屋后更是说不出话来。凯瑟琳以为是蒂尔尼上尉让她不安，只能默默表示关心。她逼着她坐下，用薰衣草香水擦她的太阳穴，满心关切地站在她的面前。"我亲爱的凯瑟琳——你

---

① 走廊上的脚步声与开门是哥特小说中的经典场景。

不该——你真的不该——"埃莉诺好不容易接连说出几个字，"我很好。你的体贴让我心烦意乱——我受不了了——我竟然为了那样的事情来找你！"

"事情？——找我？"

"我该怎么告诉你呢？——哦！我该如何告诉你？"

忽然有个念头闪入凯瑟琳的脑海，她变得和她的朋友一样苍白，叫道："是伍德斯顿来的消息！"

"你错了，真的，"埃莉诺满心怜悯地看着她说，"根本不是伍德斯顿的人。是我父亲本人。"她的声音在颤抖，在提起他的名字时垂下了双眼。将军的突然返回已经足以使凯瑟琳心里一沉，有一会儿她几乎想不到还能有什么更坏的消息。她没有说话，埃莉诺努力使自己镇定下来，声音变得坚定，她依然目光低垂，很快又说："我相信你那么善良，不会因为我必须做的事把我当成坏人。我真是个最不情愿的信使。我们一起度过的日子，我们不久前的约定——我对此多么开心，多么感激啊！——我希望你能再住很多很多星期，我该如何告诉你，你的好意却不能被接受呢——你的陪伴给我们带来了多少欢乐，却只能得到——可我真的说不出口。我亲爱的凯瑟琳，我们要分开了。我的父亲想起一个约定，我们全家人星期一就走。我们要去赫里福德附近的朗敦勋爵家住两个星期。既没有解释也没有道歉。我也不能这么做。"

"我亲爱的埃莉诺，"凯瑟琳竭力克制着自己的感情，叫道，"别这么难过。第二个约定必须给前一个让步。我非常难过我们就要分开了——这么快，又这么突然，可我不生气，我真的没有生气。你知道我随时可以结束在这儿的做客,我也希望你能来我家。你拜访完这位勋爵后,可以来富勒顿吗?"

"我做不到,凯瑟琳。"

"等你能来的时候,再来吧。"

埃莉诺没有回答。凯瑟琳想到一件自己更加在意的事,她自言自语道,"星期一——星期一很快就来了——你们**都**要走。那么,我肯定——不过,我可以走。你知道,我只用在你们出发之前走。别难过,埃莉诺,我完全可以星期一走。我的父亲母亲事先不知道也没关系。我肯定将军会派个仆人①送我到半路——然后我会很快到达索尔兹伯里,那样离家只有九英里了。"

"啊,凯瑟琳!要是那样决定,多少能够容易接受些,虽然即使如此你也只是得到了一半应有的照料。可是——我该怎么告诉你呢?——已经决定让你明天早晨离开我们,连几点走也不给你选择。马车已经派好,七点过来,也不派仆人送你。"

凯瑟琳坐了下来,她无法呼吸,也说不出话来。"我听到时几乎不敢相信自己的耳朵——不管你现在多么悲伤多么愤怒,都不会比我自己更加——可我不该说起我的感受。哦!要是我能找个什么借口就好了!天啊!你的父亲母亲会说什么!先把你从真正的朋友那儿哄过来——几乎离家两倍的路,再把你赶出去,连人情礼貌都不顾!亲爱的,亲爱的凯瑟琳,因为由我来传达这个消息,我都为如此的冒犯深感羞愧。不过,我相信你会原谅我,因为你在这座房子里住了这么久,应该看得出我只是个名义上的

---

① 年轻的女孩通常不能独自上路,不仅不得体,也容易遇到危险。因此将军的行为非常无礼。

女主人，根本没有真正的权力。"

"我冒犯了将军吗？"凯瑟琳声音颤抖着说。

"唉！我作为一个女儿，以我知道的一切，我只能说，你不可能做出让他如此愤怒的事情。他的确非常非常不安，我几乎没见过他比现在更烦躁。他的脾气本来就不好，现在不知什么事把他气恼到这般地步：有些失望，有些恼怒，看似很重要的事。但我很难想象会和你有什么关系，这怎么可能呢？"

凯瑟琳此时说话难免痛苦，只是为了埃莉诺才勉强开口。"我想，"她说，"要是我冒犯了他我很抱歉。那是我最不愿做的事。别难过，埃莉诺，约定必须要遵守。我只遗憾没能早点想起来，那样我也许还能给家里写封信。但这完全不重要。"

"我希望，我真心希望这丝毫不会影响你的安全。可是对于其他方面：舒适、面子、礼节，对你的家人，对所有的人，都很重要。要是你的朋友艾伦一家还在巴斯，你还能比较容易地去找他们，几个小时就能到。可是七十英里的旅途，让你乘驿车，以你的年龄，独自一人，没人照料！"

"哦，旅途算不了什么。不用想那个。我们真要分手，早几个小时晚几个小时都一样。我七点前能准备好。请及时叫我。"埃莉诺看得出她想独自待着，也相信此时她们最好别再说下去，于是说了声"明天早晨见"就走了。

凯瑟琳满心的委屈需要发泄。在埃莉诺面前，友情和骄傲都遏制了她的泪水，可她一离开，凯瑟琳的眼泪就喷涌而出。被从房子里赶出去，以这种方式！——没有任何正当理由，没用任何道歉来弥补这种唐突，如此粗鲁，不，这样无礼。亨利还在远方——甚至不能和他告别。他给予的一切希望、一切期待都至少暂停了下来，谁知道会有多久呢？——谁能说他们何时才会再相见？——可这一切都是蒂尔尼将军的所为，他那么礼貌，那么有教养，还一直那么偏爱她！真让人屈辱又伤心，根本无法理解。究竟为了什么，最终将会怎样，这令她既困惑又担心。这件事做得极其无礼。完全不顾她的方便就将她赶走，甚至表面上让她选择什么时候走或怎么走都不让。在两天中定下最早的一天，几乎在最早的时候，将军好像下定决心在他早晨醒来前就让她走，这样就不用再见到她。若不是故意的冒犯还会有什么意思？她一定在无意中不幸冒犯了将军。埃莉诺希望她不要有这么痛苦的想法，可凯瑟琳不知道究竟是怎样的伤害或不幸，才能让将军如此恶意地对待与之无关，或自认为不与之相关的人。

这一夜真难熬。睡眠，或是称得上睡眠的休息，都根本不可能了。就是那间屋子，她刚来时因为胡思乱想而受尽折磨，如今再次让她忐忑不安辗转反侧。可她现在的不安和当时是多么不同啊——不论在现实还是本质上都比上次伤心得多！她的不安有事实依据，她恐惧的事情也很有可能发生。她满心想着真实又自然的邪恶，对她孤独的处境、黑暗的房间和古老的建筑完全无动于衷。虽然风很大，给整栋房子刮来或奇怪或突然的声音，她却一个小时一个小时清醒地听着，没有一点好奇，也丝毫不感到恐惧。

刚过六点埃莉诺就进了房间，急切地表示关心，想帮上一点忙，却没什么可做。凯瑟琳没有闲着，她已经快穿好衣服，行李也准备得差不多了。将军女儿的出现让凯瑟琳想到将军会不会派她来和解。盛怒之后往往是后悔，还有比这更自然而然的吗？她只想知道经过了这一切，她需要多久才能得体地接受道歉。然而这个知识没有作用，派不上用场，宽容和尊严都没得到考验——埃莉诺没有带来任何消息。两人见面后没说什么，都觉得沉默最安全，在楼上时只说了几句琐碎的话。凯瑟琳激动不安地穿着衣服，埃莉诺经验不足却好心好意地装着箱子。一切收拾好后她们离开房间，凯瑟琳只在她朋友的身后逗留了半分钟，最后看了一眼她熟悉并喜爱的每一件物品，便下楼来到早餐厅，早餐已经准备好了。她想吃点东西，免得痛苦地被人催着吃，也能让她的朋友心里好受些，可她毫无食欲，总共也没咽下几口。这顿早餐与上一顿的对比为她增添了新的痛苦，让她对眼前的一切更加厌恶。离他们上次一起在这儿还不到二十四小时，然而情形却是天壤之别！当时她环顾四周，多么轻松愉快，心里多么幸福安全啊，虽然是靠不住的安全。她享受着眼前的一切，对未来无忧无虑，只担心着亨利要去伍德斯顿一天！多么快乐美好的早餐！因为当时亨利也在，亨利坐在她身边，还帮她拿点心。她久久地沉浸在回忆中，她的同伴没说一句话打扰她，也和她一样陷入了沉思。马车的到来最先惊醒了她们，让她们回到了现在。凯瑟琳见到马车便涨红了脸，她受到的侮辱此时沉重地敲打着她的心，让她一时只感到愤恨。埃莉诺似乎不得不下定决心和她说话了。

"你**必须**给我写信，凯瑟琳，"她叫道，"你**必须**让我尽快收到你的信。没有你平安到家的消息，我一刻也无法安心。无论如何，不管怎样，我必须请求你给我写**一封**信。让我放心得知你平安回到富勒顿而且家人都好，以后如果没有合适的理由，我不会期待更多。把信寄到朗敦勋爵家,务必假装寄给爱丽丝。"

"不,埃莉诺。要是不让你收到我的信,我最好不要写。毫无疑问,我会平安到家的。"

埃莉诺只是答道:"我完全理解你的心情。我不强求你。在我远离你后,我会相信你那颗善良的心。"不过这些话,以及与之相随的悲伤表情足以瞬间融化凯瑟琳的骄傲,她马上说:"哦,埃莉诺,我一定**会**给你写信的。"

蒂尔尼小姐还急着解决另一个问题,虽然说起来有些尴尬。她想到凯瑟琳已经离家太久,剩下的钱也许不够支付旅途的费用。她满心温柔地提出帮凯瑟琳支付旅费,结果和她想的一模一样。直到那时凯瑟琳才想起这个问题,在检查钱包后才知道,要不是因为她朋友的好心,她可能会在被赶出房子后连回家的钱都没有。两人满心想着果真如此会带来怎样的悲惨遭遇,她们在一起的最后一段时间几乎谁都没说话。不过,那段时间很短。很快马车已经准备好,凯瑟琳立即起身,一个长长的深情拥抱代替了她们分手时的告别话语。进入大厅后,凯瑟琳无法不在离开前提起两人至今都没有说到的一个名字,她颤抖着双唇,留下一句几乎让人听不清的"给她不在的朋友亲切的问候",可即使这样提起他的名字还是让她再也无法控制情绪。她赶紧用手帕捂住脸,冲出大厅,跳进马车,车子很快载着被撵走的她出了大门[①]。

[①] 原文为"and in a moment was driven from the door"。"was driven"有"被马车拉走"和"被赶走"双重含义。

第十四章

凯瑟琳难过得顾不上害怕了。旅途本身对她没什么可怕的，她启程时既没担心路远也没感到孤独。她倚在马车的一角泪如雨下，直到车子驶离庄园的围墙好几英里后才抬起头，等到庄园的最高点几乎从她的视线消失后，她才能转眼望着那儿。不幸的是，她现在行驶的这段路正是十天前她兴高采烈地往返伍德斯顿时走的同一条路。当时她怀着迥然不同的心情欣赏着这十四英里的沿途景物，如今再看，心中更觉伤感。带她靠近伍德斯顿的每一英里都使她更加痛苦。离那儿还有五英里时马车转向另一条路，她想到亨利就在附近却毫不知情，真是焦灼不安，伤心不已。

她在伍德斯顿度过的一天是她有生以来最幸福的一天。就在那儿，就在那一天，将军用那样的话语说起亨利和她自己，那语气和神情让她十分确信将军真的想要他俩结成姻缘。是的，仅仅十天前他显而易见的好感令她欢欣鼓舞——他还用太过意味深长的暗示弄得她心慌意乱！而现在——她到底做了什么，或是没做什么，才该承受这样的变化呢？

她能够想到的自己对将军的唯一冒犯，几乎不可能传入他的耳中。只有亨利和她自己知道她闲来无事时对将军的可怕猜疑，她相信他俩都会保守秘密。至少，亨利不会故意背叛她。不过，要是他的父亲果真因为倒霉的机缘巧合，得知了她那无稽的幻想和有伤体面的调查，将军怎么愤怒她都不会惊讶。要是知道她曾经将他视为杀人犯，将军就算把她赶出家门也不足为奇。但她相信，这样一个对她自己充满折磨的理由，他是不会知道的。

虽然她急于猜想这件事，但她想的最多的不是这个。还有一个和她更有关联的想法，一个更重要、更强烈的念头。明天亨利要回北怒庄园，得知她的离开后，他的想法、感受和表情会是怎样？她对这个问题的冲动和兴趣压倒了一切，无法停止思考，时而感到恼怒时而又觉得安慰。有时担心他只是平静地默许，有时又甜蜜地相信他会后悔和愤怒。当然，他不敢对将军说什么，可是对埃莉诺——关于她，他还有什么不能和埃莉诺说呢？

她就这样不断地怀疑着、询问着，每个问题都让她的思想得不到片刻休息。几个小时过去了，旅程比她预想的快得多。马车驶过伍德斯顿附近后，她满心的紧张焦虑使她无法注意眼前的任何事物，也省去了她对旅行进程的关注。虽然沿途什么也引不起她丝毫的注意，她却觉得旅途一点也不枯燥。之所以这样还有另外一个原因，因为她根本不盼望旅程结束。以这种方式回到富勒顿，一定会破坏她与最爱的人团聚的欢乐，即使她已离家很久——整整十一个星期。她该说什么才不会让自己丢脸，使家人伤心呢？她会不会说起此事更加悲伤，引起无益的愤怒，或是因为对坏人不加分别的怨恨而牵连无辜？她永远无法说清亨利和埃莉诺的好了。他们的好，让她的感受深得无以言表，要是因为他们的父亲而使他们不被喜欢或受到成见，那会让她心碎的。

怀着这些心情，她没有翘首企盼那个宣布她离家只有二十英里的有名尖塔，反而害怕见到它。她离开北怒庄园时得知自己要去索尔兹伯里，然而过了第一程后，多亏驿站的站长们告诉了她通往那儿要经过的一个个地名，否则她对这段旅途真是一无所知。不过，她没遇到任何让她伤心或害怕的事。她年轻、懂礼貌、出手大方，为她赢得了像她这样的旅客一路需要的所有关照。车子只在换马时才停下，她连续乘坐十一个小时的马车，既没出事故也没受惊吓，在晚上六七点时进入了富勒顿。

女主角在结束使命前回到自己的村子，成功地挽回了声誉，带着伯爵夫人的尊严，后面跟着几辆满载着贵族亲友的马车，一辆旅行轻便马车上三位侍女坐在她的身后，这也许是写书人很喜欢详细描述的场景。这种写法给每个结局增添了光彩，作者也一定能够分享她的慷慨馈赠带来的荣耀——可是我的故事却大不相同。我让我的女主角孤独而耻辱地回到家中，也毫无兴致对此详细描述。乘坐驿马车的女主角必然情绪低落，让人不忍心描写她的高贵或凄楚。于是，她的驿车夫会在星期日的人群注视下迅速穿过村庄，她也得飞快地跳下马车。

然而，当凯瑟琳就这样朝着牧师住宅前进时，不管她的心里有多痛苦，不管她的作传人叙述起来有多惭愧，她却在给她即将见到的人准备着非同寻常的惊喜：首先，是看见她的马车——其次，是见到她本人。因为在富勒顿很少有旅行马车，全家人立刻被吸引到窗边。车子竟然在大门前停下，让每双眼睛闪闪发光，每个脑袋都充满了幻想——这样的快乐只有两个最小的孩子会去寻找，一个六岁的男孩和一个四岁的女孩，他们期待每辆马车里都坐着个哥哥或姐姐。第一眼认出凯瑟琳有多开心呀！——报告这一发现的声音是多么愉快！——至于这个幸福究竟是属于乔治还是哈里特的合法财产，那就永远都说不清楚了。

父亲、母亲、莎拉、乔治和哈里特全都聚集在家门口，亲切热烈地欢迎她，这样的场景唤醒了凯瑟琳心中最美好的情感。当她走下马车和家人一一拥抱时，她的心得到了难以想象的抚慰。被如此包围着、爱抚着，她甚至感到了幸福！在亲情的欢乐中，有一段时间，所有的感情都平复下来。家人欢天喜地地见到她，一开始顾不上平心静气地询问些什么。大家围着茶桌坐下，莫兰太太忙前忙后地为这个可怜的旅行者准备些茶水点心。还没等谁直接问她一些需要回答的问题，母亲便很快注意到女儿苍白的面孔和疲倦的神情。

凯瑟琳勉勉强强、吞吞吐吐地开口说话，半个小时后，她的听众们出于礼貌才将此称作解释。可他们在这段时间里根本没有找到她突然回家的原因，也说不出什么细节。这家人不会轻易发怒，即使受到冒犯，依然反应迟钝，更没有对此恨之入骨——可是现在，在听说了整个事件后，家人们还是认为这样的侮辱不能无视，在前半个小时都觉得不能轻易原谅他们。对于女儿经历的这场漫长而孤独的旅行，莫兰先生和太太没有因为胡思乱想而担惊受怕，但感到这一定让她很不愉快，他们自己可不想受这样的苦。蒂尔尼将军用这种方式对待她，实在太不光彩，也毫无心肠——不是绅士或当父母的人该有的做法。他为何这么做，究竟什么事惹得他如此怠慢客人，让他忽然一改对女儿的偏爱，变得充满恶意，这个问题他们至少和凯瑟琳一样莫名其妙。然而，这件事绝不会让他们长时间地心烦意乱，在一阵胡乱猜测后，"这真是件怪事,他肯定是个怪人"便足以结束所有的愤慨与困惑。只有莎拉还沉浸在这甜蜜的不可思议中,以年轻人的热情惊叫着、猜想着——"亲爱的,你这是自寻烦恼,"母亲最后说,"放心,这件事情不值得弄明白。"

"他想起了之前的约定让凯瑟琳离开,我能够理解,"莎拉说,"可他为何不做得客气些呢?"

"我为这些年轻人感到难过,"莫兰太太说,"他们一定很伤心。至于别的任何事,现在都无关紧要了。凯瑟琳已经平安到家,我们的舒适又不靠蒂尔尼将军。"凯瑟琳叹了口气。"嗯,"她豁达的母亲又说道,"我很高兴当时不知道你的行程,不过现在都结束了,也许没有造成大的伤害。年轻人自己出去锻炼锻炼总是好事。你知道,我亲爱的凯瑟琳,你一向是个糊里糊涂的小可怜虫,可是这一路上换了那么多回马车还有别的事情,一定让你长了心眼。希望你没在哪个口袋里落下什么东西。"

凯瑟琳也希望如此,并试着对自己的长进感些兴趣,可她已经筋疲力尽。很快,她只想安安静静地独自待着,便欣然接受了母亲让她早点睡觉的建议。她的父母以为她的憔悴不安只是遭受屈辱的自然结果,再加上长途旅行的异常劳累,和她告别时深信睡上一觉就好了。第二天早上见面时,她恢复得远不及他们的期待,但他们还是毫不怀疑会有什么更深的祸根。第一次出了远门回到家中的十七岁少女,父母二人竟然一次也没想到她会有什么心事,也是件怪事!

早餐刚吃完,凯瑟琳就坐下来履行她对蒂尔尼小姐的诺言。蒂尔尼小姐相信时间和距离对她朋友性情的影响,这个信念得以实现，因为凯瑟琳已经开始责备自己昨天和埃莉诺告别时过于冷淡，觉得自己从未好好珍惜她的美德与善良，从未认真想过昨天以后她独自承受的痛苦。然而这些强烈的情感远不能帮助她下笔成文，从来没有哪封信比给蒂尔尼小姐的这一封更加难写。这封信要恰当地表达自己的情感与处境，要表示感激而不觉谦卑，要谨慎却不应冷淡，要诚实又不能怨恨——这封信要让埃莉诺细读后不感到痛苦——最重要的是，万一亨利有机会读到这封信，她也不会觉得脸红，所有这些吓得凯瑟琳根本不敢动笔。经过长久的思考与困惑，她决定只有写得简短才能确保万无一失。于是她在信中附上埃莉诺给她的钱，又写了几句表示感谢的话和最诚挚的心送上的一千个祝福。

"这真是一段奇怪的相识，"莫兰太太看她写完信后说，"来得快也去得快——我很遗憾会是这样，因为艾伦太太还以为他们是很好的年轻人。你和你那个伊萨贝拉的事情也不走运。唉！可怜的詹姆士！算了，人总是吃一堑长一智。我希望你下次遇上的新朋友更值得结交。"

凯瑟琳红着脸激动地答道："没有任何朋友比埃莉诺更加值得结交。"

"如果是这样，好孩子，我敢说你们在将来的什么时候还会再见，别担心。很可能几年后你们又会相遇，那该有多高兴啊！"

莫兰太太很不高兴她的安慰没起到效果。几年后再见到他们，这让凯瑟琳想起了几年中可能发生的事，再次见面只会让她伤心。她永远忘不了亨利·蒂尔尼，永远都会像现在这样满怀柔情地思念着他，可是他会忘了她的。在那种情形下再见面！——

她想到这里，不禁眼里充满泪水。她的母亲见她的好言劝说没有用，又想到一个让她高兴的办法，说她们应该去拜访艾伦太太。

两座房子只隔了四分之一英里，走在路上，莫兰太太很快便说出她对詹姆士失恋的全部看法。"我们为他难过，"她说，"不过除此之外这门亲事不成也没什么不好的。一个与我们素不相识的姑娘，完全没有嫁妆，他和她订婚并不是件称心如意的事。她后来做出那样的事情，让我们对她完全没有好感。可怜的詹姆士只是现在有些难过，但不会太久。我敢说他第一次选择时犯了傻，以后都会更加谨慎的。"

对于这件事的总结凯瑟琳只能听到这里，再多说一句也许就会惹得她生气，让她说出不理智的话来。很快她就满心想着，自从她上次走在这条熟悉的路上到现在，她的感受和心情发生了多大的变化。仅仅过了三个月，当时她欣喜若狂满怀期待，一天得在这条路上来来回回跑十趟，心里轻松愉快，无拘无束。她期待着从未体会过的纯粹的欢乐，不担心邪恶，也不知什么是邪恶。三个月前她是那样，而现在的她变化实在太大了！

艾伦夫妇一直喜欢凯瑟琳，见她不请自来，自然满心欢喜地接待了她。听到凯瑟琳的遭遇，他们非常震惊，气愤不已——虽然莫兰太太的讲述并未添油加醋，或是故意惹他们激动。"凯瑟琳昨晚吓了我们一跳，"她说，"她独自一人大老远地乘着驿车回家，而且直到星期六晚上才得知要走。蒂尔尼将军不知是因为什么古怪念头忽然讨厌她待在那儿，几乎把她赶出了家门。真是太不客气了！他一定是个很古怪的人——不过我们真高兴她又回来了！我很欣慰她不是个无助的可怜虫，而是很能照顾自己。"

艾伦先生得体地表达了一个理智的朋友合理的愤怒，艾伦太太认为他说得很好，立刻拿来给自己用。他的惊讶、猜测和解释都依次变成了她的，只加上了这样一句评论——"我真受不了这个将军"——来填补每次的意外停顿。艾伦先生离开房间后，"我真受不了这个将军"又被说了两次，依然说得气愤不已，专心致志。重复第三遍时明显看出她有些分心，说完第四遍后，她很快又说道："亲爱的，你想想，我在离开巴斯前，竟然把我最喜欢的梅赫伦花边上那道吓人的大口子补好了，还几乎看不出来。哪天我一定要给你看看。凯瑟琳，不管怎样巴斯是个好地方。告诉你我真不想回来。索普太太在那儿真是个安慰，对不对？你想我们一开始有多孤单啊。"

"不过，**那**没有多久。"凯瑟琳说，想起当初她的生活是怎样充满了生机，她的眼睛闪闪发亮。

"是啊，我们很快遇见了索普夫人，然后就什么都不缺了。亲爱的，你不觉得这副丝绒手套很好看吗？我们一起去下舞厅时我第一次戴它，后来又戴了很多回。你记得那个晚上吗？"

"我吗？哦！记得清清楚楚。"

"那天过得很开心，不是吗？蒂尔尼先生和我们一起喝茶，我总是喜欢他到我们这儿来，他真讨人喜欢。我记得你和他跳了舞，但不太确定。我记得我穿着我最喜欢的那条裙子。"

凯瑟琳无言以对。在稍微尝试了一些其他话题后，艾伦太太又回到——"我真受不了这个将军！他看上去那么和蔼，那么体面！莫兰太太，我想你可能一辈子都没见过比他更有教养的人了。凯瑟琳，他走的当天房子就又租了出去。但也不奇怪，在米尔萨姆街,你知道——"

回家的路上,莫兰太太努力让女儿知道,能有艾伦先生和艾伦太太这样好心又可靠的朋友是多么幸福。既然有了这些老朋友的看重和喜爱,像蒂尔尼一家那种交情浅的人对她的怠慢无礼,根本不值得去想。这话说得很有道理,但有时在人的思想中道理起不了什么作用,凯瑟琳几乎对母亲的每个观点都感到抵触。她现在的所有幸福都取决于那些交情浅的熟人会怎样做。当莫兰太太苦口婆心地证明自己的观点时,凯瑟琳却默默想着**现在**亨利一定回到了北怒庄园;**现在**他一定听说她走了;**现在**,也许他们正准备出发去赫里福德。

第十五章

凯瑟琳并非天性不好动,但也算不上勤快。可不管她至今在这个方面的缺点究竟怎样,她的母亲只能发现这又变得严重多了。她无法安静地坐上十分钟,也不能好好做十分钟的活,她一趟趟地走在花园和果园里,好像除了走动什么也不想做。她似乎宁愿绕着房子转圈也不愿在家里待着。她更大的变化是意志的消沉。她的闲逛和懒散也许只是老毛病的发展,可她的沉默与悲伤却和从前的她完全不同。

前两天,莫兰太太任其发展什么也不说,然而休息了三天后,她还是既不开心又不想做事情,也不愿做针线活,母亲只得温柔地责备了两句:"我亲爱的凯瑟琳,我担心你要变成娇小姐了。要是可怜的理查德只靠着你,他的围巾还不知哪天才能织好呢。你想巴斯想得太多了,可凡事都有个时候——有跳舞看戏的时候,也有干活的时候。你已经在外面开心了很久,也该做些正经事了。"

凯瑟琳立刻拿起手中的活,沮丧地说她没有想巴斯——太多。

"那你是在为蒂尔尼将军烦恼,这没有必要:想想你十有八九都不会再见到他。永远不要为琐事而烦恼。"短暂的沉默后——"我希望,我的凯瑟琳,你不会因为家中不如北怒庄园气派才感到苦闷，那样的话，你的旅行可就真成了错事。不管在哪儿你都应该始终感到知足，尤其是在家里，因为你的大多数时间都要在这儿度过。我不喜欢早餐时，听你一直说着北怒庄园的法式面包。"

"说真的我不在乎那种面包。我吃什么都一样。"

"楼上的一本书里有一篇很好的文章就关于这样的话题，说的是年轻女孩交上了阔朋友，被宠坏后嫌弃自己的家——我想是《明镜》①。哪天我找给你看看，肯定对你有好处。"

凯瑟琳不说话了，她想好好表现，便开始认真干活。可没过几分钟她又不知不觉颓废下来，无精打采、百无聊赖地在椅子上动来动去，比她动针的次数都频繁得多——莫兰太太看着她故态复萌，女儿恍惚不满的神色说明正是那种苦闷情绪导致了她的郁郁寡欢，于是她赶紧离开房间去找那本书，迫不及待地想治好这个毛病。她花了些时间才找到自己想要的东西，家里又有事耽搁，一刻钟后才回到楼下，手里拿着她寄予厚望的那本书。她在楼上忙着弄出了不小的声音，所以没听见别的动静，不知道几分钟前来了位客人。进屋时，她第一眼就看到了一位从没见过的年轻人。年轻人恭恭敬敬地立刻起身，女儿神清气爽地介绍这是"蒂尔尼先生"。蒂尔尼满心尴尬地为他的出现而道歉，承认在发生那样的事情后他不敢期待在富勒顿受到欢迎。因为急于知道莫兰小姐是否已经平安到家，他才冒昧地来到这里。听他说话的人心里既无偏颇也不怨恨。莫兰太太没有以将军的恶劣行径来看待

---

① 亨利·麦肯齐（1745—1831）在 1779—1780 年间主编的一份杂志。

蒂尔尼和他的妹妹,而是一直对兄妹二人都有好感。她喜欢蒂尔尼的样子,立刻用真诚慈爱的话语高高兴兴地欢迎他,感谢他这么看重她的女儿,让他放心她孩子的朋友们在这儿总会受到欢迎,并请求他过去的事情不用再提。

蒂尔尼毫不勉强地依从了这个请求,因为,虽然这意料之外的宽容让他的心里大为释然,那时他也的确无法说起那件事。于是他默默地回到座位上,在随后的几分钟里彬彬有礼地回答着莫兰太太所有关于天气道路的家常问题。此时的凯瑟琳——那个焦虑、激动、开心、兴奋的凯瑟琳——一句话也没有说,不过她绯红的脸颊和明亮的眼睛让母亲相信这次善意的来访至少能让她的心灵平静一段时间,因此她高兴地把那本《明镜》第一卷放下,留待日后再用。

莫兰太太真心同情蒂尔尼总是为他父亲的行为感到尴尬,想找莫兰先生帮忙,也好给客人一些鼓励,和他说说话,于是早就打发一个孩子找她的丈夫。可是莫兰先生不在家——莫兰太太孤立无援,一刻钟后便无话可说。几分钟的沉默后,亨利在莫兰太太进屋后第一次转向凯瑟琳,忽然敏捷地问她艾伦先生和太太此时在不在富勒顿?他从凯瑟琳含混不清的回答中弄懂了原本一个字便能说清的意思,马上说想去拜访他们,并涨红着脸问她能否带个路。"先生,你从这扇窗户就能看到他们的房子。"莎拉指点道,然而这位先生只向她鞠了一躬表示感谢,母亲则点头示意她住口。原来,莫兰太太认为亨利除了想拜访他们好邻居,也许还有别的考虑,他可能想为他父亲的行为做些解释,当然更愿和凯瑟琳单独谈,因此她无论如何也不会不让凯瑟琳陪他去。两人一起走了出去，莫兰太太完全没有猜错他的想法。亨利必须解释他父亲的行为，但首要目的是表白他自己。他们还没走到艾伦先生家，亨利已经表白得非常完美，凯瑟琳觉得这些话她怎么听也听不厌。她得到了亨利的爱，也被请求付出她的心，或许两人都知道这颗心早就完全属于他了。虽然亨利现在对她一片钟情，虽然他了解并喜爱她性格中的许多优点也真心喜欢和她在一起，我必须坦白地说，他的爱只是始于感激之情，换句话说，他是因为相信对方喜欢自己，这才是他认真考虑她的唯一原因。我承认这是传奇故事中的新情况，也实在有损女主角的尊严。不过要说这在寻常生活中也从未有过，那我至少得了个异想天开的美名。

他们在艾伦先生家稍稍坐了一会儿，亨利胡乱说了些既没意义又不连贯的话，凯瑟琳则痴痴地想着自己无以言表的幸福，几乎没有开过口。离开后两人又心醉神迷地说起话来，还没说完，凯瑟琳就明白了亨利现在的求婚有多大可能得到将军的同意。两天前他刚从伍德斯顿回家，就在庄园附近遇见了他烦躁不安的父亲。将军急忙怒气冲冲地把凯瑟琳离开的消息告诉他，并命令他不许再想她。

亨利就是带着这样的许可来向她求婚的。吓坏了的凯瑟琳听他说着，胆战心惊地想着可能发生的事，却又不禁为亨利的周全考虑感到高兴。幸亏亨利首先向她求婚再提起这个话题，免得她因为良心的不安只能拒绝。亨利又说起细节，解释他父亲这样做的动机，凯瑟琳不久便硬起心肠，甚至感到了胜利的喜悦。原来将军没什么好指责她的，也没什么能责备她，只因她不由自主、不知不觉地成了别人欺骗的工具，让将军的自尊心不能饶恕她。

要是他的自尊心再强一些，就会耻于承认受到这样的诓骗。凯瑟琳的唯一过错就是不如将军想象的那么有钱。在巴斯，将军听人谎报了她的财产和继承权，就使劲讨好她，请她到北怒庄园做客，还想让她当儿媳妇。发现自己弄错后，把她赶出家门似乎成了最好的办法，虽然他心里还觉得这样不足以表达他对凯瑟琳的厌恶，以及对她家庭的鄙视。

先是约翰·索普欺骗了他。一天晚上，将军发现他的儿子对莫兰小姐很是殷勤，碰巧问起索普是否了解她的情况。索普向来最爱和蒂尔尼将军这样的显赫人物攀谈，便高高兴兴、得意洋洋地吹嘘起来——当时他整天盼着莫兰和伊萨贝拉订婚，自己也几乎决定要娶凯瑟琳，于是他的虚荣心诱使他把莫兰家吹嘘得极其有钱，甚至比他因为虚荣和贪婪而想象的更加有钱。他不管和谁在一起，或是和人家有没有关系，因为他自己很了不起，所以总要求别人得有些重要性。无论他和谁的关系走近一点，对方的财富总会随之增加。他朋友莫兰的身家一开始就被高估了，自从他结识伊萨贝拉后又不断增长。约翰为了当时的面子，只不过把莫兰家的资产抬高了两倍，把他想当然认为的莫兰先生的进账翻了一倍，他的私产变成原来的三倍，再赐给他一个有钱的姑妈，把家中孩子的数量减少一半，这就给将军呈现了一个十分体面的家庭。不过对于将军特别关注的凯瑟琳，也是他自己觊觎的目标，他还另有保留，除了继承艾伦先生的财产外，她父亲给的一万或一万五千英镑也是不错的增项。凯瑟琳和艾伦家的亲密关系使约翰肯定她能继承一大笔财产，所以自然而然地把她说成了几乎众所周知的富勒顿的未来继承人。将军依据这个消息开始行事，因为他从没怀疑过消息的准确性。索普对这个家庭很有兴趣，不仅他的妹妹要和其中一位结婚，而且他本人对另一位的想法（他常常公开炫耀此事）似乎足以保证他说的全是真话。另外艾伦夫妇的确有钱又没子女，莫兰小姐还受到他们的照顾，而且——一旦将军与他们的熟悉程度能够让他做出判断——他就看出他们对待莫兰小姐亲如父母。将军很快下定了决心。他已经从儿子的脸上看出他喜欢莫兰小姐，作为对索普先生这番交流的感谢，他几乎立刻决定不遗余力地煞煞他吹嘘的兴头，毁掉他的痴心妄想。整个过程中凯瑟琳和将军的孩子们都对此事一无所知。亨利和埃莉诺不明白凯瑟琳的处境为何能让他们的父亲如此看重，对他忽然表现出的持续又无微不至的关心很是惊讶。后来将军不仅暗示，甚至近乎明确地命令儿子想方设法地接近她，亨利这才明白他的父亲一定认为这门亲事有利可图，即使最近在北怒庄园把事情解释清楚前，他们也完全没想到父亲是因为错误的盘算才这么急于求成。将军是从最初告诉他这些情况的人，也就是索普本人的口中，得知这些都是假消息。他刚巧在镇上遇见索普，而索普的心情却和当时天差地别。他因为凯瑟琳的拒绝而恼火，因为最近想让莫兰和伊萨贝拉复合却没能成功更是火冒三丈。他肯定这两个人已经毫无希望，便抛弃了那段无利可图的友情，急着否定他之前说过的所有莫兰家的好话——他承认自己完全看错了他们的家境和人品，误信了他朋友的自吹自擂，以为他的父亲有钱有势、德高望重，然而两三个星期前他们打交道后，发现他根本不是那样的人。刚开始提到两家成亲时莫兰父亲热切应承，提了不少无比慷慨的建议，可一旦被精明的说话者问到正题时，却只得承认自己甚至没法给这对年轻人一份体面的资助。他们实际上是个穷人家，人口又多，几乎多得出奇。他最近刚好得了机会，这才了解到他们在邻里间一点也不受尊重。他们想过上自己的经济条件达不到的排场生活，喜欢高攀有钱人来提升自己，是自以为是、吹嘘炫耀、爱耍诡计的一家人。

惊恐的将军带着探究的神情说出艾伦的名字，索普把这一点也弄错了。他相信艾伦一家和他们做了太久的邻居，他还认识将来一定会继承富勒顿产业的年轻人。将军不想再听。除对他自己以外，他几乎对全世界的人都感到恼怒。第二天他动身回到庄园，他在那儿的所作所为诸位都已经见识过。

我留给明智的读者们自己来判断：这些信息中，有多少会是亨利此次告诉凯瑟琳的，有多少是他从自己的父亲那儿得知的，哪些问题可能是他自己的猜测，还有多少得等收到詹姆士的来信后才能知道。我把这些信息放在一起方便读者理解，你们也请为我行个方便，自行拆解吧。无论如何，凯瑟琳听到的内容足以让她认为，在怀疑将军谋杀或囚禁妻子这件事上，她没有侮辱将军的人格，也没有夸大他的残暴。

亨利说到关于他父亲的这些事情时，几乎和当初听到那些话语向他本人宣布时一样可怜。他不得已说出父亲那心胸狭窄的劝告时自己也羞红了脸。他们在北怒庄园的那场谈话非常不客气。亨利听说凯瑟琳受到怎样的对待，明白了父亲的意图，又被命令对此事顺从，他公然并大胆地表示愤怒。将军习惯了家中的每件寻常事都由他独断专行，即使别人心里不情愿也不许犹豫，更没打算听谁敢说不同意。他无法容忍儿子的反抗，而亨利在理智和良心的驱使下也坚定无比。然而，在这种情况下，他的愤怒虽然让亨利感到震惊，却不能吓倒他，而亨利之所以如此坚持，是因为他相信自己是站在正义的一方。他觉得自己从道德和情感上都对莫兰小姐负有义务，相信他被要求赢取的那颗心已经属于他了。想让他卑鄙地收回默许的承诺，或用不讲道理的愤怒逼他让步，都无法动摇他的忠诚，或是他因为忠诚而下定的决心。

他坚决不愿陪同父亲去赫里福德郡，当初定下这个约会只为赶走凯瑟琳。他还毅然宣布要向凯瑟琳求婚。将军气得大发雷霆，两人在可怕的争吵中分了手。亨利激动不安，本该需要几个小时才能平静下来，他却几乎立刻回到伍德斯顿，第二天下午便开启了到富勒顿的旅程。

第十六章

当蒂尔尼先生请求莫兰先生和太太同意他和凯瑟琳结婚时,他们有几分钟真是惊讶得不得了。他们谁也没想到这两个人会相爱。然而,凯瑟琳被人爱上毕竟是再自然不过的事,他们很快带着幸福激动的心情,感到骄傲又满足。如果只看他们这一方,那么找不到一个反对的理由。亨利讨人喜欢又很讲道理,这些是显而易见的优点。因为从未听说过他的坏话,他们也想不到他会有什么不好。虽然交往不多,有好感就足够了,他的品行无需任何证明。"凯瑟琳肯定是个没头脑的糟糕女主人。"做母亲的事先警告说,不过很快安慰他们多练练就好了。

简而言之,只需提到一个障碍。可要是那个障碍无法消除,莫兰夫妇绝对不能同意婚约。他们脾气温和但原则坚定,既然男方的父亲坚决反对这门亲事,他们当然也不能鼓励。他们没那么讲究,不会趾高气昂地要求将军上门提亲,或至少真心诚意地赞成这件婚事,但总得给个面子上的许可。只要做到这一点——他们自己的心肠使他们相信不会拒绝得太久——他们马上就答应这桩婚事。将军的**许可**是他们的全部要求。他们既不想要也没权要他的**钱**。根据结婚的财产分配,他的儿子最终能得到一笔不错的财产,他目前还有一笔独立又丰厚的收入。无论从怎样的经济角度看,这对他们的女儿来说都是一门高攀的亲事。

两位年轻人不会对这样的决定感到惊讶。他们伤心又遗憾——但他们不能怨恨。他们分开了，虽然觉得几乎不可能，但还是期待着将军能够很快回心转意，帮助他们结为美满的夫妻。亨利回到他现在唯一的家，照料他那块年轻的园子，为她做些改进，焦急地渴望与她一同分享；凯瑟琳则留在富勒顿哭泣。她是否因为哪一封秘密来信减轻了离别的痛苦，我们暂且不问。莫兰先生和太太从不过问——他们的心地太善良，从不强求任何承诺。无论凯瑟琳何时收到信，那时她常常收到来信——他们总是往别处看。

在如此相思相爱的情形下，亨利和凯瑟琳一定对最后的婚事心急如焚，所有爱他们的人也很焦急。不过这种情绪恐怕很难进入读者的心里。看到面前这泄密的薄薄几页[①]，就应该知道我们正加快步伐共同奔向皆大欢喜。什么原因能让他们早日结婚是唯一的疑问：究竟怎样的事情才能改变将军的脾气？促成这一切的主要原因，是他的女儿在夏天时和一位有钱有势的男人结了婚——这大大提高了将军的尊严，使他的心情高兴无比。趁他还没有恢复常态，埃莉诺赶紧请求他原谅了亨利，允许他"爱做傻瓜就做去吧！"

自从亨利被逐出家门，北怒庄园变得更加阴沉。埃莉诺·蒂尔尼结了婚，离开这样的家庭，去了她自己选择的家，和她自己选择的男人生活在一起，我想这件事让所有认识她的人都感到满意。我也对此感到由衷的高兴。我不知还有谁能更加质朴贤惠，习惯隐忍，比她更应该得到并享受这样的幸福。她早就爱上了这

[①] 奥斯汀在此处模仿长篇哥特小说匆忙的大欢喜结局——谜底被解开，坏人被惩罚，好人最终获得了美满的婚姻。

位先生，只因他身世卑微而一直无法向她求婚。他意外继承了爵位和财产，解决了所有的难题。将军得到了女儿长久的陪伴、照料和忍耐，却在第一次称她为"子爵夫人"时觉得从未如此深爱过他的女儿。她的丈夫的确值得她钟爱，且不说他的爵位、财产和一片真心，他的的确确是世界上最可爱的年轻人。再用别的话定义他的优点肯定多余，世界上最可爱的年轻人已经即刻出现在所有人的幻想中。对于这个人，我只想补充一点——（想到写书的规则不允许介绍与我故事无关的人物）——这位先生以前到北怒庄园拜访了多日，正是他粗心的仆人丢下了一堆洗衣单，才把我们的女主角卷入一场惊心动魄的冒险之旅。

子爵和子爵夫人为他们的哥哥说着好话，而将军对莫兰先生家境的了解也帮了忙。将军刚能听得进话，他们立刻把实情告诉了他。将军这才明白索普不论是开始向他吹嘘莫兰家的财产，还是后来恶毒地把话推翻，两次都欺骗了他。其实莫兰家一点也不穷，凯瑟琳还有三千磅的嫁妆。这对他之前的期盼是个实实在在的补偿，也能抚慰他受了伤的自尊。还有他费了些心思打听到的私人情报，说富勒顿的产业目前完全由其主人支配，因而勾起了无数觊觎之心，这也并非毫无用处。

有了这些重要条件，将军在埃莉诺结婚不久后便允许他的儿子回到北怒庄园，接着让他送了一封许婚信，满纸都是对莫兰先生言辞客气内容空洞的表白。信中批准的事情很快发生：亨利和凯瑟琳结了婚，教堂的钟声响起，人人满脸笑意①。婚礼离他们

---

① 原文："every body smiled"。"smile"的本意是"微笑"。

第一次相见不到十二个月,看来将军的残忍虽然导致了痛苦的推延,却没给他们带来实质的伤害。两人在二十六和十八岁的年龄结成美满婚姻,真是幸福无比。而且,我相信将军的无礼阻挠非但没有真正伤害他们的幸福,也许反而促成了幸福,不仅增进了他们的相互了解,还让他们更加恩爱。至于此书究竟是想赞成父母的专制,还是想鼓励子女的忤逆,这个问题我就留给与此相关的人们去考虑吧。